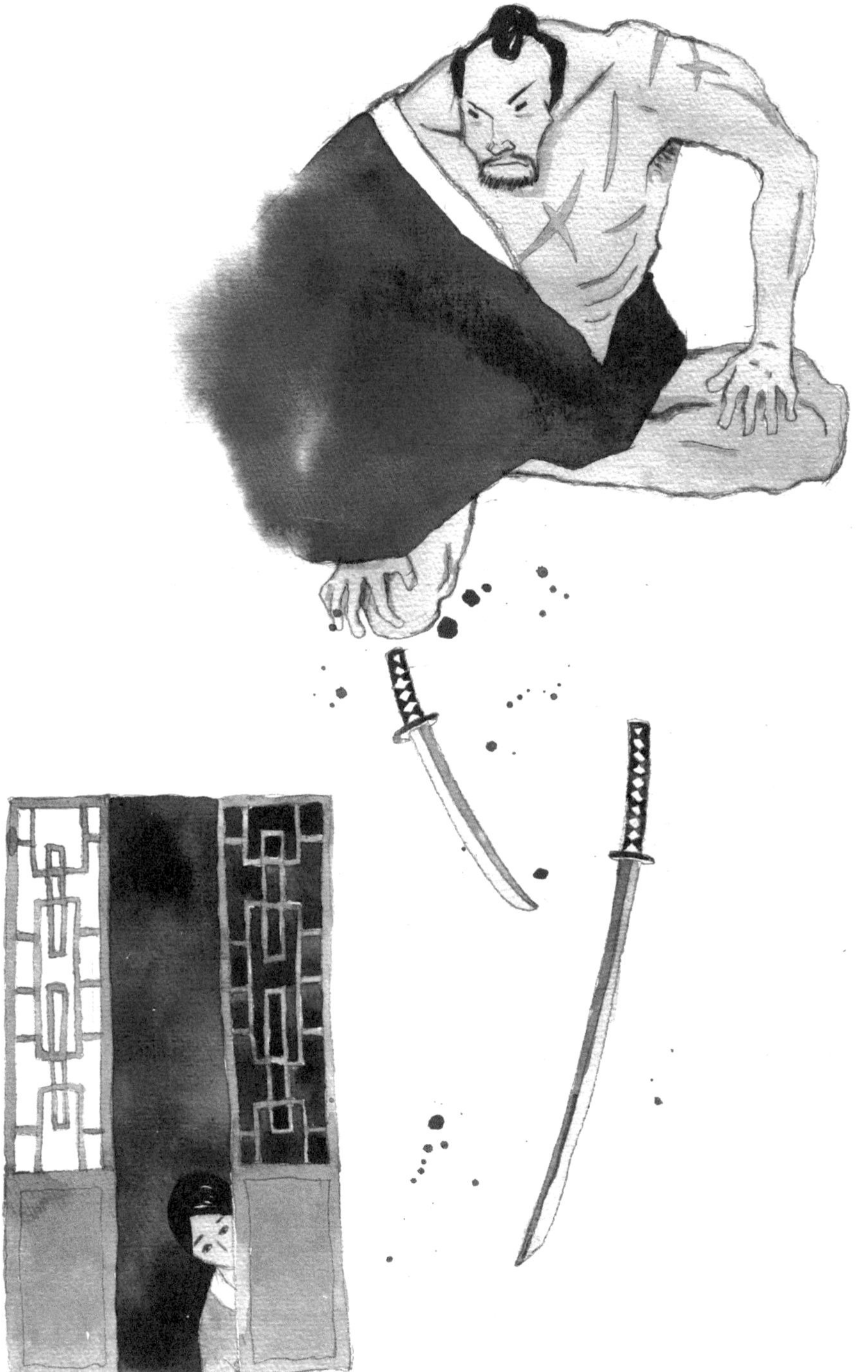

新俠女圖

李永平

南洋少年歷險記

張貴興

七歲的白玉釵，身負血海奇冤，拜師學藝。十年後出師，赴京報仇，邂逅貴人異士、惡棍無賴，歷經一場又一場殊死搏鬥，巧遇失散多年的五妹後，小說戛然而止。永平撤筆雲遊四海去了。沒有「欲知後事如何，且聽下回分解」。

上個世紀六〇年代，台灣陳海虹先生武俠漫畫《小俠龍捲風》風靡南洋，我也是大粉絲。這本漫畫講述明朝忠臣于謙遭奸人陷害，全家抄斬，其部屬駱中明帶著于家兩個孩子志強和志敏乘船南逃，遭逢龍捲風，大難不死，落戶海外一座孤島（海南島）。志強志敏膽大好奇，追隨駱中明練功之餘，遊蕩崇山峻嶺莽林惡沼，在一座嶺巔獵殺巨怪（之前，兄弟倆吃喝了龍肉鰻血異果，身強體健；嚼了躡空草，鳶飛魚躍，早已身懷奇技），志敏被巨怪捲入萬丈深崖，生死不明。志強和駱中明夜探山嶺，忽見崖底一道綠光直衝上來——

漫畫以連載方式出版。小時候買不起漫畫，《小俠龍捲風》不是厚著臉皮借閱，就是和一批人擠在看漫畫的人後面，火燒火燎的看著。志敏落崖後，不知何故，漫畫的下一集也隨著志敏憑空消失（可能是漫畫主人離開了那個鳥不生蛋的小鎮）。志敏的下落，從此一直懸掛心頭，直到二十多年後，台北的皇冠出版社重出這部經典漫畫《新俠女圖》的戛然而止，讓我憶起當年對志敏去向的牽腸掛肚。

「小兄弟，我這就走啦。」

「玉釵姐姐自己獨闖京城嗎？」

「不去京城了。我要帶孩子回家。咱們姐弟倆永遠不會再相見了。」

這是楔子中，剛產下蕭劍「小孽障」的白玉釵，揹著嬰兒，上了馬，在漫天雪花中，和李鵲的一段對話。像小嘍囉小書僮隨著玉釵闖蕩江湖五百多個日子的少年李鵲，在玉釵像「破草鞋」丟棄自己後，準備回到南嶺老家，對一群沒有見過中原大千世界的鄉巴佬講述一場「離奇荒誕、曠古未有」的江湖夢。這個夢，永平是沒有講完的，任憑讀者天馬行空描繪，也不會有劇透爆雷，其故事脈絡、水流花落、風雲變幻，只能從形形色色的人物尋找蛛絲馬跡了。

白玉釵，雙十年華，南海神尼林瓊瑛高足，名震大江南北、殺人如麻的女魔頭。座騎：臙脂馬。兵器：雌雄雙劍。必殺技：酣鬥時，以後腦勺一支生母餘骨打造抹上南海三芯蓮激毒的白骨釵刺敵。

李鵲，廣東少年，十三歲，追隨白玉釵北上中原，刺殺大太監「三千歲」劉瑾。座騎：一隻老驢。兵器：青剛劍。必殺技：無。

蕭劍，二十多歲，本名白玉瓏，白玉釵義兄。座騎：青驄馬。兵器：紫竹簫和劍。必殺技：以竹簫吹奏〈簫劍引〉，簫聲戛止時，拔劍殺敵。白玉釵初戀情人。因和楊蓉有染，被白玉釵一劍穿心。

菊十六郎，十八、九歲，扶桑浪人武士。兵器：武士刀。必殺技：迷魂大法、「圓月劍法」、「居合斬」。

狂眠四郎，菊十六郎師父，「圓月流」創始人，混血扶桑武士，其父乃荷蘭浪人術士。兵器：武士刀。必殺技：迷魂大法、「圓月劍法」。

林瓊瑛，白玉釵師父。全家被倭寇殺害，獨創瓊島派劍術，割下十個倭寇和八個漢奸生殖器掛在防風林上。

白七公，丐幫六袋弟子，七十歲，屢次襄助白玉釵、李鵲和蕭劍等人。兵器：綠竹杖。

何公公，廣東太監，奉京城劉瑾大太監之命，邀集江北武林十大掌門和各路高手追緝白玉釵。

鄂北神錘門掌門人韓大洪，其子因偷窺白玉釵出浴，被白挖去雙目。兵器：純銅的百斤雙錘。被李鵲以匕首刺屁眼而亡。李鵲生平第一個手下亡魂。

神橛門范笠，採花賊。兵器：煙槍。必殺技：點穴、雞鳴五鼓返魂香。

飛天蝙蝠胡東，大太監劉瑾頭號殺手，擅輕功。

五小蝠、**五大蝠**，十個孩童和少年，胡東手下。必殺技：以抹上長白山血蝠毒的雙唇親吻敵人，使敵人全身癱軟。

楊蓉，楊氏梨花槍法嫡派傳人。蕭劍前女友。

張翠，七歲，全家被狂眠四郎殺害，在白玉釵和白七公襄助下，拜南海神尼林瓊瑛為師。

馬子鹿，楊子幫嫡系傳人。瀟灑俊俏、風流多情、喜吟詩經、吃香喝辣的紈袴子弟。暗戀白玉釵，被白在臉上鞭了二十四鞭、變成醜公子後，對白一往情深，毫無怨言。

馬錕，楊子幫總駝主，外號「旱地蛟」，馬子鹿之父，誓言替子復仇。

何三泰，安泰鏢局鏢頭，湘南二郎拳支派掌門人。馬錕好友。

五丫，白玉釵的五妹，名妓。

白歆，白玉釵之父，南京御史，因得罪大太監劉瑾，全家抄斬。白歆下落不明。

週邊人物：東廠番子、錦衣衛緹騎、東瀛浪人武士、江北武林各大高手、客店散客、船伕、渡客……

●

大俠奸雄，販夫走卒，煙台妓女，帝王將相，每一個人都是永平。

像小學徒小跟班追隨白玉釵北上歷險的十三歲廣東南蠻子李鵲，是五十年前從南洋赴台求學的永平，也是《大河盡頭》和風韻猶存的荷蘭女子連袂墜入婆羅洲蠻荒的南洋奇幻少年，更是風流嫵媚的房龍小姐和尚義善妒性感美麗的白玉釵隱晦的情慾啟蒙對象。

永平談起自己最喜歡的《白髮魔女傳》女主角練霓裳時，說：

她對愛情太執著、太癡了點，頭髮都變白了，過不了情字這一關，為了卓一航，不值得！她不夠狠，應該把卓一航殺掉，大快人心。

於是，白玉釵發覺自己以身相許的蕭劍和他人有過肌膚之親後，豪不猶豫的劍斃情郎。蕭劍承受白玉釵近乎行刑似的血刃時，不反抗也不辯白。愛人的一片冰心、熊熊情愫，讓他含笑而逝。

屢屢對白玉釵眉目傳情、吟詩（吟的還是《詩經》第一篇〈關雎〉）表白的貴公子馬子鹿（此君沒有「西毒」歐陽鋒私生子歐陽克的邪魅淫亂，卻有他的風流倜儻和對黃蓉的癡頑深情），竟也被白玉釵在臉上鞭了二十四鞭。

永平的新女俠形象，接壤了唐代傳奇和俠義小說中俠女的貞烈強悍和不事二夫外，更有一股不可侵犯的高潔品格，令人又敬又畏。

李鵲對玉釵姐姐的情竇頓開，蕭劍對心上人玉釵的至死不渝，馬子鹿對夢中情人玉釵的陰魂不散（永平割讓不少篇幅灌溉此君，而且筆帶感情，在下半部未完成的波詭雲譎中，可能出現爆炸性轉折，變成白玉釵大貴人），枝蔓出繁花似錦的情慾想像，時而幽微時而恣意，是小說前半部最迷人的地方。

在一篇專訪中，永平說：

我這部《新俠女圖》就是講一個女子報仇的故事，她要面對那麼大的一個官僚體制，他的對手是白公公，是三千歲，這樣的一個人手上有龐大的特務機構啊，東廠啊，錦衣衛啊，又有江湖幫派，要面對這些耶，我是要歌頌這個女人。

耳濡目及王度廬、梁羽生、金庸、胡金銓、李安和侯孝賢的小說和電影，永平也想塑造自己獨到一面的女神，一個可以和男子爭奇鬥豔平起平坐輕命重義的儒士豪傑，一個「十步殺一人，千里不留行」的女荊軻大遊俠，而不是配角附庸、為情而生的柔弱女子。

《新俠女圖》前半部熱鬧繽紛，群雄爭霸，群醜跳樑，眼花撩亂的器刃、神功、劍式、刀法，奇人異士蟠曲迴旋，煞是好看，字裡行間，有一種「寧可無武，不可無俠」

的凜然俠義精神。

孤傲冰冷、多情正直、一意獨行的白玉釵，更貼近現實生活中的永平。正如小說中的俠義，永平也活在俠義世界。過世前後，和他不太熟悉的朋友，像李鵲，像小廝、馬僮、護衛，星夜奔馳，拔刀救駕，文訊社長封德屏、台大教授高嘉謙、學者李有成、出版人胡金倫林秀梅等等（漏列者見諒），像俠客無怨無悔、不求回報的替他張羅情商，耗損的時間精神體力難以估計。

永平更是俠義之人。罹病後，念念不忘成立基金會，鼓勵後輩創作。永平省吃儉用、不在意生活品質，銖寸累積的財產，足夠完成心願。朋友更希望撥出一小部分遺產，掖助情義相挺的《文訊》雜誌。永平瀟灑不拘，雖然沒有留下可以嚴格執行的白紙黑字，但繼承人更有俠魂義膽，分別捐獻了一筆不小的款項給《文訊》和台大中文系，在永平一輩子念茲在茲的台灣土地上，留下一縷文學香火、一曲傳唱不輟的文學不了情。

《新俠女圖》末幾回，也是永平生命末章，依舊躍動挑剔、慢雕細琢、筆力深沉，不忍卒讀。

立志成為大詩人和大俠的李鵲，終於一償闖蕩江湖夙願。浪遊，也是永平小說敘事主軸。永平引領我們漫遊台北和婆羅洲雨林，但面對近乎陌生的中原，他迷失了。南洋少年李永平、廣東南蠻子李鵲近「鄉」情怯的江湖歷險記，只有讓讀者去虛構和追憶了。

張貴興，作家，著有《群象》、《猴杯》、《賽蓮之歌》、《我思念的長眠中的南國公主》等。

另一種形式的圓滿

封德屏

辦公室裡掛著一幅李永平《新俠女圖》在《文訊》連載時的跨頁插畫。這幅畫永平很喜歡，我們特別把畫放大，表框起來送給他。永平把畫掛在淡水的小屋裡，掛在寫作時面對的窗沿上頭，窗外是淡淡的觀音山和靜靜的淡水河。

二〇一五年，李永平的小說《朱鴒書》出版，至此，他終於完成夢想中的婆羅洲寫作──「月河三部曲」，前後歷時十三年。年底，獲第十九屆國家文藝獎，這是對他五十年文學成就的至高肯定，也是馬華背景的創作人在台灣獲得的最重要文學獎項。

二〇一六年李永平獲選台灣大學傑出校友，這個榮耀「彷彿替二十歲來台就讀台大外文系的他，致上青春的冠冕。那是他在台灣歲月的起點，也是寫作的出發」。高嘉謙在二〇一六年十一月號的《文訊》〈迷路在文學原鄉〉一文，深度訪談李永平。六點大哉問，李永平細膩回答，充滿感性和理性、理想和現實的交鋒。儘管二〇一一年已做過心臟繞道手術，健康受到極大挑戰，但李永平絲毫未減創作欲望，豪氣地說：「只要心能跳，就會有小說。」

二〇一六年是永平的豐收年。三月二十五日國家文藝獎頒獎典禮，感受到永平在領獎時的激動與欣喜，當天晚上《文訊》約了李有成、李瑞騰、黃英哲、高天恩，幾位好友一起慶祝，快樂的吃了頓飯；五月四日，金鼎獎公布《朱鴒書》得獎；九月，永平獲聘新加坡南洋理工大學駐校作家，返台前，永平到吉隆坡，到馬來大學、南方大學演講，回古晉省親，完成了一趟返鄉之旅；十一月，獲頒台灣大學傑出校友獎；十二月，獲頒第六屆全球華文文學星雲獎貢獻獎。這接二連三的肯定及獎勵，似乎是對他不斷創作達半世紀的一個報償。他歡欣的表示，有了這些大獎的冠冕，此後寫起小說來，可以更加率性，筆下越發自由了。他在幾次訪談、演講中禁不住透露，他已開始寫一個以明朝為背景的武俠小說了。

二〇一七年年初，永平的心情應該是恬淡愉悅的，他動筆寫他口中的武俠小說了。但在此時，他的健康卻發出嚴重警示，沉緬在創作中的他很不願意被這個訊息打擾，直到身體實在是極端不舒服，才不得不就醫。五月中，振興醫院檢查報告出來，證實永平罹患大腸癌，已到末期。

幾位朋友約了一起去探望，永平難得的讓大家到他住的小屋，爬上一段斜坡，上了樓。小小的客廳，小小的閣樓，一個床墊、一張書桌、幾排書架，就是他棲息、創作，偉構不斷的基地。指著窗外觀音山、淡水河，永平說：「這就是我最喜歡、最愜意的創作環境了！」大伙擔心他病況如此，又無人照顧，他卻興奮又帶著些神祕地說著正在創作的武俠小說，書名都想好了，已寫好三分之一，七萬多字，最後只輕輕地帶上一句「擔心寫不完……」聽著，內心劇烈衝擊，想著：也唯有創作能讓他轉移及舒緩病痛。於是當下約定，《文訊》八月開始刊登，每期二萬餘字，分三次刊完，「此時你後續的稿子，應該也寫好了，十一月就順利接著登了！」永平開心的答應了。

不到兩周，永平再度急診入院。原本的醫院束手無策，透過台北市長柯文哲的幫忙，轉台大醫院，由外科醫生梁金銅接手，一連串檢驗，動了專業醫生認為危險性極大的救命手術，以及數個修補性的重要手術，幾度出入加護病房。這些肉體痛苦及精神煎熬，一般人幾乎都已無法承受，永平卻出人意表的勇敢與鎮定。住院開刀前，他心心繫念的是書桌上完成的手稿，還有整理好的像００７隨身攜帶的黑色皮包，裡面是他寫作的家當：筆記、草稿、稿紙。

等待檢驗、診療、手術的任何空檔，李永平拿出我們為他準備的硬板，放上稿紙，沉思寫作。幾次去看他，午後病房靜謐，進食的橫板搭在床上變寫字檯，整個人融入創作，完全不知有人進出……在加護病房呼吸道剛拔管，開口就索求紙筆寫稿。回普通病房更是如魚得水，隨時寫作、修稿，似乎全然忘卻病體的折磨、傷口的疼痛。動過數千個手術的梁醫師說，李永平是他看過最堅強的病人。

他在午後靜謐的病房寫，他在手術後加護病房醒來的床頭寫，出院後，他在淡水的小屋中寫，我們知道他在與時間競賽。他的堅定意念，讓我們深深相信：他一定會撐到最後，一定會寫完他這一生最想寫完的《新俠女圖》。忘了他是癌末，忘了他七年前動過心臟冠狀動脈繞道手術，心臟功能只有常人的一半。

為了《新俠女圖》的首發，八月號《文訊》特別製作了雙封面，請馬華作家龔萬輝負責插圖，除了封面的彩色跨頁，內文也搭配了四、五幅插畫，永平喜歡極了，說萬輝畫出了小說的調性。此外，特別邀請知名作家駱以軍閱讀七萬字後，寫了〈不在之境，歷歷如繪——讀李永平《新俠女圖》〉一文，敘述了李永平《新俠女圖》與眾不同的創作手法，既奇幻又傳統的敘事方式，是那麼的違和，卻是那麼的與眾不同，讓人心驚卻又令人著迷的創作方式。

身為編輯，一心想讓《新俠女圖》一期接一期，完美的連載下去。儘管心裡著急，卻更欽佩永平對文字的慎重，對作品嚴苛的自我要求。每次初稿完成，交給編輯前一定再次校修，也一定謄寫乾淨，校對時會再修改增刪，不管多少，字跡總是端正清楚。

永平大腸癌術後復健，似乎比預計來得辛苦，他更擔心即將到來的化療。二〇一七年九月九日，麥田出版社在紀州庵舉辦《月河三部曲》套書發表會，高嘉謙主持，邀請甘耀明、郭強生、黃錦樹、駱以軍與談。當天永平不太舒服，但仍親自出席，一小時後提前離席赴台大急診，當晚出院；九月十一日赴台大接受第一次化療，九月十四日化療結束回淡水家，九月十七日中午送淡水馬偕急診，化療後原本孱弱的心臟及各器官，急遽惡化，進入加護病房，九月二十二日敗血症引發多重器官衰竭，病逝於淡水馬偕醫院。遠從馬來西亞古晉前來奔喪的弟妹、侄子，因不能久留，我們緊急安排趕在兩天內進行移靈、火化、告別式，九月二十五日在淡水外海舉行海葬，辦完相關手續，送他們離台。

像一場不真實的夢，快速換景，幾乎沒有時間喘息。一切靜止後，才發覺永平真的走了，離開我們了，此刻才真正體會永別的傷心。幾位一直陪在永平身邊的朋友，刻意將追思會時間隔遠，讓心緒平靜，讓悲傷抒解。十二月十日，透過文化部的協助，文訊、麥田、台大文學院，一起在台大文學院演講廳舉辦「見山又是山——李永平追思紀念會暨文學展」。台灣大學，是永平與台灣聯繫的臍帶及起點，也是孕育他成為小說家的溫床。當天的追思會隆重溫馨，讓懷念永平的師長朋友，傷感懷念的心情，得到許多安慰。

除了震驚、哀傷及不捨，《文訊》更希望永平這一年來，千辛萬苦在病中仍執著創作的《新俠女圖》，能持續刊登，繼九月號後，每期再以兩萬字上下，共計五期，到十二月連載完畢。

《新俠女圖》沒有最終篇。如今，麥田出版社在永平過世一周年時，仍將小說出版成書，深具意義，是另一種形式的圓滿，不僅僅是畫下句點，更留下大大的問號與驚嘆號?!世人，不管識與不識永平，都可透過這本未竟之書，管窺一個終生勤勉、筆耕不輟、質量俱佳的創作者，也藉此，為這位壯志未酬的勇者，致上我們誠摯的敬意！

封德屏，《文訊》社長兼總編輯。

目次

楔子 涿州客店

正德十六年（西元一五二一年）三月十三日，大明皇帝朱厚照殯天，暴卒於紫禁城西苑那座神祕旖旎的豹房，終年三十一歲，無子嗣。

翌日大早，北京城南空闊的大驛道上，驟雨般綻響起一波一波嘚、嘚馬蹄聲。

少年聞聲步出客店大門。春寒中，他蜷縮起瘦弱的身子，拱著身上那件寬大的老羊皮襖，雙手抱住膝頭，蹲到路旁屋簷下，邊吸鼻涕邊探頭，觀看眼前這條筆直地從京師通往南直隸的官道。路心，大簇大簇雪泥飛濺。少年使勁揉揉睡眼，只見一乘一乘皇家快馬首尾相銜，從北方疾馳而來。高高的馬背上，翹起臀子，趴伏著那烏帽紅衣，手擎黃旗，背負黑色皮製圓筒信匣的官差。黃旗上繡著五個大字——八百里加急——閃亮在五更時分田野上初現的曙光中。馬隊一抵達官道旁的涿州驛站，信差們便紛紛勒住馬，縱身跳下鞍來，只一個箭步，就躍上驛館門口早已佇候著的一縱隊剛吃飽草料、喝足水、蓄勢待發的健馬上。一換馬，雙腿一夾馬肚，那馬便嘶叫著奔馳而去。馬上乘客連

一盅熱茶也沒工夫喝完呢！

少年伸長脖子，直看到最後一名皇家信使的背影，紅豔豔的一團，隱沒在官道另一頭的茫茫雪地中，這才伸手捏住鼻子，呼天搶地打出了個大噴嚏來。他捽掉兩把鼻涕，扭轉脖子，朝向一里外，地平線上的涿州城眺望。曉風中鑾鈴叮噹亂響，黃旗獵獵飛蕩，馬隊穿過緊急開啟的城門，直直馳過北大街和南大街，從另一頭的城門洞鑽出。在城南，信差們分道揚鑣，分五路，將皇帝龍馭上賓的訃告，發布到大明帝國普天下的州府。

少年睜著兩隻血絲眼，蹲在客棧門口，怔怔望了半天。這些皇差，和他往常在官道上，時不時遇見的那一個個揮舞旗幟，馬不停蹄，旋風也似穿州過府，把各省緊急文書送往京師的官差，裝束穿扮並無不同，只是這天早晨，在黑帽上加紮一條白麻布。瞧，正德十六年初春，大驛道出現的這群報喪客，一縱隊三十六名，拖著三十六幅五尺長的白布孝巾，一路迎風飄蕩，從客棧門口望去，好似一條百丈白蛇遊弋在原野中，煞是好看。少年險些兒得意忘形，鼓起掌喝起彩來。

「觀音老母！正德爺可真的死了。」

少年幽幽嘆息一聲。他抬頭看那天色。今冬最後一場雪，從初鼓時分起密密匝匝下了一整夜，天亮時停歇了。這會兒從客店門口瞭望：好個雪晴的日子！寶藍色的天空下，只見一群群烏鴉抖著渾身的雪屑，劈剝劈剝，鼓著翅膀，從路旁光禿禿兩排枝椏間竄起，剮剮叫嚷著四下飛轉，爭相曬太陽。一輪朝日從田野中冒出，染紅大地上鋪著的一層半尺厚的白雪。京師大驛道上，渾不見人的足印，只有長長兩行黑色的馬蹄跡，直直朝向南省延伸。

一名身穿皂袍、腰纏孝巾的白髮老驛卒，拿根掃帚步出驛館，朝向庭院中聒噪的烏鴉便一輪亂打：「呸呸呸！去去去！萬歲爺今兒晏駕了，你們這起扁毛畜牲，哭號個什麼勁嘛？誰要你們一早滿城報訊，擾人清夢哇？」

「要不要把皇帝老兒死掉的消息，告訴白女俠呢？」少年喃喃自語：「她不知醒來沒？折騰了一夜，好不容易才把孩子生下來了，這會兒該讓她好好休息將養。我現在去看看她吧。」站起身來正待走進店裡，卻瞥見屋簷下，那一排裹著冬衣站著曬太陽的客人，個個肅立，扭頭，齊齊將眼睛投向北方。少年順著他們的目光望去。

只見驛道那一頭，迎著朝陽出現一支緋紅的馬隊。三百匹各色駿馬，大跨步，邁開腳下釘著的一顆顆金亮亮的蹄鐵，噠噠，踩著積雪走來，路上濺起一簇簇半天高的雪泥。涿州驛站大門口，驛丞穿著藍色九品官袍，腰上繫著五尺孝巾，率領兩名黑衣驛卒佇立階下，彎身恭候。少年知道這是錦衣衛緹騎——大明最精銳、最標致、最令人望而生畏的武裝力量。他這一路沿著驛道北來，道上迎面相遇時，總是讓他，一個來自廣東的小鄉巴佬、南蠻子，感到無比的好奇。他偷偷乜起眼睛，多看幾眼他們身上的行頭：高聳的黑色圓桶帽、筆挺的紅色直身彩繡飛魚服、雪亮的白色長筒靴。聖上親賜的一把繡春刀，彎彎三尺，懸在腰口。今晨出現的三百個錦衣衛，齊齊扳起腰桿子，端坐在那高頸長腿、細毛肥膘的西域雄馬上。行進間，人人腰下掛著的綠鯊魚皮刀鞘，不住晃蕩，鞘尖只管撞擊那白銅打造、擦得豁亮的馬蹬，一路叮叮價響，好不侁達。

少年這回可又看呆了啦。

驛吏三人，躬身行禮。

馬上乘客不瞅不睬，雙目注視正前方，逕自揚鞭策馬走過去了。三百頂黑桶帽上，各綴著一朵碗大的、給大行皇帝戴孝用的絨布花，白皎皎，飄忽在早晨的陽光下，涿州城一望無際的雪原上。

「觀音老母，這起陰魂不散的傢伙，這會子又冒出來了。這一路北上京師，他們給白女俠添了不知多少麻煩。今日皇帝大行，錦衣衛緹騎又大舉出動。冤家路窄，道上相逢，勢必有一場惡殺。我得勸白女俠今天慢走，在客棧多待一日。」

主意已定，少年轉身走進店裡。他穿過前院的大通鋪，舉足跨過那白日挺屍般、橫七豎八、兀自躺著的五、六十個散客，鑽過月洞門，進入後院，在東廂一扇緊閉的門下站住了。他佇足片刻，咳嗽兩下清了清喉嚨，輕聲喚聲：「今早白女俠可睡得安穩麼？」

「外面發生什麼事？」門內傳出一個年輕清亮的女聲，嬌柔中，冷森森帶著一股肅殺之氣。「大清早便聽到陣陣馬蹄聲，打雷似的把孩子嚇哭。」

「正德爺，昨夜殯天了。」

「皇帝老兒死了？」聲音猛一頓，噎住了。那說話的女子彷彿驟然被人灌了兩口燒刀子，一時間只管嗆在那兒，說不出話來。半晌她才又開腔：「你說皇上駕崩了？」

「客店中已經傳了好幾天，說皇上得了怪病，病情不妙，沒想昨夜裡真的龍馭上天啦。還下了一夜的大雪。」

房內的女聲，又停住了。

少年清清喉嚨又道：「今天大早，東廠的鷹爪子布滿驛道上。白女俠是不是暫避個風頭，今天不走了，在客店多待一天……」

「不行，今早就得走。」

少年噤聲了。

過了一會，門內的聲音才又傳出：「李鵲你進來。」

名字叫「鵲」的少年答應一聲，伸手推開房門，小心翼翼跨過門檻，反手將門輕輕掩上，以免驚醒睡眠中的孩子。

晨早卯牌時分了，炕下依舊燒著煤球。一房子煙火氣挾著濃濃一股血腥味，照面撲來。少年退縮半步，嗆兩下，舉手擦了擦淚濛濛的眼睛，一看。炕頭牆上掛的一盞油燈，點了整夜，油將燒盡，用棉線搓成的燈捻畢畢剝剝價響，爆出朵朵燈花來。拇指般大的最後一點黃色火光，兀自一閃一閃搖曳著。燈下，只見炕上盤足坐著那梳妝的少婦。她身旁那張草薦上，躺著一個男娃娃，身上蓋著一條小花被。這孩子是昨夜子時末刻，大雪紛飛之際，出的娘胎。降生後，胡亂洗了個熱水澡，這會兒渾身還沾著斑斑點點的胎血呢。

「外邊雪停了？」少婦凝著雙眸，面對安放在炕上的梳妝匣子，攬鏡自照，只顧梳頭，眼皮也沒抬一下。

「天亮時，雪停了啦。」少年將兩隻凍僵的手攏進羊皮襖袖口，邊揉搓掌心邊打牙戰。「可天氣冷煞人哪！路面上積雪足足半尺厚，連個鬼影子也看不見。皇帝大行，京南驛道今天準會封路。」

少婦不答腔，繼續梳她的妝。一梳子接一梳子，不停篦著她那一頭長及腰間的秀髮。萬綹烏絲，在牆上一盞油燈灑照下，熠熠發亮。少年站在炕前，將兩隻眼睛定定望住她那握梳的、皓白如玉的手腕子，一時間竟看得癡了。她是左撇子，慣常左手持劍發招。那隻手每回殺人後，就從襟口抽出一塊紅綢帕，嫻嫻地擦拭劍身的血跡，這才收回鞘中。江湖上的人曾目睹她用這隻左腕子，無情地了結上百好手的生命，可幾時看見過她，披著一肩頭髮，慵懶地盤足坐在炕上擺著的梳頭匣前，使用同樣的手梳妝，像個閨中少婦那樣呢？

過了整整一盞茶工夫，少婦才梳完妝，把梳子收進匣子裡，隨即湊上眼睛，細細端詳鏡中自己那張毫無血色的臉龐。她蹙起眉心，沉沉發出兩聲嘆息，伸出左手小指，用指甲往脂粉缸中挑出一坨臙脂，搽在自己那兩片蒼白的腮幫上。白玉釵又是那個白玉釵，剎那間臉上又布滿殺氣。她滿意了，砰的闔上梳妝匣，反手挽起肩後那把髮絲，盤在頭頂，編成一個碗大的髻。接著，她拔下咬在嘴裡的一支七寸長、形狀奇特，乍看像一根削尖的人骨，在江湖道上曾令人望而生畏的白簪子，打橫插在髻中央。

裝扮停當，可以上路了。

「李鵲，我走啦。」她第一次抬眼看那杵在房門口，一逕磨蹭著兩隻腳皮，低頭沉默不語的少年。

少年望著炕沿上擱著的兩捆行李。其中最顯眼的一捆，是一件綠地白花布面的棉被，捲成圓筒狀，包裹著幾套衣服，用一根麻繩綁得牢牢地。乍看像一顆巨大的、長條型的湖州粽子。被子的一頭，露出雌雄兩把鐵劍的劍柄，牆上燈光照射下，清清楚楚看得到劍的矩形護手，猩紅斑斑，也不知是鐵鏽還是陳年血跡。

少年趑趄好半天，才囁囁嚅嚅開口：「白女俠，玉釵姐姐——」

「你敢叫我『姐姐』？」少婦霍地挑起眼皮：「我白玉釵可是殺人不眨眼的女羅剎。你不怕麼？」

「白女俠，江湖上人人看到你頭髮上那支白骨簪，就像見到鬼魅一樣。單我李鵲不怕。我心裡一直叫你『姐姐』。從嶺南老家追隨你到京師，像個小跟班似的。一路任由你打罵，三番五次被你丟棄，可我不曾離你而去。你是我李鵲心中永遠的長姐。」少年禁不住感到心中委屈，鼻子一酸差點放聲大哭。哽噎半晌，他舉起老羊皮襖袖子，狠狠擦掉腮幫上的淚痕，使勁吸乾鼻涕，才繼續言道：「玉釵姐姐今天真的要走嗎？你剛生產完，還沒坐月子，大冷天怎能帶著孩子，在雪地上獨個乘馬趕路呢？東廠的鷹爪子和你的幾十家仇人，陰魂不散，輪番守在官道口，一路等著你和你的孩子。」

「不怕。我今天就得走。」目光驀地一柔，少婦低頭瞧瞧自己胸前兩隻脹鼓鼓、蓄滿奶水的乳房，臉上露出淒苦的笑容：「上路前，得餵飽這個小孽障。」

她從炕上抱起還在甜睡中的孩子，放進懷中，一側身，背向少年伸出左手，解開胸前的衣襟。她臉上突然露出遲疑的神色，瞧瞧她那春筍般白嫩、殺過無數人的左手，躊躇一會，收回左手，改用右手伸進衣襟內，掏出一隻精白滾圓的奶子來，抖兩下，把乳頭塞入娃娃嘴巴。孩子使勁吮吸，腮幫上綻出兩朵笑渦。

餵奶的過程中，白玉釵一逕低垂著眼皮，凝起眼睛，怔怔地，瞅著男娃兒那張小彌勒佛樣肥嘟嘟的臉龐。久久她盤足坐在炕頭，一動不動，不知在想什麼心事。眉宇間一股凌厲的殺氣，如今消退了，取而代之的是少年追隨她十八個月，一路朝夕相處，卻從不曾在她臉上見過的、屬於女子的柔情。炕上餵奶的一刻，萬萬看不出她是殺人如麻，讓運河沿岸，南北大驛道上，二十四家幫眾聞名喪膽的女魔頭。

「可憐的孩子，一出生就要跟隨娘奔波，逃避仇家追殺！」少年暗自搖頭。

這一頓奶足足餵了兩刻鐘。擠空了左乳房，換右奶子。直等到太陽升上庭院那株銀杏樹梢頭，牆上的油燈倏地熄滅，她才嘆口氣，從腋下抽出手帕，把孩子嘴巴抹乾淨，隨即拿起那條花色小被褥，將孩子周身包裹住，抱進懷中，然後拿來一根拇指粗的草繩，在自己上半身繞五六圈，把孩子牢牢綁在她心口，打個死結。將孩子安頓好，可以乘馬旅行，她終於準備出門。她轉過身子面對房門口，下了炕，雙手扶住膝頭，撐起產後還沒來得及調養的身子，顫顫巍巍站起身來，咬著牙，穩住腳跟，把一件寬大的猩紅斗篷披上肩，扣上領口，密密匝匝包住母子兩個的身子。打理停當，她打開房門走出屋。

在門口，她回過頭來，凝起兩隻杏眼，深深看了那兀自杵在房中的少年一眼，咧開一口皎潔的好白牙，柔聲喚道：「李鵲，小兄弟，不送你的玉釵姐姐嗎？」

少年拎起擱在炕頭的兩捆行李捲，悶聲不響，跟隨在後。

衣包中，白森森露出兩支骨製的劍柄，一路上互相撞擊，嗑嗑價響。

客棧後院十來間上房，住的全都是進京的縉紳、富賈和家眷們。人人已經起身了，只因為驛道封路，無法動身，正在院子裡活動，差遣家丁打探消息，這會兒乍然看見一個年紀約莫二十二、三歲、頭上插一支白釵、鋪蓋裡藏兩把劍的單身女客，抱著剛出生的孩子，咿呀一聲，打開東廂房的門走出來。大夥登時愣住了。臉色一變，人人好似撞見凶神惡煞，紛紛挪腳往兩旁退開，讓出一條寬廣的通路。少婦只管昂著頭，大剌剌，鼓起兩隻渾圓的乳房，從人群中間直直邁過去，穿過前後院之間的月洞門，走進客棧大堂。

前院大通鋪的散客，這春寒天，大半還窩在被子裡呢，這時驟然聞到一股血腥氣，挾著一波臙脂水粉香，迎面襲來，彷彿夢中夢到可意的人兒，紛紛睜開眼睛，從炕上挺起上身，向路過的少婦行注目禮。百來隻眼眸血絲斑斕，灼灼地，閃爍在辰牌時分從破紙窗隙射進的晨光中，宛如一盞盞鬼火。白玉釵抱著她的孩子，不瞅不睬，眾目睽睽之下，逕自穿過長長兩排鋪位，走進門下的帳房，和掌櫃先生結算住店七日的租金。

開發了店錢，趁著大雪初晴準備出門上路。年高七十的店東親自送客。老人家不住陪笑致歉：「怠慢怠慢！小店招待不周，萬望白女俠海涵哪。」一路哈腰導引客人來到馬廄下，喚來店夥，吩咐給女俠的坐騎餵飽肚子，蓄足氣力以便在雪地上長途趕路。他特別叮嚀：「草裡多拌些好料，別給髒水喝！」

少婦抱著孩子站在門口盯著。少年雙手提著兩捲行李，侍立她身旁。他轉過脖子，只顧抬頭望她。白花花的朝陽一把潑來。天光下只見她那張產後失血、紙樣蒼白的鵝蛋臉膛，出門前，腮幫上特地塗抹兩團臙脂，紅漬漬好像兩坨新鮮的豬血。少年心如刀割，猛然摔開臉去，悄悄伸手拭去眼角冒出的一滴淚。雪後的太陽，燦爛得好不扎人眼睛哪！

給馬吃足了草料，店夥慢吞吞開始備馬。少婦嫌他笨手笨腳，走上前一把搶過來自己做：套轡頭、勒馬鞍、綁行李、舉左腳踩馬鐙、抱著孩子一手扳鞍上馬──五個連續動作一氣呵成，比那生產前的身手還要乾淨利索哩。少年破涕為笑，鼓掌喝聲彩。

上了馬，少婦拉起身上那件大紅斗篷的風帽，密密實實，蓋在頭頂上，罩住她那枚新紮的大圓髻，遮住她那支鬼見愁的白骨簪，隨即扣起斗篷領口，把孩子暖暖地藏在她心窩中，準備策馬上路了。馬背上一回頭，她瞅住了那孤伶伶站立馬下、一逕仰臉望她的少年。霎時間，她臉上那匕首一般冰冷銳利的兩隻杏眼，變柔了。

「小兄弟，我這就走啦。」

「玉釵姐姐自己獨闖京城嗎？」

「不去京城了。我要帶孩子回家。咱們姐弟倆永遠不會再相見了。」

「好。祝白女俠您一路順風，平平安安到達嶺南瓊島。」

「萍水相逢，有緣相識一場，承蒙兄弟你一路上多次捨命相助，多謝！」她舉韁猛一調轉馬頭，深深看了兀自侍立馬下的少年兩眼：「李鵲珍重！」隨即伸出拳頭使勁捶打馬胯，一摔頭，潑刺潑刺策馬直出店門，踏上店前那條空蕩蕩的官道，背向京城，

迎著陽光朝向東南方馳去了。母子單騎，孤獨行走雪原上。馬背上鋪蓋捲中，露出一雙雌雄鐵劍的白骨柄，一路敲擊白銅馬鐙，叮噹叮噹價響，煞是好聽。驛道旁滿樹烏鴉驚起，背上馱著昨夜飄落下的一坨一坨雪花，濕漉漉地滿天裡亂飛：刷——刷——。

不消片刻工夫，那一團猩紅的身影，便旋風也似隱沒在白茫茫的涿州田野裡。

「白女俠一路好走哇！」店東站在屋簷下笑咪咪打一躬，回身走進店裡。

少年拱著寬大的老羊皮襖，縮著瘦小的身子，吸著兩條鼻涕，獨自守在客店門口。好久好久他只管伸長頸脖，眺望原野中兩行筆直、孤單的馬蹄跡，捨不得收回目光。他那雙滿布血絲的眼睛，順著雪地上這條黑線一路搜尋下去，直到馬蹄消失的地方才止住。在那兒，天際，他看見一座古老雄偉的城樓嵬嵬聳立。涿州城。門洞兩旁的城牆兀自覆著昨夜的積雪，朝陽照射下，發出萬丈光芒，宛如兩條金龍面對面盤踞在地平線上。那女兒牆上的雉堞，好像兩排銀白的鋸齒，森森然，排列在寶藍色的一穹廬天空下。這時已是辰時末刻，城門早就打開了。爭相進城出城的人，黑鴉鴉的一群，從北城門洞口鑽入鑽出，從客店這兒，隔著一片田野眺望過去，煞似長長兩縱隊面對面行進的螞蟻。

涿州城背後，直隸省大平原上，寬闊平坦的驛道直直朝向大明帝國南境延伸，一路穿州過府，經過一座又一座城池，抵達黃河岸，渡河進入中原大地，沿著古運河繼續南下……白玉釵女俠當初便是憑仗著一騎雙劍，孤身從那裡來，如今帶著初生的孩子，又乘著那匹忠心耿耿的臙脂馬，沿著原路回去。

「玉釵姐姐，走好喔！望你們母子兩個一路順利走下去，無災無難平平安安，直到家門口。」

少年一逕跂著腳跟伸著頸脖，望著雪上單騎的背影，直眺得兩隻眼皮都發疼。

十八個月前，他便是沿著這條路線，從粵北的南雄府出發，萍水相逢，追隨身負血海奇冤、長大學成後北上復仇的女子白玉釵。一大一小兩個陌生男女，姐弟相稱結伴同行，跨南嶺，入江西，來到贛水源頭，乘木筏順流而下，抵達那煙波浩渺水天一色的鄱陽湖口，渡長江，攀登采石磯，踏上京杭大運河旁的官道。一路只管殺人，又結下無數新仇家，終於來到了南北大驛道的最後一個歇腳處——北直隸的涿州驛，距離京師僅僅一百里了。

四千里江湖路，以客棧野店為家的五百多個日子。

這會子，一個春寒料峭的北方早晨，站在客店門口，回想路途上經歷的一場又一場腥風血雨，和那江湖兒女的愛恨恩怨，少年的一顆心，霎時間不由得癡啦。一個十三歲的小南蠻子（離家一年半，即將滿十五歲了），從銀杏花開四季如夏的南雄府，一路走到初春三月白雪皚皚的涿州城，從他那單調無奇的生活，猛一頭，栽入一個陌生、絢爛、帶著惡夢色彩的新世界。莫不是，他李鵲正在做一場離奇荒誕、曠古未有的夢？如今，大雪天流落在北地一間客棧，被困在天子腳下，進退不得，他禁不住思念起廣東老家的阿爺——他那位年近七十，膝下只有一個單傳的香火種，孫子離家出走後，淒涼地守著一間老店的祖父。

「阿爺現在不知怎麼了？」少年喃喃自語。「他老人家想必每天起早，站在鳳津村，古渡口，望著對岸五嶺山下的南雄府城，盼著他那個前年秋天不告而別，離家出走的孫子，早日歸來。他家『鵲官』，跟隨一名身穿青衣、乘馬帶劍、頭髮上插一支白骨簪的路過年輕女子，悄悄走了。如今在外頭遊蕩得累，該回家吧！」

鼻頭一酸，少年眼圈紅了。他舉手狠狠抹掉臉頰上那潸潸流下的兩條淚水，一摔頭，揉揉眼皮，朝客店對面的京南驛站望去。早晨巳牌時分，日頭爬上樹梢，路上積雪開始融化了。驛丞躬身送走最後一批身戴重孝，匆匆經過的欽差，和那一隊隊鮮衣怒馬、烏筒帽上別著一朵白絨花、嘚嘚踏雪奔馳的錦衣衛緹騎，轉身入內，咿呀一聲，闔上那兩扇掛著白幡的朱紅驛門。館內靜蕩蕩，只聽得聲聲馬嘶，叫春也似地從皇家馬廄中傳出來。

少年轉身，正待回到屋內，一眼瞥見客店大門旁白粉牆上，用紅漆畫著十二個大圓圈，圓圈內，用黑漆寫著十二個楷體大字：

京南涿州萬祥老店安寓客商

他杵在客店門口，回頭眺望雪後田野上那一穹窿分外湛藍、遼闊的北地天空，驀地心中一片孤寂。「玉釵姐姐狠心走了，頭也不回。她再一次丟棄我，像隻破草鞋那樣，把我孤伶伶留在半路上的一間客棧。觀音老母！這回我該上哪兒去呢？」想到這點，少年禁不住仰天浩嘆一聲：「李鵲啊李鵲，你這個南方小鄉巴佬，怎會鬼迷心竅，一路跟隨殺人魔頭女羅剎白玉釵，來到京師這個鬼地方？」轉念又想，心中有了個主意，忍不住格格笑將起來：「我的經歷著實可驚可嘆，可喜可悲，等我回到了鳳津村，得親口講給老家那起沒見過世面、不曾進入中原花花世界一逛的鄉巴佬聽。」心意已定，少年李鵲轉身一邁步跨過門檻，進入萬祥客棧收拾行囊去了。

第一回　鳳津古渡

我的身世

我姓李，名鵲，廣東省南雄府鳳津村人。據我阿爺竹堂公所言，我南雄李家乃入粵始祖火鳳公後裔，屬隴西郡李氏。隴西堂係李姓大宗堂號，源自甘肅天水。火鳳公因宋元交兵，為避秦而舉家遷徙，於大宋淳祐五年春三月自贛州出發，越大庾嶺，過梅關口，走唐朝宰相張九齡開鑿的驛道，進入粵北谿谷定居，傳到我這一代忽忽已有二百六十年了。

正德三年，大明朝國運如日中天之際，我呱呱降生於鳳津村貞水渡的李家老店。卯時三刻出的娘胎。阿爺說，命理上不算好時辰，可那日大清早卻有一群喜鵲光臨我家，在前院那棵老銀杏上繞樹三匝，不住嘁喳鳴叫報喜，故而阿爺給我取名「李鵲」，小名「鵲官」。

我乃遺腹子，打小便沒見過阿爸。三歲上又死了年方十八便守寡的阿母。八歲那年一個颱風之夜，水淹南雄城，阿嬤也往生去了，丟下阿爺和我兩個男人相依為命，守著祖傳的旅館「君子客店」過日子。白日裡，我上午到村中私塾跟鄔老秀才讀經書、學作詩。十二歲作過一首五言絕句，題為〈女俠〉：

譙樓三更鼓
雄城一片月
隔河呼艄公
窈窕帶刀客

這首詩雖不甚合平仄格律，但意境詭奇雄渾有初唐風，夫子讀了忍不住拍桌子：「好個窈窕帶刀客！『窈窕』二字寫出了俠女的風姿。鵲官呀你好好讀書，將來中了舉，上京會試，看那些北方佬還敢小覷我南蠻不。」但我不喜背死書，生平最恨作八股文。每日上午到學堂打混，下午便待在店裡，代替午睡的阿爺招呼過路打尖的客人。閒時，我就站在門前簷下，抱起雙臂，眺望長街盡頭山坡底下的渡口。生意清淡的日子，往往一眺，便是整個晌午，連站姿都沒變換過一次哩。

渡口是人氣最旺的所在。每日天方發曉，城中譙樓鼕、鼕、鼕剛打過五更鼓，街上巡夜人最後一輪梆鑼聲才停歇，咿呀一聲，城門打開了。霎時間，只見成群進城出城的人，肩挑扁擔的、手推雞公車的，還有那一大早抬棺出城的喪家，登時擠滿一渡頭。白日六個時辰，每一刻鐘都有兩艘渡船對開，穿梭河上。南雄渡船船身特大，能容十輛雞公車和五匹馬，還能站上二十幾人。七個畬家船夫光著臂膀子，手握一根丈來長、末端包紮鐵皮的竹篙，一篙一篙點著江心的水，扯開嗓門大聲吆喝。直到日落城西，烏啼滿山，城中鼓樓鼕鼕打起了初更，那一丈高的兩扇城門便砰地闔上。這時南城門「伏波門」外，古老的湞江畔，那從漢朝起就開始興盛的鳳津渡，才倏然安靜下來。

我最愛看那些風塵僕僕，來自天南地北，同時搭上一條船的渡客。那手挽花布包袱的女人，和那肩掛沉甸甸搭褳的男人，萍水相逢，在我家門前這條河上聚首了。兩個陌生男女，在渡船上相隔約莫三步距離，眼角眉梢，互相瞄望幾眼，似有情若無意。船上相會一刻鐘，欸乃一聲，船靠岸了，各人便登上渡頭各奔各人的前程。此生或許不再相見。

站在自家屋簷下，看著這一船又一船漂蕩在河中流，摩肩接踵，素昧平生的男女，心裡老惦著阿爺慣常掛在嘴邊的古老美麗諺語——十年修得同船渡。我，李鵲，十三歲從不曾離過家的小鄉巴佬，一顆心不由得癡啦，腦袋瓜裡，開始編織一齣又一齣悲歡離合、香豔感人的傳奇……

湞江，我們南雄人稱之為貞水河。這並不是一條大河，流帶鳳津僅三十丈寬。站在渡口眺望對岸城中，街道人家歷歷在目。可這河並不好惹。湞江發源自粵北大庾嶺，崇山峻嶺中一路奔騰而下，抵達南雄時陡然轉彎，水流變得又猛又急。一年四季，每日戌時譙樓中初更鼓聲響起，天入黑，河上就嚴禁行船，所以才會在對岸的碼頭形成「鳳津村」這條街市（這個渡口古名鳳之津）。街上設立澡堂、飯莊和旅舍，專供錯過最後一班渡船的商旅借住一宿。

我們家經營的旅舍是百年老店。門口那兩道白粉牆上，至今還留著我阿祖衍德公，當年創店時，用上好的黑漆手書的八個柳體大字，筆勢蒼古雄樸，極得過往的讀書人讚賞，時不時還有人拿紙筆前來臨摹呢：

君子老店
過路平安

留宿的客人卻少，每晚頂多三、四位落單客入住。平日來店的大多是過路人，午牌時分抵達鳳津村，就地打個尖，洗把臉，吃一盤熱騰騰剛出爐的客家煎堆，歇過腳，便趕到渡口搭船過河進城去了。這些旅客，看穿扮聽口音，便知道是南雄城北關珠璣巷的商家，從合浦、雷州和廣州販貨回來。我對生意人並無興趣。讓我眼睛豁然一亮，激發我李鵲仰慕之心的，是那時不時出現在商隊中，操著濃濃北方口音，乘著一匹身高腿長的口外雄駒，鶴立雞群般，單獨走馬在鳳津村長街上的外鄉客。

瞧他那身標勁的裝扮！白竹布短衫加青棉布袷褲，紫綢腰帶配黃緄綁腿。馬鞍下，掛著一口兩尺長五寸寬的朴刀，馬匹行進的當兒，刀鞘不住摩擦馬鐙，磕登磕登一路綻響不停。嶺南天氣熱，日頭大，北方騎士戴著一頂馬蘭坡大草帽，帽沿挺寬闊，左右兩邊各綴著一條三尺長的黑綢帶。騎士一路策馬，綢帶一路隨風拂動，忽颼忽颼。這副帥勁兒用我們南雄話來講就是「靚」。

我，十歲出頭的小南蠻子，鵲官，站在我家客店門口，舉頭觀看這位身材修長、劍眉鳳目，英姿勃勃的燕趙男兒，嘚嘚嘚策馬經過我們村子，直看得兩眼發痠。我心裡多麼盼望他在君子客店歇馬，進店打尖哪！如此一來，我便可以從他手中接過那匹滿身沾著風塵、又饑又渴又累的烏騅，握著韁繩，牽著那精瘦的、足足比我高出兩個頭的馬身，在門前街道上，來回遛達幾圈，再牽到馬廄餵上一頓好料，喝足乾淨的水，順便用我私藏的上等桐油，將兩枚白銅馬鐙擦得豁亮亮。將坐騎安頓停當，這才進店伺候馬的主人。我侍立店堂中，邊看刀客進餐，邊聽他講述江湖逸聞。餐畢，上馬，他握著韁繩回頭深深看我兩眼：「李鵲小兄弟，謝謝你的招待！俺哥倆青山不改後會有期。」陡地一提韁，喊聲：「駕！」那匹烏騅便放開四蹄，一股黑煙似地朝向渡口捲去。刀鞘磕碰馬鐙，噹噹噹一路迸響在白花花大日頭下。

可是，每次我都失望了。

路過的刀客對我這個客棧小廝，總是不理不睬，一逕高高跨坐馬上，昂起頭顱，繃緊臉孔，沿著鳳津村的長街策馬走過君子客店門口，脖子從沒轉過。他直直來到街尾的渡頭，翻身下馬（好個俐落的身手！）牽馬登船，右手握轡左手插腰，佇立在船上十來輛載滿貨物的雞公車中，兩隻鳳眼一睜，凝視那滔滔西去的江水，只管想自己的心事。馬蘭坡帽沿下的兩條黑綢帶，獵獵飄舞在晌午滿江陽光中。自始至終，刀客不曾回頭。

我的眼睛一路追隨不捨。我杵在自家店門口，伸長頸脖，直眺望到這一人一馬渡了河，抵達對岸，這才依依地收回目光。霎時間悲從中來，直想放聲大哭。我情願當刀客的馬僮和小廝。我只要求他讓我追隨他，穿越南嶺天關，進入中原的花花世界。他從頭到尾並沒看我一眼。我的心一次又一次被摜碎。

藍衫書生

直到那年夏天，有個外鄉人來到了村中。他不是刀客。他是文謅謅、手無縛雞之力的讀書人——我李鵲平生最看不起眼的那種男人。至今我頂記得，那是七月杪的黃昏。夕陽紅似大血球，低低斜掛在南雄城中鼓樓的飛簷角。他孤身一人，攜帶一竹簫、一書囊和一捲乾扁扁的鋪蓋，身穿藍夏布長衫，頭戴青方巾，騎乘一匹瘦巴巴病奄奄的青驄馬，踢躂，踢躂踢，慢吞吞行走在鳳津村街上，邊走邊扭轉脖子張望。看神色似是在尋找地方打尖。

忽然，書生在我家門前勒住馬頭了。他舉起手中長簫，指點著圍牆上我阿祖手書的八個大字：君子客店過路平安。他邊端詳邊不住點頭，霍地一旋身，扳鞍下馬，把韁繩交到我手中。我吃一驚。看不出這文弱書生的手腳，比一般的刀客還麻利，顯是慣常騎馬出門行走在外，見過世面的。

我阿爺常告誡我：過路的客人中有兩種人萬萬不可輕侮，一是比丘尼，一是文人

秀士。這兩種身分的人在師門上另有真傳，身懷絕技，否則不敢孤單行走在江湖道上。如今，事隔一段日子細細回想，當初他在我家店門口撩衣下馬時，一瞥之間，我看見他那件寬大的書生衫內，腰際果然繫著一柄長劍。真人不露相喔。我心中立時產生三分敬意。我將他的坐騎牽到馬棚，用好料著實餵飽，順便將馬身上的塵土刷乾淨，安頓好後，才拎起他的一匣書和一捲行李，進入店堂。書生在我阿爺招呼下，正坐在一張桌旁，品嘗我們梅州老酒，大啖客家煎堆呢。

我悄悄對阿爺說：「這位客人的馬，四枚蹄鐵都磨掉了大半，馬掌已經發腫，可不能再走路了。」阿爺回頭瞪我一眼：「鵲官，你就把馬牽到渡頭彭記鐵鋪，請彭矮子給馬換一副蹄鐵呀！快去快回。」書生問道：「換釘馬蹄得費多少時間？」我回答：「四枚蹄鐵最快也要半個時辰。」

書生一聽便放下筷子，抬頭望向店堂外。渡頭上的天空暮色越來越濃。他沉吟好半晌，道：「那我得錯過最後一班渡頭囉。」他舉起酒盅昂然一乾而盡：「行！今晚我索性就在貴店借住一宵，好好品嘗咱們梅州老窖。東家，就勞駕您老，到廚下給做幾道南雄名菜下酒。」說罷，從懷中掏出一錠五兩重的銀子，笑吟吟放在桌面上。

我聽了便飛快跑回馬棚，牽了青驄馬就去找彭鐵匠。

給馬更換蹄鐵，可是一門殘忍的行當。首先，得將整匹馬抬到五尺高的木架上，五花大綁，固定馬身，隨後用鐵鏟子削平每一根趾甲，再用小錐子撬掉舊蹄鐵，釘上新蹄鐵。我在旁看得頭皮直發麻，兩腿猛打哆嗦。這匹瘦馬竟是半聲不吭，一逕齜著兩排大黃牙，忍著疼痛。換一匹雄健的口外馬，早就拉長脖子扯起嗓門仰天嘶叫了。我，李鵲，瞧在眼中，禁不住打心裡敬重起這匹身矮腿短、貌不驚人的川馬來。

釘好四隻馬掌，離開鐵鋪時，抬頭一望只見南雄城頭那原本車輪大的落日，轉眼間，已經變成血紅的一顆小丸子。陣陣歸鴉掠空而過，像一把一把黑棋子，被天神潑撒在河上。渡口一枚人影也沒有。我牽馬，闊步行走在空落落的長街中，左顧右盼好不神氣。穿上新鞋的老青驄，精神抖擻，驀地放開四蹄來，噠噠噠踩著街心鋪的青石板，步伐變得忒輕快，彷彿一下子年輕了五歲。

回到客店，馬的主人正在據桌大啖客家美食哩。招牌糯米雞和鱔魚皺子，外加荷包胙、竹筒粉蒸腸和蛋菇湯——四菜一湯鋪滿整張桌面。他邊吃菜邊啜酒。一張白淨容長臉膛已經喝紅了，腮幫上綻出兩朵桃花，嬌滴滴像個新婚媳婦兒。我阿爺捧著酒罈站立桌旁，邊給客人斟酒邊陪話。從兩人的談話中，我漸漸摸清此人的來歷。原來是個落第的秀才，應舉不成改而學劍，出師後離開徽州老家，攜帶一劍一簫一書篋一青驄馬，獨自遊歷嶺南。這時剛從雷州遊倦歸來，打算經由粵北的南雄府城，越大庾嶺，過梅關，走贛江旁的古驛道直下江西省，渡長江回到徽州。

「雷州啊？近日不老是在鬧倭寇嗎？」阿爺問。書生回道：「上個月月圓之夜，十船倭人登陸雷州，血洗徐聞縣疊石村。」

「這回斬殺了幾多人哇？」

「滅村。男丁全部押到海邊梟首。」

「女人呢？」

「年輕標致的都給擄到海上。」

「年老色衰的呢？」

「自盡嘍！百來個婦人，在村口榆樹上吊成長長一排，跟隨丈夫和兒子到陰間，找閻羅王告狀去了。」

我阿爺聽了這番話，沒再吭聲。書生也失去談話的興致，自顧自喝起悶酒來，喝到酩酊大醉，又是狂笑又是痛哭。直鬧到城中譙樓上鼕——鼕——打起五更鼓，才在我這個十三歲男孩軟言哄勸、使勁攙扶下，乖乖到後院西廂房歇息。阿爺將他安頓好，臨走回頭問他：「客人尊姓大名啊？」

「姓蕭。」書生揚揚手中那支從不離身的紫竹簫，格格笑，乜起丹鳳眼睨我兩眼，伸手拍拍長衫內懸掛的長劍：「單名一個『劍』字。」

蕭劍——這個姓名一聽便知道是信口謅出來的。但我們祖孫倆都不拆穿。江湖道上，因著各種緣由，不願透露姓名和師承的人盡多，我們經營旅店的，須得尊重人家的隱衷。阿爺笑笑說：「蕭相公請安歇吧！」深深打一躬隨即離開，咿呀闔上房門。

翌日起身後，書生蕭劍帶著一支簫和一卷書，走出店門，踏著滿山徑的晨露，在鳳津村漫步一周，接著登上我們店後那座百丈石崖，在崖頂河伯廟前歇腳，坐在一張石凳上，面對崖下的湞江和對岸的南雄城，舉簫吹奏一回，掏出書來讀一段。午前巳牌時分才返回客店，興沖沖告知我阿爺：他打算在鳳津歇馬，小住一段時日，一來在嶺南浪遊半年，身體實在困乏，二來他那匹坐騎傷了腳，須得將養，三來他太喜愛此地的山川形勢，得花上幾天時間遊覽勘察一番。他搖頭晃腦地說：「史稱南雄居五嶺之首，為江廣之要衝，枕楚而跨粵，實南北咽喉。今天初初一看即知不是虛言哪！」我不懂他掉什麼書袋，但這位來歷神祕的落第秀才，便這樣成為君子客店的常住客。白天他四處走動，乏了就獨坐在河伯廟山門下看書。（我曾偷瞄一眼，發現他最愛看一本名叫《剪燈新話》的故事書，每次都看得如醉如癡，忘乎所以。）讀到傷心處，他就擱下書本拿起簫來吹奏一曲。

我最愛聽蕭劍吹簫了。

那當口，我正在店堂中忙活，耳鼓陡地一震，隨即聽到一陣簫聲從石崖上響起，有如小寡婦拜墓，聲聲啜泣，從棗林中荒墳間傳出來，光天化日下真真切切淒淒涼涼，半天只管盤繞在湞江河面上。突然曲調一變。一匹神龍和一隻巨蟒迎面相逢，交戰於南雄古城譙樓上空，只顧互相廝咬纏鬥，嗚嗚發出一聲聲淒厲的長吟。百面天鼓一齊擂打助戰，鼕鼕鼕山鳴谷應。霎時風起，沙沙沙千樹搖晃，乍聽如同颱風天白日狂風橫掃過鳳津古渡，發出海潮般的呼嘯。一會調子又變。竹簫輕快吹奏。聽哪！春天來臨水流花開，林中好鳥嬌啼煞是悅耳。但不久調子便轉細訴，啜泣再起，簫聲又回到了起初的哭墳。驀地裡，小寡婦扯高嗓門對天嚎叫一聲，引得五嶺群起響應，滿林鳥兒展翅亂飛。隨即簫聲又轉清細，悠悠遠去，好久好久，才消失在南雄城背後大庾嶺上的青天白雲中。

「這是我蕭劍自創的新曲，名字叫〈蕭劍引〉。慚愧，讓李鵲小兄弟聽到傷心了。」有一次他吹完曲子，回頭瞅見我站在他身後偷聽，臉頰上還帶著兩條淚痕呢，便揚揚手中那支六孔紫竹長簫，笑吟吟對我說道。

「我愛聽！」我擦乾淚水，破涕為笑。「每次聽到您這首曲子，我便想起我苦命的母親。」

「好！我每天專門為你吹奏一次。」

就這樣，吹奏〈蕭劍引〉成為這位江北書生的日常功課，也成為我——與他在鳳津渡一間旅舍萍水相逢的嶺南少年——每天在店裡幹活時盼望響起的樂曲。

菊十六郎

直到那天，午牌時分，一輪太陽白炯炯高掛南雄城鼓樓時，菊十六郎來到了村子。彷彿受到簫聲的勾引，一進村，這個十六郎便高高豎起兩隻招風耳，朝向河畔石崖上的河伯廟，邁著一雙大八字腳，直直走去。一副扶桑浪人武士的扮相：粗短的脖子頂端，樹立著一顆椰子殼般渾圓堅硬的小頭顱，腦勺上，高傲地翹起一枚矩形髮髻，好似修剪過的公雞尾。五短身材，穿著一件寬大開襟的日本花格子袍，腰插長短二刀，腳踩三寸木屐，叩，叩，走兩步就扭一下腿上兩片臀子，背著河上的陽光，沿著石板街道從渡口走進鳳津村。看年紀也不過十八、九歲，還帶著一臉奶臭味呢，渾身卻散發出一股子陰颼颼、冰冷冷、讓人打心裡直發寒的殺氣。你看他那剃得精光的腦門底下，滴溜滴溜，嵌著兩粒櫻桃大的鯊魚眼珠，不住瞟啊瞟，時不時就瞪人，倏地暴射出兩道精光來。

「小鬼佬來了！」

「斬人十六郎進入村子了！」

「又要施展『圓月劍法』斬人了。」

「白七公，拜託你老人家走快，帶我們去看這回被斬的是誰。」

村子的小孩，男娃女娃七、八十個，在一位彎腰駝背的白頭老乞丐帶領下，尾隨在「小鬼佬」身後，準備看他殺人。

菊十六郎是近日出現在嶺南，鬼魅般，行蹤飄忽的獨行客，所以廣東孩兒都稱他「小鬼佬」。憑仗一把三尺五寸日本刀和一套圓月劍法，他從雷州徐聞出發，行走中華驛道上，由南往北一路遊逛過來，青天白天下，總共斬殺了粵省武林十三名豪傑。目擊者說，他每次殺人決不超過三刀，而圓月劍法也只有三個招式：其一、雙手握刀，刀尖指地，雙腿併攏雙目圓睜直視敵人，此為下段劍式。其二、開始畫圓，刀身徐徐旋轉上升到肩膀高度，刀尖直指對方眼睛，此為中段劍式。其三、舉刀過頂，覷準對方身上出現的罅隙，瞬間出手制敵，此為上段劍式。這便是代表日本劍道極致的圓月劍法。手中一把武士刀，由下而上，自左至右，畫出一個大弧形，總共不過三招便足以令敵人血濺當場！

江湖上傳言，菊十六郎的師父名叫「眠狂四郎」，乃西洋浪人術士勾引日本大名的幼女，在大阪城下的異人館私合，懷胎十一個月，偷偷產下的混血兒。四郎長大後練就圓月劍法，大白日於堺市鬧街處決生父。「八嘎——奧多桑覺悟吧！」他甩起滿肩捲曲的金髮，朝天呼叫一聲，眾目睽睽之下，一刀斬斷老術士白髮蒼蒼的頭顱。當年，這樁血案轟動扶桑三島，狂四郎的名頭，甚且跨海傳播到中華武林來呢。可誰知他的關門弟子十六郎，如今會出現在咱們大明國鳳津村。

那當口，近午牌時分，打尖的過路客正多，我在店堂中鑽進鑽出幫忙招呼，猛聽得街上那群潑皮大喊：「鄉親們，斬人十六郎進入村子了！」我立馬丟下客人，也不管阿爺氣得在廚房跳腳詬罵，手裡提著熱騰騰一隻茶壺，拔腿就奪門而出，追跟上去。這幫小混混又是害怕又是興奮，隔著十步距離，牢牢跟住前面那一逕昂著小頭顱、高翹起公雞髻的日本浪人武士。不瞅不睬，他只顧豎起雙耳傾聽簫聲，腳下蹬著木屐，叩叩叩踏著石階梯，一步一步登上河畔斷崖。潑皮們邊跟蹤，邊扯起嗓門沿街報訊：「菊十六郎來了！大家趕快到河伯廟觀戰。」

「鵲官啊，待會兒你好生看著！親眼見識見識，殺人不過三刀的東洋第一劍法。」帶領一群娃兒走在前面的老乞丐，回頭等我追上來，對我說。「圓月流，其實是西洋催眠術和東洋劍道交配，生出的一種新迷魂大法。那下、中、上三段劍式，便是和敵人對陣時行使催眠術，雙眼一眨不眨直瞪對方眼睛，將刀尖舉到空中，慢慢畫個大圓圈，以迷亂敵人的心神，趁他昏昏欲睡之際奪取他的魂魄，然後出手，掄刀斬之。日本人講禪宗劍道，以無相的太極結合有相的無極，如圓圈的流轉循環，使天地與自然融於一身，以達到劍道最高的圓成境界。他娘的全是扯淡！圓月流『取人首級先取其靈魂』的獨門劍法，鵲官，講白了，就是下三濫的迷魂術，比咱們中土採花大盜使用的雞鳴五鼓返魂香，高尚不了多少。」

這老乞丐，人稱白七公（因他是個白吃漢，「白吃」的外號給人叫久了便成為白七）。他也是近日才出現的外鄉人。三個月前一個風雨天，他披著一件用蘆葦桿編成的蓑衣，佝著背，蜷縮著身子，整個人活像一隻大刺蝟，蹲在一乘竹筏上，順著暴漲的河水飄渡過湞江，進入鳳津村。滿口蒼涼沙啞的官話，聽不出是哪裡人。他自稱老叫花子，卻從不伸手乞討，肚子餓了便往街上飯館門口站崗。老人家扶著綠竹杖，頂著一頭花髮，太陽下直挺挺一站就是整個晌午。店家可憐他，碰到有人家做喪事，會賞他一大碗供養死人的腳尾飯。沒有時，他也不強求，自管拄著杖顫巍巍登上石崖，回到河伯廟他借住的那間陰森森，白日成群蝙蝠飛轉，廊上停著十幾口棺材的西跨院。經常，好幾天沒吃到一口飯。我若三天沒在鳳津街上看見白七公，心裡就有譜，他老人家餓癱了，沒氣力下山，於是趁午後生意清淡，端一碗飯菜，揣幾個煎堆上山看他。一老一少滿投緣。我邊伺候他進食，邊聽他講述中原武林故事。我最愛聽他解說各家門派武功，真箇如數家珍，頭頭是道。我看見他那身百衲衣上縫著六隻口袋。一回，忍不住打斷他的話頭，問他是不是丐幫六袋弟子。白七公但笑而不答，繼續講江湖見聞。

可今天真的劍客來了，我哪有閒情聽老人家嘮叨，講說東洋圓月流劍法呢！半路上我丟下白七公，提著茶壺拔腿就跑，跟隨那起兀自跳躍吶喊、沿街報訊的潑皮，追蹤那件搖搖蕩蕩，大白日幽魂般，悄沒聲行走在鳳津村的日本花格子袍，一路朝向河伯廟跑去。

踩著陡峭的石梯，喘吁吁直奔上崖頂，一抬頭，我發現菊十六郎已經站立在蕭劍面前。

好書生！他穿著他那件藍布長衫，頭戴青方巾，挺著腰桿子端坐在廟埕一張石凳上，面對崖下的貞水河，朝向河對岸的南雄城，手握一支六孔尺八長簫，只管專心吹奏他的〈蕭劍引〉。整整一盞茶工夫，他不停吹奏，正眼也沒瞧過那兩手插腰，雙腿箕張，大剌剌杵在他身前的東洋浪人一眼。

日頭當空照。場子上兩個影子凝結不動。

回頭一瞧，我看見白七公聳著白頭顱，拄著綠竹杖，神不知鬼不覺，早已站在那群腆著光溜溜的肚腩，睜大眼睛，等候好戲開演的孩兒堆中。七十歲的老漢，一口氣登上一百八十級石梯，氣不喘臉不青。看來也是個不露相的高人。

廟前那座灑滿陽光、白花花扎人眼睛的平台中央，一站一坐，兩人對峙。武士張著雙眼直視吹簫的人，目光睒睒。書生垂著頭不睬不看，自管吹簫。我豎耳傾聽。那簫聲與往常不同。平日蕭劍吹奏這首曲子，音調變化百端。忽地風起雲飛驚沙匝地，忽地龍蛇交戰長嘯破空，忽地水流花放百鳥啼鳴。從頭到尾聽一首〈蕭劍引〉，如同夏日在湞江上游的急流險灘上，來一趟驚心動魄的竹筏之旅。但今日不知因何緣故，吹奏了半天，蕭劍手中一支紫竹簫嗚嗚咽咽，吹來吹去總是「小寡婦拜墓」那段。幽怨的哭墳聲，好似一條孤獨的遊魂，只管盤繞在正午日頭下那空蕩蕩的廟埕上，飄飄嫋嫋沒完沒了，聽得人身上的毛孔全都張開啦，背梁上冒出一波波涼汗來。

就這樣，耗掉整整一盞茶的時間。

菊十六郎再也沉不住氣。他抽出腰間長刀，提在手中，小心翼翼移動腳下那雙三寸木屐，橐、橐、橐，向後退出三步，站到場子正中央，面向石凳上那不瞅不睬、兀自端坐吹簫的書生，擺出了圓月流三段劍式中的第一段：雙手握刀向前伸出，刀尖朝下，指住書生腳前方約莫一步之處。眼皮猛一挑，十六郎睜起他那兩粒鯊魚眼珠。兩道精光驀地射出，冷森森碧熒熒，盯住書生那張白皙清秀的臉龐。蕭劍呀蕭劍，他硬是不抬眼皮，一逕面對武士刀，高舉著雙臂，自顧自吹他的簫。這股嫻淡勁兒，讓我李鵲在旁看了忍不住打心裡喝彩。趁雙方還未出手，我轉頭看看白七公。只見他老人家兩眼瞇笑瞇笑，皺巴巴的一張猴兒臉，喜孜孜顯出了讚許的神色。雙方就這樣僵持了半刻鐘。好個菊十六郎，東洋劍術一代宗師、圓月流創始人眠狂四郎的入室弟子，率先出招。他邊凝視對手的眼睛，邊舉起刀尖，開始揮動刀身，慢慢地、一寸一寸地，由下而上在空中描畫出了明月的輪廓。這當口恰恰是午牌時分，日正當中。觀看決鬥的鳳津村孩子們，男娃和女娃百來個擠滿河伯廟前的場子，個個淌著汗，踮著腳，張大嘴巴伸長脖子，憋氣等待。花了半盞茶時間，十六郎的劍式終於由下段上升到中段：刀身與肩膀齊平，刀尖指住對方眉心。太陽直直照射下，我瞥見刀身上刻著一行字，細看是九個古雅的隸書：

取人首級先取其靈魂

刀身反射陽光，扎得我眼睛發疼。書生蕭劍卻依舊挺起腰桿坐著，半天，連眼皮也沒抖動一下。手中一支尺八紫竹簫，平平伸出，對準敵人的雙膝。隨著圓月劍法的施展和武士刀的移動，簫聲愈加急切，小寡婦的呼喚越發淒涼：「回來呀——夫君你飄蕩在外的靈魂，記得回家來喲——」太陽下召魂聲一聲緊似一聲，直要叫斷眾人的腸子，聽得場上大夥眼圈都紅啦，八月大熱天，背梁上禁不住又冒出冷汗來。忽然，好似瘧疾發作，十六郎渾身機伶伶一連打出十多個哆嗦，雙眼圓凸，一眨不眨，兀自瞪視石凳上的書生。臉上青一陣白一陣，開始露出又是迷惘又是怯懦的神色，彷彿光天化日下，遇見一名女子的怨靈。但他手中的刀並未停歇，繼續旋轉畫圓，操弄半天，劍式終於從下段升到了終極的上段：舉刀過頂，刀尖朝天。武士刀那一鈎弦月般彎彎的刀尾，映照中天的太陽，白雪雪妖嬌嬌。東洋劍士臉上一雙血絲眼珠，閃爍著陽光，煞似兩朵白日出現的鬼火。石凳上的書生仍是端坐不動，不睬不看，一逕噘唇吹簫。

三段劍式使完，一輪明月描畫完成。

功德圓滿。

「鴉媽大——」菊十六郎張開喉嚨叱喝一聲，蹦的一躍而起，雙手握住刀柄，對準蕭劍那戴著青色書生巾的一顆好頭顱，由上而下猛力一劈：「馬鹿野郎覺悟吧！」

「夫君回來喲！」小寡婦扯高嗓門悲號一聲。

簫聲戛止。

剎那，書生舉起左臂，揚起手中的簫，正面迎向菊十六郎的刀，將簫的吹口對準武士刀的刀尖，牢牢鎖住了。同一時間，書生的右手探到長衫開襟內，颼地抽出腰間懸掛的長劍，直直伸向站立他身前的菊十六郎。噗，噗，只聽得兩聲輕響，劍尖在菊十六郎左右兩隻膝蓋上，宛如蜻蜓掠水，各點一下。兩蓬鮮血春花般紅豔豔，登時綻放開來。膝頭一軟，菊十六郎朝向廟門口撲通下跪。書生這才從石凳上站起身。長劍回鞘。書生冷冷一笑，彎腰撿起石凳上擱著的那卷《剪燈新話》，揣在懷裡，隨即從武士刀的刀尖，拔出竹簫，將吹口伸到衣襟上，使勁擦兩下。他又舉起雙臂來，將簫送回他嘴唇上，繼續吹奏未完的小寡婦拜墓，嗚嗚咽咽悲悲切切，邊吹，邊走下河伯廟前那道石梯，長衫飄飄，頂著大日頭揚長而去，頭也不回。

鳳津村一場驚心動魄的浪人與書生決鬥，便這樣落幕啦。孩兒們拍拍手一哄而散。

白七公看完說：「鵲官你看見了。在廣東奪取十三條人命、震懾嶺南武林的圓月流迷魂大法，如今只一招，就讓一個酸秀才給破了。唉，兩條腳筋被對手一劍挑斷，菊十六郎從此成了個廢人。」老人家嗟嘆一番，便拄著綠竹杖，聳著白頭顱，轉身步入廟門，回到他借住的那間停厝著外鄉人的十口棺材、大白日蝙蝠飛繞的西跨院。

太陽下的廟埕，霎時變得空寂寂，冷清清，只剩下一個戰敗的日本武士和一把掉落地上的日本刀。不知怎的，我一時不忍離開，手裡提著茶壺站在廟門下，觀察這個曾經橫行嶺南十三州、斬人如切瓜的菊十六郎。年紀不過十八、九的少年劍客，一顆腦袋瓜子剃得亮青青，頂門上，高高翹起一枚長髻，模樣還真像隻驕傲的小公雞。這會兒他卻面對廟門跪伏在地上，一動不動無聲無息，好像死人。約莫過了半頓飯工夫，他才用雙肘使勁撐起上半身來，但膝頭一軟，整個人登時又摜倒在地上，張開嘴巴嗬——嗬——喘起氣來。我趕緊跑上前向他伸出茶壺，將壺嘴對準他的喉嚨，準備讓他喝口茶。他仰臉看我一眼。太陽直直照射下，只見他臉上兩個血絲密布的眼塘子，一閃一閃鬼火般，放射出兩團怨毒的光芒。我覺得頭皮猛發麻，邁起腳來，蹬蹬蹬向後退出三步。菊十六郎趴在地上掙扎了半天，終於挺起腰桿。他拔出身上佩帶的短刀，撿起掉落地上的長刀，將長短兩把武士刀當作拐杖，撐起身子，拖著兩條軟綿綿的廢腿，一步挨一步，爬

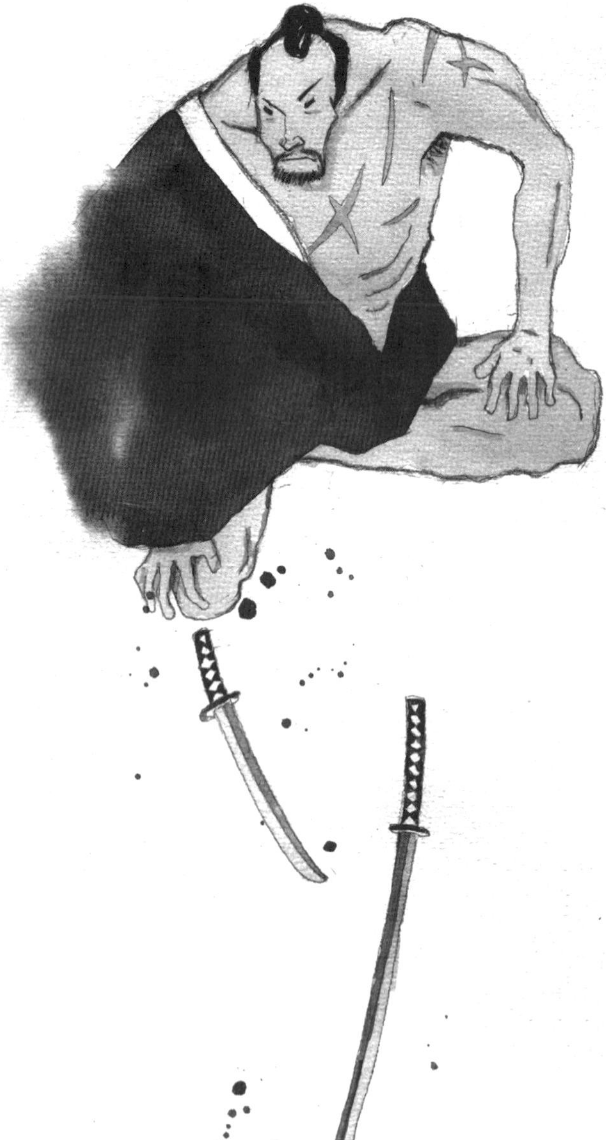

下廟前那道陡峭的一百八十級石階。鮮血滴答，滴答，從他左右兩隻膝蓋上兩個銅錢大的傷口，汩汩流出來，掉落在青石板上。他看都不看一眼。

兩行長長的、落花般緋紅的血跡，一路跟隨菊十六郎回到了村子。

讓街上潑皮們大感意外的是：河伯廟一戰之後，落敗的武士並沒抱頭鼠竄，從此銷聲匿跡。

他留在鳳津村。

但是他整個人變了樣。他將自己腦勺上那枚高傲的武士髻，一刀斬斷，讓三尺長的頭髮沿著兩邊臉頰，直直垂落下來，披在肩膀，接著他揮刀朝自己身上一陣亂劃，將那件花梢的、他日常穿著在嶺南驛道上招搖的格子日本袍，割成一片片一條條。打那天起，他菊十六郎就以一身邋遢裝扮，出現鳳津村。每天早晨旭日初升，他便拄著長短二刀，拖著兩條廢腿，匍匐爬行在青石板長街上，向沿街十來間飯館乞食。店家若不給吃，他就當場發飇。千萬莫以為他雙腿殘了，一身武功也跟著廢掉。一回，十六郎在村中逛得乏了，將雙刀插回腰間，盤腿坐在街旁屋簷下，等候店家施捨食物。一隻小黃狗有眼不識泰山，好死不死，衝著十六郎齜牙咧嘴汪汪狂吠，蹦蹬，蹦蹬，環繞著他的身子不停奔跑挑釁。那股樂勁兒，把個十六郎直撩撥得心頭火起，惱將起來。他臉上不動聲色，卻將一隻手悄悄伸向腰間。大夥還沒看清楚他拔刀的動作，呼颼颼一陣風雷聲響起，只聽得卡嚓一聲，狗頭已被一刀斬落。三尺鮮血從狗脖子中噴出。可憐這小畜牲，壓根不知發生啥事，連哼也沒來得及哼上一聲，活生生的一顆頭顱，就已經轂轆轂轆翻滾到三丈開外，落得個身首異處！

白七公說這才是東洋劍術中最正宗、最厲害的「居合斬」：瞬間出手殺敵，一刀決定勝負。居合拔刀術屬於田宮流。沒想到圓月流的傳人菊十六郎，也熟諳這門祕傳刀法，且使用的竟是最高段、名為「横雲」的坐地拔刀術。斬人時，刀身上那長長的彎彎的一道血溝，自會形成一股風勢，發出低沉的呼嘯聲，驀一聽，煞似敵人的咽喉被一刀砍斷時，悠悠地發出最後一聲哀鳴。

那天看斬狗的人擠滿一條街。居合斬的威力震懾南雄城。此後沒有一家飯館，膽敢拒絕向菊十六郎拖捨食物。店夥一見他的身影出現在街頭，太陽下晃晃蕩蕩，甩著滿頭烏黑長髮，雙手拄著長短二刀，一路爬行過來，就彷彿看到鬼，二話不說就拿起兩個煎堆或一糰糍粑，遠遠便往他面前丟去，就像餵狗。偌大村子沒有一個人，膽敢走進這個廢人周遭一丈範圍內。

就這樣，殘武士菊十六郎成為我們鳳津村一景。每天從寅時平旦，直到酉時日落，白晝六個時辰中，你會看見他用力拖動兩條癱掉的腿，拄著雙刀點著地面，篤、篤、篤——太陽下遊魂般披頭散髮出沒在村前村後。每天總要盤足坐在渡口，守上整整兩個時辰。兩隻鯊魚眼碧綠綠，不住四下睃望。那兩瞳子精光掃向人時，比以往顯得更加陰沉、犀利了。看他臉上那副急切的神色，好像在等候一個重要的人。

他是我李鵲生平遇過的最兇狠、但也最堅強驕傲的男人。少年的我對青年菊十六郎，不知不覺，打內心生出一份同情和憐惜。那時，我便有個不祥的預感：我與這個流落中土的浪人武士，已結下了不解之緣。往後時不時他會出現在我的生命裡，如同一個趕不走的陰魂，給我帶來災禍和孽業——抑或是福報。觀音菩薩的意旨，誰知道呢？

第二回 城上魑魅

河伯廟決戰，贏了菊十六郎，蕭劍翌日就離開鳳津村。那天午牌時分我從村中私塾放學回來，一進門，便如往常那般，吟著我剛做好的一首七律，喜孜孜來到客店後院西廂房，看望這位長住的客人。我站在敞開的房門口，張著嘴睜大眼睛，瞪著空空的房間和收拾整齊的床鋪，怔怔發起呆來，過了一刻鐘，才禁不住「哇」的一聲，扯開嗓門對著冷清清的院子放聲大哭。

書生走了，不告而別，只帶著一竹簫一鐵劍一書囊一捲鋪蓋，乘著一匹瘦瘠瘠病奄奄的青驄馬，嘚、嘚、嘚，孤身行走在夕陽西下的天涯。就像來時那般無牽掛。

他走後，我好像掉了魂魄一般，鎮日沒情沒緒，只覺得整個人空空洞洞懶懶怠怠。每天晌午放學後，照常待在店堂中，幫阿爺招呼打尖的過路客。我邊幹活邊豎起左耳，傾聽店外的聲音，心裡盼著那小寡婦哭墳般如泣如訴的洞簫聲，從河畔崖頭河伯廟，悠悠響起。我準備隨時撂下手上的茶壺，奪門而出，直奔上百八級石階，來到廟前平台

上，和這位十天前我萍水相逢、走後害我日夜牽腸掛肚的酸秀才，再度相會。可是每次傾聽半天，店外長街上，卻盡響著一隊隊雞公車輾過青石板，轂轆轂轆發出的車輪聲，還有那時不時達、達、達疾馳而過的馬蹄聲。這幅吵鬧單調的市街景象，一如蕭劍出現前的鳳津渡。哪來的簫聲呀！

直到月亮將圓的夜晚。

那時，南雄城中譙樓剛打過三鼓。鼕、鼕、鼕——洪亮的皮鼓聲渡河傳到鳳津村，子夜聽著特別的震耳。我輾轉反側無法入眠。便是在這當口，簫聲響起。我從床上坐起身來豎耳細聽，聽得真切，眼圈一紅險些掉下眼淚。有人半夜吹簫呢！那一聲聲嗚咽，小寡婦拜墓也似嫋嫋飄蕩在河風中，哀婉地清亮地，穿透初秋濃濃月色，直鑽入我耳鼓。我披衣下床，悄悄走出沉睡中鼾聲四起的客店，一路追躡簫聲，走上河畔石崖。廟前的平台冷清清灑滿一地月光。四下一枚人影也沒有。蕭劍常坐的那張石凳空無一人。鼻頭一酸，我當場就要哭出來了。狠狠一咬牙，死命忍住兩顆奪眶而出的淚珠，我走到廟埕中央，迎向冷冽的河風，在蕭劍的石凳上怔怔坐下來，隔著窄窄的三十丈寬河面，眺望湞江對岸石頭壩上，月下那座黑沉沉雄踞河灣的古老府城——我李鵲的故鄉、不久後就要訣別的南雄。

天已交三更。城中家家店鋪都關上大門，熄滅屋中燈火。東西、南北兩條十字大街，筆直地朝向四座城門伸展，空落落不見一個行人。月光下的這幅荒涼景象，乍一看，彷彿南雄全城人口，不知何故突然全部失蹤了似的。偌大的城，只剩下一個白頭皤皤的老更夫，弓著背佝著腰，孤魂般遊走在巷弄中，時不時舉起手中的棒錘，柝、柝、柝，擊三下肩膀掛的梆子，跟著就扯起蒼老的嗓門嗄啞地吆喝一聲：「子時囉，小心火燭！」隨即敲三下手上提的銅鑼：鏜鏜鏜。一整夜五個時辰，南雄城中打更聲不斷，柝柝，鏜鏜，乘著夜風渡過湞江，直傳送到我家鳳津村這邊的渡頭上來。

初秋三更，星稀月朗。

看！大庾嶺群峰上一輪皓月，白皎皎照著嶺下一座孤城、一條古驛道、南北兩個隔江相望，半夜空無一人的渡口。

我坐在鳳津渡石崖上河伯廟前，迎向習習河風，挺起腰桿放眼瞭望，霎時間但覺心胸大開，豪氣陡生，於是便解開衣襟張開喉嚨，大聲朗誦起我，李鵲，十二歲時在學堂所作，深得塾師鄔老秀才讚許的那首五言絕句〈女俠〉來：

雄城一片月
隔河呼艄公
窈窕帶刀客

搖頭晃腦吟哦十多遍，正自洋洋得意呢，忽地又聽見簫聲響起。這回卻是從對岸城中一個旮旯角落傳出。月下簫聲，遊絲般飄飄嫋嫋乘風渡河，一縷縷只管鑽入我的耳鼓，絞著我的心腸。那癡情的小寡婦半夜不睡覺，又望著月亮放悲聲，召喚她死去的郎君。我舉起雙手摀住耳朵，忍住背上冒出的陣陣疙瘩，抬頭眺望城中，只見兩條十字大街依然杳無人蹤，連那聳著一顆白頭、整夜擊柝報更的老衙役，這會子也不知巡行到哪條巷子去了。靜夜裡只聽得「筌、筌、筌」的梆子聲兀自綻響，一聲催一聲，回盪在城南街坊那棋盤式的條條巷弄中：「子時三刻囉，小心火燭呦。」明月當頭。中天一輪巨大的銀盤灑照下，滿城層層疊疊的黑色屋瓦，白粉粉好似鋪上一重霜。

這當口我看見一枚人影，從城心十字街口譙樓門洞中倏的竄出，雙手扶著外牆欄干，探出脖子朝街心張望。驀地裡縱身而起，左手一勾，攀住頭上那高高翹起的飛簷角，跟著一扭腰肢，鷂子翻身，整個人就悄悄降落在屋頂。這人蜷起身子蹲伏在瓦上，面朝簫聲的來處，豎耳捉摸一會，隨即聳起上身，跂起雙腳直立在屋脊上，扭轉脖子四下瞭望起來。看裝束和舉止，是個黑衣夜行客。月光照射他那張長方臉膛，白蒼蒼地煞似一張戲台臉譜。

簫聲越發急切。

西大街一座大花園的燈亮了。我搓搓眼皮，伸出脖子定睛一看，認出那是南雄鎮守太監何大璫的府邸。這位公公，我在君子客店見過幾次。身穿五彩飛魚蟒衣、白白嫩嫩福福泰泰的一個無鬚老人，面目慈祥，像個殷實的員外，看不出是全廣東最有權勢、最令人畏懼的一把手。最引我好奇的是他右耳的耳垂，像女人般穿了個耳洞，晶瑩剔透，綴著一顆雪白渾圓的合浦珍珠，有拇指頭那樣大小，每每讓我看得目不轉睛。何公公的府邸是南雄城中最大、最靚的宅子。花園中間有一座宏偉的大廳，這時燈火通明。外面院子裡黑壓壓一片人頭攢動。幾十盞大燈籠，來回穿梭搖晃。南雄鎮守府今晚發生事情了！我再揉揉眼睛細看時，只見一個頭戴黑筒帽、身穿花繡袍的人影，從人頭堆中飛身而出，直躥上屋簷。身後四條人影穿著一式的錦衣紅袍，跟著從簷下飛出，颼、颼、颼、颼，先後登上屋簷。乍看好似一串首尾相銜的彩色飛魚，從水面上凌空而起，看得我忍不住當場喝聲彩。這五名錦衣衛上了大廳屋頂，一字排開佇立在屋脊上，齊齊拔出佩刀。五把三尺彎彎、身形窈窕的御賜繡春刀高高舉起，閃亮在皎皎月光下。

十字街心鼓樓屋頂，那名白臉黑衣夜行客倏地一蹲身，整個人趴伏回屋瓦上。

簫聲停歇。

何公公的衛士站在屋脊上睃望半天，尋不著人，在帶隊的千戶一聲號令下，刀入鞘，邁步走回到屋簷前，齊齊一躍而下。大廳燈火隨即熄滅，鎮守府又陷入夜色中，只留下一對燈籠和兩個更夫，相伴逡巡在花園裡，每走百步便擊三下梆子，敲一聲銅鑼：柝柝柝——鏜。

天將四更了。月亮又沉落幾分，斜斜掛在南雄城西南角，湞江畔，延祥古佛寺九層寶塔的鐵葫蘆尖頂旁。這當口我看見塔身上，靜悄悄出現一老翁。他站在寶塔第三層迴廊上，弓著身子舉著白頭憑欄眺望。忽然，老人家聳起肩膀，抖兩下身上的百衲衣，將手中的綠竹杖伸到欄干上，只輕輕一點，整個人就拔身而起，躥到了頭頂那一層塔的飛簷上。我看傻了啦。揉眼再瞧時，看見身形一閃，老人家又縱身躍到第五層塔的迴廊中。如此鶻起鶻落，宛如一隻巨大的怪鳥，張著灰色的雙翼，只消五、六個起降，便登上了寶塔的頂層。這時他才蹲下來歇息。我使勁搓著眼皮，就著月光隔河端詳他的面貌。河風吹拂下，一顱白髮蕭蕭蔌蔌。這個身懷絕技深藏不露的老叫花子，不是白七公

卻是誰！月光中只見他，一隻老猴兒似的，聳著肩膀弓著背，孤蹲在第九層塔身的簷脊上，將左手舉到額頭，骨碌著一雙眼珠臨風遊目四顧。這股逍遙勁，彷彿在享受月光浴哩。

簫聲又起。白七公倏地挺起腰桿豎起雙耳。

我隔河坐在河伯廟前，也趕緊凝神，伸出耳朵捕捉那一條不散的幽魂似地，月下乘著河風，半夜渡河而來的洞簫聲。

那悲切的哭墳召引來了另一名鳳津村人物——菊十六郎。他披頭散髮，穿著他那件破爛的、可依舊十分花稍的少年武士袍，手上拄著長短雙刀，身後拖著兩條瘸腿，匍匐巡行在南門城樓旁的女兒牆上，時不時，猛一睜兩隻鯊魚眼，灼灼地四下掃射一周。看神色好像也在尋聲追人呢。

白七公和菊十六郎，一在塔上一在塔下，眼瞪眼打個照面。兩人互相凝視半晌。蹲在塔頂的老叫花子好像發現什麼，拿起竹杖，便往腳下踩著的簷脊點去，一轉身，人就躥進塔身的迴廊中。同時間，瘸武士舉起手中長刀，往地磚上一戳，撐起身子就地一滾，整個人隱身在城樓下的陰影裡。

南雄城南門內，南大街上一間客棧的後院，忽地冒出一枚黑衣人影，只見他雙足往地上一點，颼的飛身直上屋簷，隨即拔腳奔上屋脊，抽出腰間掛的一把明晃晃的朴刀，舉在手中，就著月光放眼四下瞭望起來。嗚汪嗚汪，城中開始響起狗叫。東大街西大街南大街上，家家客棧暗沉沉的庭院中，颼、颼、颼接連飛出一條條帶刀的人影，靜悄悄降落在屋簷，才站定便立馬伏下身子，趴在瓦上豎耳聽風。死城似的午夜南雄，登時變得熱活起來。狗們吠得更加來勁。不知哪家的狗帶頭，對著月亮伸長脖子哀嚎兩聲：「嗚——嗚——」叫聲才歇，隔壁家的狗便接著扯起嗓門，望月嚎起來。那狗嚎聲如同邊疆烽火台傳遞消息般，一狗傳一狗，一家傳一家。不多久城中四處便綻響起狗吹螺的聲音：嗚哇——嗚哇——

悄沒聲出現在屋頂的黑衣夜行客，越發密集了。我伸出手指頭，就我眼睛隔河看得到的，逐一清點：總共十八名刀客現身，分散城中各處，像一群深夜潛行屋脊上的黑貓。我，十三歲的南蠻子李鵲，打出生以來，第一次看見恁多的外來刀客，在一個夜晚會集一座城中！

這陣子，南雄可不寧靖。

城中突然來了一批裝束奇特，操著濃重北方口音，舉止言談透著古怪的帶刀人。這是大新聞。好幾天前，在我們家開的君子客店，消息便沸沸揚揚傳開了。打尖和住宿的客人在大堂用膳時，莫不咬著耳朵竊竊談論。有說他們是鏢行的人，受中原武林某大掌門人之雇南來，在嶺南道上，攔截一位江湖人物，阻止此人越過大庾嶺北行。也有說這幫行蹤詭祕、目光如隼的傢伙，是東廠番子，受宮中某公公的差遣，前來廣東緝拿一名欽犯。前天晌午，店裡客人們還在熱議中呢，我就看見六名刀客結伴渡河。嶺南九月大熱天，他們戴著范陽笠（那是南方罕見、頂上綴著一朵碗大的紅櫻、造型挺英武帥氣的大毡笠），穿著全套藍布褲褂，乘著高頭長身的伊犁烏騅馬，下得船來，排列成一縱隊，巡行在鳳津村街上。鞍後鼓鼓地紮著一捲行李，鋪蓋中包裹著一把朴刀，露出黃銅刀柄，日頭照射下熠熠發亮。這幫騎客巡察完百丈長的鳳津街，並不死心，又策馬在村前村後潑刺、潑刺繞上兩圈，這才調轉馬頭朝向渡口馳去，登上等候的大船，渡河返回南雄城中的落腳處。來去有如一場小颱風。

此刻三更半夜，我坐在鳳津渡口石崖頂，居高臨下，面對南雄府城那一大片層層疊疊、月下鋪著一重白霜的灰黑屋瓦，一邊伸出頸脖，凝起眼睛，觀察屋脊上那群黑貓似的四處匍匐逡巡的夜行客，一邊在心中思量：這幫人是誰？為何一起出現在鳥不生蛋的嶺南山城？他們在找誰？等誰？

一道電光驀地閃過我腦海：他們要找的，並不是那個一整夜躲在旮旯角落、自顧自吹簫的書生。真正的點子，另有其人。

這個正主兒，卻是什麼人，值得十八名刀客遠道而來，在南雄城中擺出偌大的一副陣仗恭候？

我心裡正在琢磨著，忽聽得城心鼓樓上綻起「鼕」的一聲巨響。守夜人登樓打起更鼓了。我豎耳傾聽。總共四響。雄渾的皮鼓聲沿著城中十字大街，一路傳到南城門口，乘著河風渡過湞江，直飄送到鳳津古渡上來，餘音嫋嫋不絕。白髮老更夫又出現在南雄街頭，手提銅鑼，肩掛竹梆子，佝著腰弓著背沿街巡行。柝、柝、柝、柝——每擊四次梆子就敲一下鑼：鏜。隨即老人家就扯起嗓門嘶啞地吆喝一聲：「丑時囉，小心火燭！」

四更了，再過一個時辰天就發曉。月落。滿城狗螺聲戛然停歇。城外村落開始響起雞鳴聲。我打個大哈欠，長長伸個懶腰，從河伯廟前滿布露水的石凳上站起身，揉揉眼，再朝河對岸眺望時，只見南雄城中屋瓦上的十八名夜行客，霎時全都不見了。

老叫花子白七公和浪人武士菊十六郎，不知何時，悄沒聲，離開了各自的藏身處。他們都走啦，留下城樓旁那空盪盪的一道女兒牆。城西荒涼的南角樓旁，湞江畔，矗立著一座映照在一瓢斜月下的九層古塔，光禿禿。

好個南雄夜！明天準有一場大戲上演了。

第三回　青衣紅馬

「正主兒」終於露面了。

但在她現身之前，村中先來了六名刀客。那時剛過中午，約莫未時初刻光景，店裡打尖的過路客全走了，大堂中剩下十幾副空座頭。店外日頭炎炎，行人都避走屋簷下。熱鬧了一早晨的鳳津渡，霎時陷入寂靜中，整條長街空蕩蕩，平時成群結隊吆喝路過的雞公車和安南腳夫，忽地失去了蹤影。

忙活一上午，這會兒阿爺鑽到櫃台內小床上躺著去了。我獨自看店，坐在一張檯子旁打盹。昨天半夜聽到簫聲，起床跑到河伯廟前坐了整整一個更次，觀察南雄城動靜，直到四更，天將發曉，才回到店裡匆匆補睡個覺，趕早晨上村中私塾。這當口一股睡意襲將上來，兩隻眼皮陡地下墜，身子一歪，我便趴在檯子上進入夢鄉。夢裡又看見老叫花子白七公，猴兒似的弓著腰，月下，孤蹲在南雄九層古塔頂層的簷脊上，骨碌骨碌，不住轉動兩粒血絲眼珠，隔著一條河，瞅望坐在對岸石崖上的少年李鵲，我。皎皎月光中，只見花袍影子一閃，菊十六郎從城樓下陰暗處，驀地騰身而起，拖著兩條軟癱癱的瘸腿子，直撲上塔頂，反手拔出腰上長刀，施展居合斬絕技，以迅雷不及掩耳之勢，颼地砍下白七公那顆白髮皤皤的頭顱，嘴裡厲聲叱喝：「八嘎，奥多桑覺悟吧！」繡球般大的一蓬鮮血，從老人家頸腔中噴射出來，登時染紅了城頭上掛著的一丸明月。我驚呼一聲，從夢中醒來，猛然睜開眼睛，一抬頭，便看見四條大漢一字排開，靜悄悄佇立在從大門口灑進店堂來的一圈陽光裡，只管睜著八隻眼睛，一眨不眨，凝視那趴在檯子上睡覺的店小二，我。

一股濃烈的汗酸味照面撲來。鼻頭搔癢，我禁不住打出個大噴嚏：哈勳！

嶺南三伏天，這些客人卻戴著斗大的毡笠，穿著厚重的藍布長袍，將全身包得密匝匝。北方人不愛洗澡，看來這四位爺已有十多天沒讓水碰過身子。我偷偷縮起鼻尖，強忍住撲鼻的汗腥味，趕忙站起身，奔上前去招呼來店打尖的客人。

進得店門，四位爺在臨街靠窗處選一張圓桌，分據四邊一齊落座，隨即解下腰掛的朴刀，豁浪浪擱在桌面上，跟著就脫下頭上那頂范陽大笠，拿在手裡當作扇子叭喇、叭喇搧將起來。

帶頭的大鬍子對我說：「上茶！」

「好嘞，給爺們沏一壺上等梅州龍井。」我拔腳跑進廚房，泡出一壺熱茶來，連同四個盅子放在桌上。客人自己斟茶，悶聲不響望著窗外的街道，呼嚕呼嚕自管喝起茶來，不睬我。我站在桌旁，訕訕地張羅了一會，覺得無趣便轉身溜到店門口去瞭望。

天空火傘高張。街心空無一人。

兩個漢子，並肩站在對面店簷下那隱蔽的黑影地裡。身上的裝束和方才進店的四人同款：一式的范陽笠、藍布袍和大腰刀。看來這六名刀客是一夥的。

我走到屋簷外面，站在街心，將一隻手舉到腦門，擋住耀眼的陽光，踮起雙腳伸出脖子，沿著街道一路眺望下去。一條百丈長街，從街頭的驛站直到街尾的渡口，晌午時分，幾十家店鋪悄沒聲息，掌櫃的全趴在櫃台內打盹。行人都不知躲藏到哪去了。我揉揉眼皮再一望，這回看見長長一排店簷下，每隔五、六間鋪子，幽靈似的站著一個裝扮古怪的外鄉客：黑斗笠、黑油布雨衣、藍袷褲和青布腿帶，加上一雙編織得十分結實牢固的草鞋。蒼白的臉龐上一對漆黑眼瞳子，燐火般，閃爍著兩團光芒。我伸出食指頭悄悄點數：從街頭一直到街尾，總共站著九人。他們可是臭名昭彰的東廠番子。我認得這幫傢伙，他們慣常出沒在鳳津渡，三兩結伴逡巡人群中，用他們那雙鷹隼似的眼睛，釘梢上下船的渡客。但是，出動一整個班隊，在鳳津街上擺出今天這副肅殺的陣仗，我李鵲還是頭一回見識到呢。

便是在這當口，驛站那一頭的街道上綻響起清脆的馬蹄聲：嘚、嘚……

一匹棗紅馬載著一名青衣客，緩緩進入鳳津村。那坐騎，是每天在君子客店門口經過的上百匹馬中，我看見過的顏色最正、毛髮最靚的一匹。整隻馬就像用一塊巨大的臙脂，精工雕刻出來。那副剛健婀娜的體態，一看便知是雌馬。馬上乘客也是個女的。她挺著腰桿跨坐馬背。單看她的上半身，就比普通南方婦女高出一大截，加上她身上穿的一襲青布緊身夾衣褲，身材更顯得高挑挺直。脖子後邊，紮著一條四尺麻花粗油大辮，隨著那嘚、嘚、嘚敲擊在青石板上的馬蹄聲，忽左忽右不停擺盪。辮根上插著一支白骨簪，日頭下閃閃發光。

我站在自家店簷下，伸出脖子，望著青衣紅馬女郎一路進村，嘴巴不自禁張開來。這位女客的裝束，在南北驛道的大站鳳津也極罕見。相比之下，南雄府客家婦女的日常穿戴——花頭帕、袍肚俚（黑布鑲藍邊圍身裙）、白裙帶和黑頭鞋——可就顯得土氣啦。莫怪這女騎客一進村，她的身形便像磁鐵般，吸住我這個客店小廝的目光，連別家鋪子裡，那些正在午休、趴在櫃台內打盹兒的帳房先生，這時也紛紛鑽出店來，站到自家門口，揉著眼皮看得目不轉睛哩。但是，那九個打午牌時分起，便戴著黑斗笠披著黑油布雨衣，站在簷下放哨的東廠番子，卻如同木雕泥塑般，兀自佇立不動。

蹄聲嘚嘚，一步步朝向君子客店行進。

馬鞍後面掛著兩捲行李。右邊掛的是鋪蓋捲，圓圓的一筒，包裹著雌雄兩把鐵劍，大剌剌地顯露出劍柄來。一路上這兩隻骨製劍柄，不停敲擊馬鞍旁的白銅馬鐙，發出清脆的聲音，叮噹叮噹煞是悅耳，把滿村孩子都招引上街。

忽然，叮噹聲和馬蹄聲停住了。青衣女郎勒馬君子客店門下。我一個箭步奔上前，喜孜孜，伸手準備從她手裡接過馬轡。她卻一揮手示意我讓開，隨即扳鞍下馬，自己將坐騎牽到店門口馬樁旁，牢牢拴住。

姑娘下得馬來，我昂起脖子仰臉一瞧。果然是苗條個子！比十三歲的南蠻子李鵲，足足高出一個半頭呢。我哈腰站在大門旁肅客。姑娘不卸行李，就讓她那一床繡花被和兩把兵器，光天化日之下展示在馬路上。她空手走進店堂，隨便挑張檯子，背對店門落座，吩咐我先泡上一壺茶，再給她炒一盤粄條。我趕忙跑進廚房，興奮得雙手都發抖啦，也不叫醒午睡中的爺爺，自己動手泡茶，先送進店堂，接著用香菇、木耳、鹹豬肉和蝦米等好料，用大火炒出一盤豐沛的客家粄條來，端上桌，隨即站到一旁伺候客人。

先前進來的四名藍袍帶刀客，圍繞著圓桌上一壺茶，只管自斟自飲。八道炯炯目

光，不時飄向隔壁那張小檯子。青衣女郎不搭理，自顧吃飯。她從筷筒中抽出兩根尺許長的竹筷，邊啜著茶，邊夾起粄條，一片一片慢慢送進嘴裡，細細咀嚼。

熱天晌午，店堂中鴉雀無聲。

我悄悄端詳女客。這位姑娘年紀不過十八、九歲，看來還是個黃花閨女呢，一張鵝蛋臉生得挺正，稱得上美人胚，可渾身卻透出一股冷冽的煞氣，讓人打心底發寒。最吸引我目光的，是她後腦勺上別著的一支釵子。初看，這只是尋常婦女戴的七寸長的玉釵，打橫插在她那條麻花辮子的根部，非常俏麗端莊。細細一看才發現，那是用人骨打造、一頭削尖了的簪子。我心中一驚：莫非這便是旅客間傳言，近日出現在嶺南驛道上，令兩廣豪傑望而生畏的「白骨釵」？傳說，戴這支白簪的女子（白七公說那是她母親留下的一根遺骨），身負血海奇冤，七歲投在南海神尼門下，十年後學成劍術，辭別恩師啟程返回中原報仇。她一個年輕女子，穿著一身亮眼的蔥青色衣裳，拖著一根長辮，騎著一匹臙脂馬，攜帶兩捲行李和師父賜的雌雄兩把鐵劍，從南海瓊島出發，渡海經雷州沿南北大驛道北上。一路闖關一路恣意殺人，不知又結下多少新仇家。而她原本的仇家，沒有人敢道出名諱。傳說中，他是當時天下最有權勢的人。

女郎的身世也是江湖中一個大忌諱。連她的姓氏都不能說。因她辮根上插著白簪子，大家便稱她「白玉釵」。

這時，北上的路程中，白玉釵來到嶺南道的最後一個驛站，鳳津村，因緣巧合，在我們家開的客店打尖。姑娘家一頓午飯吃下來，耗掉整整兩刻鐘。她操著竹筷，夾起盤中最後一片粄條送進嘴裡，端起茶盅啜口茶，漱漱口，正要放下筷子的當兒，鄰桌四名藍袍刀客終於沉不住氣，動手啦。

發難的是年紀最輕的刀客。他一隻眼瞅著坐在左手邊的白玉釵，右手悄悄伸出，朝向桌上放著的朴刀移動，一寸一寸慢慢地。店堂中忽聽得颼地一聲響，跟著只見影子閃動。我還沒看清楚怎麼回事哩，一根竹筷，箭也似地，早已從女客左手中射出，越過兩張檯子朝向那群刀客飛去，「噗」的一聲直直插入他們的桌面。我定睛看時，只見茶盅大的一朵血花，從那後生刀客的手背上綻放開來。那根尺許長的筷子，硬生生刺穿他的掌心，將他的右手牢牢釘在桌面。手指尖距離桌上的朴刀，僅僅兩寸。

我來不及鼓掌歡呼，一眼瞥見另一名刀客出手。他站起身，一個箭步飛奔過店堂來，舉起他那蒲扇般大的右掌，朝女客的後腦勺子，直劈而下。

「姐姐留神喔！」我扯起嗓子大呼。「有人背後偷襲！」

好白玉釵，她逕自端坐不動，身子依舊背向客店大門，沒回頭看一眼。我心裡正發急呢，卻看見她沒事人似的，隨手撿起另一根筷子，不聲不響，反手往那從背後躥來的刀客身上，噗的，只一戳。一灘血登時從他胳窩下冒出來，染紅了半片衣襟。「臭娘們——」只聽得這漢子慘叫一聲，右臂立馬軟綿綿垂下來。白玉釵趁空抬起臀子，從坐凳上一躍而起，身子向後躥出，兩三步就搶到了店門口馬樁旁，將左手伸向她的坐騎，一抽，便從馬鞍後面掛著的鋪蓋捲中，拔出長劍。她將劍舉在手上，轉身面對兩名頭戴范陽笠，手握大鋼刀，從店堂中追出來的魁梧大漢。

二男一女，兩把朴刀一支鐵劍，一時間對峙在君子客店門口街道上，互相凝視。

誰會先出招呢？我把目光投向青衣女俠。

卻見她，左手持劍，右手若無其事地伸到腰肢後，解開辮梢上繫著的一根白繩，拿到左手腕上，繞兩圈，將身上那件青布夾衫的袖口，牢牢綁好。就在這一瞬，我看見她那隻皓白如玉的手臂上，腕子正中央，綴著一顆紅豆似的朱砂痣，太陽下乍看像一滴鮮血。

裝束停當，立即出招。原來白玉釵是個左撇子！只見她左手持劍，一伸，劍尖明晃晃直刺右邊刀客的咽喉。那漢子猝不及防，當場嚇一大跳，蹬蹬蹬連三步退到屋簷下。白玉釵撤劍。劍花一挽，旋即攻向左邊刀客。劍尖直指他的虎口，硬生生逼他撤刀。才一眨眼工夫呢，白玉釵便接連使出七、八招，一招緊似一招，逼得對方連喘息的空兒都沒有。我，李鵲，身為客店小廝，在鳳津這座驛道大站，觀看過無數場鬥劍，可從不曾見到有人出招恁快、恁狠、恁不可捉摸，招招不留情，只管朝對方身上的要害招呼，比那個日本浪人武士菊十六郎的「圓月劍法」，還要詭譎毒辣。我扠腰站在店門口，眼睛都看花啦。街心一輪太陽當頭照射下，只見一支三尺長、烏沉沉的看似挺笨重的鐵劍，握在一個十八、九歲姑娘左手中，竟變得十分輕盈靈動，一條雪蛇似的不停遊走、穿梭在兩把大鋼刀之間，可從頭到尾，不曾和敵人的兵刃碰過一次！鏘、鏘、鏘——只聽見兩把朴刀不時撞擊在一塊，迸發出蓬蓬火星子。兩條大漢啊啊喘氣。他們那光禿的額頭上，亮晶晶，冒出十來顆黃豆般大的汗珠來。

也不知鬥了幾回合，忽聽得一聲嬌叱：「著！」兩名刀客同時停手。那個大鬍子刀客悶哼一聲，伸出左手摀住右手的虎口。右手握著的朴刀，鐺鎯掉落在地上。虎口上出現一道三寸長的劍痕，汩汩流淌出血來。

白玉釵揚起嘴角冷冷一笑，自顧自，從衣襟口抽出一塊紅綢帕，擦掉劍尖上沾著的血漬，隨即轉身，將劍插回馬鞍後掛著的鋪蓋中。她抬頭瞅我一眼，從衣兜裡掏出一塊碎銀，直直向我拋來：「飯錢！」一伸手，抓起在打鬥中散落在胸前的麻花辮，往肩後一摔，準備扳鞍上馬繼續趕她的路。

客店門口，沿街兩排屋簷下，早已站滿了觀看江湖客街頭械鬥的路人。我看見白七公。這老叫花子拄著綠竹杖，弓腰站在人堆裡，探出他那顆白頭，目不轉睛將整場比鬥從頭到尾看完。老人家兩隻青光眼，一逕流露焦急和關愛——這副神色可真像一位心疼孫女的祖父呀。我也看到菊十六郎。他拄著雙刀，拖著他那兩條包紮在武士袍中的廢腿，獨個兒匍匐在街心，頂著大太陽，昂起脖子觀察明國劍法。兩道目光灼灼，盯住白玉釵婀娜飄忽的身形。一雙鯊魚眼珠滴溜溜滾動，如同兩隻搜山狗，緊緊跟蹤她的每個動作，琢磨她使出的每一劍招。觀音老母！我發誓我在菊十六郎的眼瞳中，真真切切看到了一份情意。這種極深刻，噯，極溫柔徹骨，帶著一股悲哀和絕望的男人眼神，我李鵲活到十三歲，只在八歲那年一個颱風天，水淹南雄城的夜晚，阿爺找到阿嬤浮腫的、被魚啃爛的大體時，在他老人家的眼睛中看見過。那晚，阿爺就伴在老妻身旁，凝著眼，靜靜看她看了一整夜。如今青天白日下，在一個日本浪人武士的眼睛中，我又看到這份深情，但心裡卻感到噁喇喇，猛一陣反胃，觀音菩薩！差點沒當街把中午吃的粄條嘔吐出來。

鳳津街頭這場「女一劍對男雙刀」的比武，在大眾見證下勝負已決，該當結束嘍。

看熱鬧的人正要一哄而散，回去幹各自的營生，偏就在這當口，那兩名頭戴毡笠腰掛朴刀，一整個晌午，木雕泥塑般文風不動，並肩站在君子客店對面屋簷下的漢子，突然動了。兩傢伙同時撲出來。一人舉刀砍向正在整理辮子、準備上路的白玉釵，另一人不聲不響，搶到她的坐騎前頭，伸手就解那拴在馬樁上的韁繩，準備盜馬。先前偷襲白玉釵時負傷的兩名刀客，紮好傷口，也從店堂中衝出來。五條北方大漢宛如一窩遼東虎，齊齊狂嘯一聲，掄刀圍攻一個孤身姑娘。好白女俠！她抓起她那條剛梳理好、烏油油垂在胸前的麻花大辮子，往肩後一撂，不慌不忙，左手從馬鞍後鋪蓋捲中再次抽出長劍，重新面對敵人。五男對戰一女，就在大街上開打。整條街亂哄哄登時又擠滿看客。那偷解馬韁的漢子，眼見就要得手了，我一時情急便冒險衝上前，伸出雙手攀住他的胳臂，張開嘴色齜起兩排門牙，二話不說，就往他手腕上死命咬去。漢子慘叫一聲便鬆開韁繩。我抱住馬轡，回頭扯起嗓門向白玉釵呼喊：「姐姐快走！只管往渡頭跑。我幫你把牲口牽過去。」

激戰中，白玉釵乜起眼睛睨她的馬一眼，向我點點頭，手一兜，驟然挽個劍花，颼颼颼連出三劍攻向敵人的鼠蹊，逼退欺上前的三名刀客。劍光中她一轉身，拔起兩條羚羊似的腿，甩起一根長辮，蹦蹬蹦蹬踩著青石板道，沿著長街，朝向渡口直直跑下去了。

滿街人一路追隨。白七公和菊十六郎也在其中哩。我牽著臙脂馬，緊緊跟在眾人後頭。馬背上，馱著青衣女俠的兩捲行李。雌雄兩把鐵劍中的雌劍（那是一支兩尺五寸長的輕劍）今天還沒出戰，依舊包裹在鋪蓋捲中。露出的劍柄，一路只管敲擊馬鞍下的銅馬鐙，叮噹叮噹響個不停，讓那牽馬走在長街上的客店小廝——李鵲，我——在滿村鄉親注目下，越發顯得趾高氣揚起來。

打這一刻起，我就將我這條小命給白玉釵了。天上的觀音娘娘！為白姐姐殺個把人，我李鵲也甘願。這是後話。

奔跑中，白玉釵突然煞住腳步，回頭對追兵狐媚一笑。她大剌剌站在街心，舉起握劍的左手，將袖口上繫著的白繩解開，張嘴咬住繩頭，右手兩隻指頭捏住繩子，繞著左手腕紮上五圈，將衣袖重新綁緊。晌午一輪日頭當空照。她手背上烙著的那枚朱砂痣，映著陽光，顯得格外鮮豔，好像一顆泡過血的豆子。

袖口結紮停當，白玉釵才又邁出腳步來，昂然挺起兩隻奶子，佻達地，搖盪起她那雙又翹又圓的臀子，往前又走出七、八步光景。等到六名刀客全追趕上來了，她陡的煞腳，倏地繃起腳孔，轉身揮劍直闖入敵人刀陣中，也不打話，沒頭沒腦一輪亂殺，劍尖所到，又刺中了兩個漢子的虎口。刀客齊齊後退三步。白玉釵收劍，格格一笑，回身甩起腰後的辮梢，朝向渡口一溜風繼續奔跑。

從午後未牌時分開始，街旁屋簷下，每隔五、六間店鋪，便站著一名東廠番子。這會子街上已經鬧翻了天，他們依舊文風不動，只管站在各自的旮旯角落裡，睜著一雙雙鷹眼靜靜觀察。那一身黑斗笠和黑油布雨衣、藍袷褲和青綁腿，外加兩隻黃色草鞋的奇特裝扮，驀一看，還真像九個陰間鬼卒，大白日出現在天光下，一字排開，在鳳津村長街上站崗哩。

我沒理會他們，自管牽著白女俠的臙脂馬，帶領父老鄉親們，跟隨她那條飛甩的長辮子和一身蔥青色衣裳，沿著村中石板大道，興高采烈，迎神賽會似地一路遊行下去。

「姐姐留神！正點子出現啦。」隊伍來到長街盡頭時，我趕上兩步扯起嗓門指著河堤大叫。白玉釵停下腳步來，將一隻手掌舉到額頭，遮住陽光，睜眼看。

鳳津渡。堤上一排搖曳的楊柳下，停著一匹高大的坐騎，通體黃毛，渾身肥膘，一看便知道是純種的關外良馬。鞍下掛著兩個白銅馬鐙，擦得豁亮，日頭下閃閃發光。馬上乘客是一名長身中年男子。極白淨的一張容長臉膛，留著五綹短鬚，配上一身整潔的藍葛布長衫，看來倒像個文士。頭上那頂馬蘭坡大草帽，綴著兩條三尺長的黑綢帶，隨風飄動，瀟灑極了。這人右手拈著一根綠油油新折的柳枝，當作馬鞭，時不時將柳尖伸向馬頸，掃兩下趕走蒼蠅。一人一騎高高佇立河堤上。人和馬四隻眼睛靜靜望著渡頭外，長街上，一晌午，鬧哄哄發生的鬥毆事件。

「小兄弟，他是誰？」白玉釵單手插腰站在堤下，舉起左手握的劍直直指住堤上客，回頭詢問我。我牽著馬氣咻咻追上前：「他是從京師來的東廠大檔頭，使東廠雙刀，殺人不沾一絲血。白姐姐可要小心了！」

白玉釵打鼻子裡哼一聲，只一扭腰肢，便甩著腦勺後的長辮子，仗劍闖上河堤。大檔頭兀自駐馬柳樹下，不開腔不動手。白玉釵登上堤頂，沒頭沒腦揮劍向他刺來，他才伸出手中的柳條，向她的腦門掃去。只一捲，那根四尺長的新折鮮嫩柳枝，便像一條青蛇般，滴溜溜纏繞住了白玉釵的長劍。接著，他使勁往上拉扯。白玉釵咬著牙握住劍柄，死不鬆手。兩人各自運勁，在眾人目瞪口呆觀看下，面對面眼瞪眼一逕相持在堤上。約莫耗了半盞茶工夫，白玉釵悄悄騰出右手，伸到她的脖子後面，拔下辮根上插著的那支七寸長、一頭尖尖的白骨簪，不聲不響，便向黃驃馬的肚腹一把扎去。那牲口吃痛，齜著牙嘶叫一聲便發足狂奔，馱著主子，東廠大檔頭，潑剌潑剌朝著渡口的人群直直衝過去。

眼見就要撞死人了。千鈞一髮之際，菊十六郎卻挺身而出。

人堆中，只見刀光一閃，那盤著兩條瘸腳、不動聲色坐在地上觀戰的日本殘武士，出手啦。他使出「居合斬」必殺技，瞬間出刀，朝向那兩隻從他身旁疾奔而過的馬前腿，打橫裡一刀劈去。血花啵地噴濺。那黃驃馬昂起脖子朝天狂嘯，雙膝一屈，整個身子向前仆倒。這一霎，馬背上的乘客雙手扳鞍拔身而起。他頭上戴的馬蘭坡大草帽，綢帶翩翩，舞弄河風，好似一隻形狀別致的大紙鳶，靚極了。身子還在半空中呢，大檔頭便伸出右手，摸向腰上掛著的一個長方形鐵匣。等到他的身子降落下來，雙足踏上地面時，我揉眼一看，發現他手中握著兩把造型完全相同、有如一對雙胞胎的雁翎刀。刀鋒映著太陽，碧綠綠地發出一蓬幽光。

「東廠雙刀亮相了！」我牽馬站在堤下，張開喉嚨向白玉釵大喊。「刀鋒餵有劇毒，碰不得！」我看見她手中只有一把長劍，靈機一動，伸手從臙脂馬馱著的鋪蓋捲中，抽出她留下的短劍，朝她擲過去：「姐姐接劍！」

頭也沒回，白玉釵反手就將劍抄在手中。雌雄雙鐵劍合璧。她一手握兩劍，轉身面對那手持雙刀，一身藍葛布長衫飄飄，迎風挺立，只管凝著兩隻丹鳳眼睨視她的東廠頭目。「小兄弟，待會兒大姐姐耍雙劍給你看！」她回頭對我齜起一口白牙，咧嘴一笑，隨即將空著的左手伸到後腰，解下辮上繫著的另一根白繩，啥在嘴裡，舉起握劍的右手，將繩子套在那隻手腕上，牢牢繞三圈，綁緊。兩個衣袖都結紮穩當了，她拂了拂身上的青布夾衣褲，驀地飛身而起，兩手各握一劍攻向敵人。大檔頭往前踏進一步，舉起雙手迎戰。兩人霎時鬥在一起。

河堤上柳樹下，一男一女雙刀雙劍廝殺。刀光和劍光，映照天光和水光，閃亮在向晚申牌時分，紅彤彤，河上那顆開始沉落的日頭下。刀劍相碰，迸發出一簇簇火星子。頃刻間交手三十合。白玉釵那條蔥綠色窈窕身子，甩著一根烏黑麻花大辮，只管穿梭、遊走、竄逃在東廠大檔頭手中那一對利剪似的，明晃晃，不住進擊的雁翎雙刀下。從堤下望上去，她整個人活像一條靈動的青蛇，開心地嬉耍在拂柳蔭中。

觀戰的人站滿一河堤，個個看得眼睛都花囉。白七公那雙青光眼，睜得又凸又圓，好像烏骨雞的兩粒眼珠。菊十六郎那對鯊魚眼，飄飄忽忽閃閃爍爍，緊緊盯住白玉釵那條不停流動的身形，瞳孔中燃燒著兩撮火。

堤上，雙方鬥了百來合。白玉釵額頭濕漉漉，冒出五、六顆黃豆大的汗珠。她的對手臉色開始發青。可大檔頭就是大檔頭，他依然氣定神閒，手中的雙刀施展得越發凌厲，一招緊接一招，招招都是殺手。就在這決戰的時刻，那群攀在柳樹梢頭觀戰的小潑

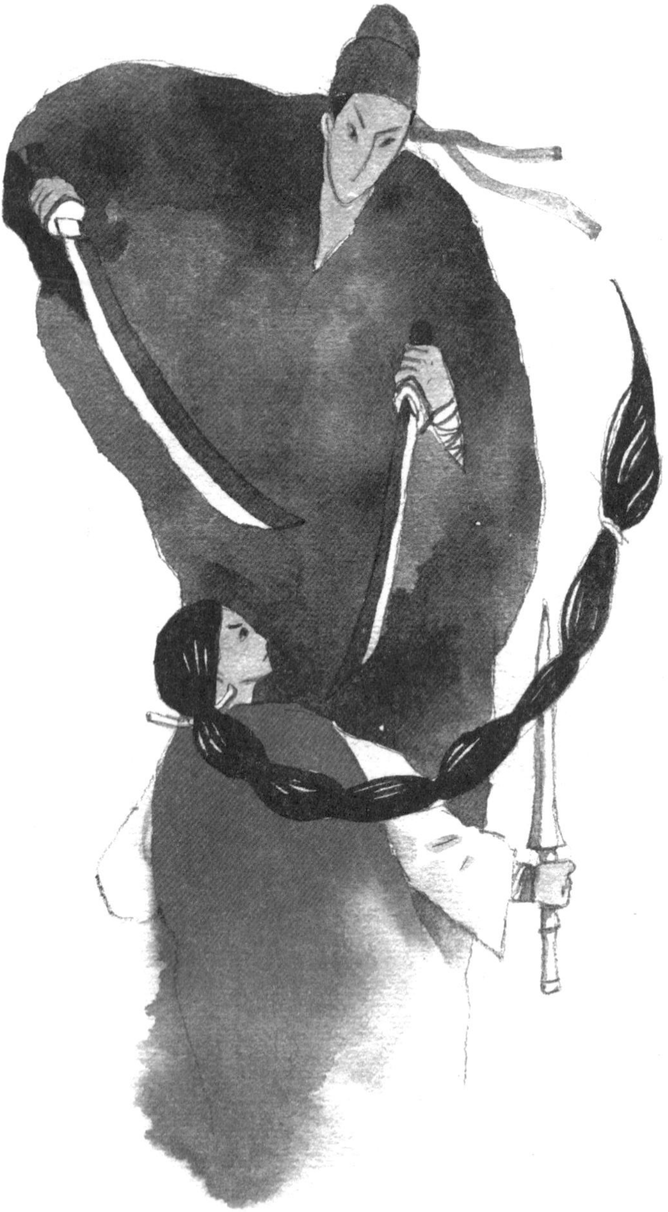

皮，看見鬼似的齊聲發出尖叫：「東廠番子來了！」我牽著馬奔上堤頂，放眼一眺望，觀音老母！果真看見那九個大晴天戴著黑斗笠，披著黑油布雨衣，幽靈樣無聲無息，一排佇立街邊店簷下陰影裡的傢伙，這時，終於動起來了。彷彿聽到上官的命令，他們不約而同，邁出一雙雙綁著青腿帶穿著黃草鞋的腳，現身在天光下，一縱隊，沿著長街朝向渡口走過來。小潑皮們高高騎在樹頂上，放聲鼓譟：「鄉親們，東廠出動大隊番子，前來緝捕京城公公指名要的欽犯，女飛賊白骨簪！」

激戰中白玉釵匆匆轉頭，朝堤下瞄一眼。臉煞白了。第一次我在這羅剎女的眼光中看到了恐懼。她伸出左手的雄劍，自左至右挽個大劍花，護住身子，隨即移動腳步向渡口退卻。大檔頭不捨，掄刀追逼。刀光劍光砰砰碰碰一陣亂閃，兩下裡又纏鬥了十餘合。白玉釵一路退到草坡旁，腳底猛一打滑，整個人一屁股跌坐在地上，倉促間舉起手中雙劍架住敵人的雙刀。大檔頭突然換招，硬生生收回左手的刀，轉而向白玉釵胸口刺去。白玉釵就地一滾身，伸出左手長劍，格住那把傳言中餵毒的東廠雁翎刀。大檔頭撩起長衫下襬，飛起一腳，踢掉白玉釵右手持的短劍，同時舉起右手的刀，對準她那張汗溱溱朝天仰起的蒼白臉龐，作勢直劈而下。大限來臨。白玉釵睜著她那兩枚杏眼，定定地，望著頭頂上那把映照著陽光、明晃晃、江湖上人見人怕的大內神刀。她那兩道冰冷的目光中，流露出刻骨的怨恨。

鬧哄哄的河堤，霎時變得鴉雀無聲。

人堆中倏地竄出了白七公。靜悄悄，他撲到大檔頭身後，伸出綠竹杖，往他右腳後腿凹上用力一戳。大檔頭發出一聲哀叫，膝頭登時癱軟了。我見狀趁機牽馬衝上前，放開轠繩，舉起兩隻手爪子，死命掐住大檔頭的右手腕，回頭向白玉釵呼喚：「姐姐上馬！騎到渡口登船過河。」

好臙脂馬，昂起脖子朝女主人長嘶一聲，似是召喚她上馬。白玉釵從地上一躍而起，扳鞍上了馬背，左手提轠，右手握住雙劍，將右胳臂伸到馬鞍後面，用劍柄使勁捶打馬臀。那馬便馱著主人，闖開堤上圍觀的一群閒漢，旋即放開四蹄，一股滾滾紅煙似地，直直朝向鳳津渡飛跑而去了。

向晚的渡口正忙活呢。那挑貨擔的、成群結隊推雞公車的、牽牲口的、手捧神主牌和香爐從城外送葬回來的，全都擠作一團，趕在天黑之前，爭相過河，這會子忽然看見一匹紅馬載著一個青衣女子，沒頭沒腦直奔過來，嚇得紛紛抽腿往兩旁跳開，空出一條通道，讓白玉釵穿過去。猛一夾馬肚，她策馬登上一艘剛卸完客的渡船。上得船來，白玉釵瞪起眼睛，將劍尖指住船老大的右太陽穴，喝道：「走！」七名光著胳膊、手握一丈長竹篙的漢子，拔起嗓子齊聲吶喊：「白女俠開船囉！」偌大的船便載著孤單單一名女乘客，在眾人目送下，駛離碼頭，朝向貞水河對岸的南雄府城盪去。

白玉釵一躍下馬，將雌雄兩支鐵劍舉在左手上，從衣襟口抽出紅綢帕，嫻嫻地擦拭劍鋒。把劍身抹乾淨了，她才將雙劍合璧，插回馬鞍後面掛著的鋪蓋捲中。

晚風習習。白女俠牽著她的臙脂馬，佇立江心，一身蔥青色衣裳迎風獵獵。她那株細白的脖子後面，烏油油，懸著一條兒臂粗的麻花長辮子，撩啊撩的隨風飛蕩。我雙手扠腰站在河堤頂端，凝起眼睛眺望，看得見她後腦勺上插著的一支長七寸，用人骨打造，一頭尖尖，讓全廣東江湖豪客望而生畏的白簪子。簪上兀自滴著鮮血，遠遠望去，好似一星燐火，飄忽閃爍在江心一顆愈落愈紅的太陽下。

第四回　隔河呼渡

她來了，光天化日之下，在鳳津村街道上獨戰群雄大鬧一陣，旋即把辮子一甩，騎上紅馬就走人啦。

那時我怎麼曉得，這個來歷神祕、傳聞中身負血海深仇的年輕女子，在未來的歲月裡，會和我結下一段奇異的難解難分的緣。我又何曾料到，她將會把我這個生長在粵北邊城，活到十三歲，從沒出過門的小鄉巴佬，親手帶到中原花花世界。那時在我眼中，白玉釵只是個過路女客，一天下午來到我們村子，投店打尖，吃過飯就上路，從此和我這個客店小廝不再有瓜葛——就像這條南北大驛道上，鳳津古渡口，那鎮日穿梭不停、來自四方的一船又一船男女渡客。

君子客店一會之後，這個女客自管走她的路，我自管過我的小日子，每天上午到私塾應卯，跟鄔老秀才讀讀經，作作詩，下午在店堂幫阿爺接待歇腳的客人。可是呀卻不知為何，白玉釵那條孤單的、穿著一身蔥青色衣裳的身影，她那根插著一支白骨簪的麻花辮子，她手中那兩把沾著血、翻舞在群雄堆中的鐵劍，還有還有，她左手背上那顆殷紅如血的朱砂痣，時不時，就會像皮影戲一般在我眼前閃過。那時節，我便會如同中蠱，提著給客人倒茶水的大銅壺，癡癡地，站在店堂中央，重溫一遍那天晌午發生在客店和外面街上的事。多慘烈兇狠的一場廝殺！在緊要關頭，我這個不懂武功的少年，因緣際會挺身而出，在眾鄉親注視下，助了青衣女俠一臂之力。那是我李鵲一生中最光彩、最引以為傲的時刻。

「白姐姐保重！」我在心中撕肝裂肺地呼喊。「我知道姐姐會回來的。就像我知道，我和蕭劍大哥會再重聚。我心裡有預兆，我和玉釵女俠很快就會再相見。」

果然，那天下午，白姐姐在堤上與東廠大檔頭一戰中突圍而出，從鳳津渡口單騎過河後，第三天夜晚，天才交二更，對岸城中便突然傳出一陣狂亂的梆鑼聲和狗吠聲。我從床上一躍而起，披衣出門，登上屋後山坡，站在河伯廟前平台上放眼瞭望。

那晚剛過十五，一輪銀盤依舊皎掛在大庾嶺群峰上，俯照城中千戶人家。月下的南雄古城，刁斗森嚴，滿城灰黑色的屋瓦鋪著一層白霜，一如大前天夜晚，月將圓，我坐在這兒，觀看城中屋頂上搬演的那一齣怪誕的啞戲時，眼中所見的美麗荒涼月色。

滿城人家已陷入睡鄉中，四處黑沉沉地不見一盞燈火。西大街的鎮守府，這會子卻聚集起了百來隻官家燈籠，隔河望去，好似一片燈海，把整座官花園照耀得雪燦燦地，如同白日正午一般。花園中央一間大廳燈火通明。靜夜裡只聽得梆鑼連敲，驚雷急雨般一陣陣綻響：柝柝柝——鏜鏜鏜——院子裡只見一群頭戴紅纓帽的公人，手拿鐵尺、鎖鍊、梢子棍和一根根丈來長的鉤竿，團團圍住官廳，口中齊聲叫嚷。吶喊聲乘著夜風一波波渡河傳來。我伸出脖子豎耳傾聽：

「有刺客！捉拿女飛賊！保護何公公！」

幾十個人滿院子亂跑亂叫，如同一窩無頭蒼蠅。忽然大夥齊齊扭轉脖子，仰起臉龐朝南邊看。我順著大夥的目光望去，只見花園圍牆頂端一枚青衣人影，月光下拖著一根長辮子發足奔跑。果真是個女飛賊！公人們紛紛跑到牆下，舉起幾十根鉤竿子，沒頭沒腦向女飛賊身上勾去，只聽得豁浪浪一陣亂響，都被她手中那把飛舞的長劍削斷竿尖。一隊身穿花錦袍、頭戴黑筒帽的武士聞聲趕來，二話不說，拔出腰上繡春刀，飛身躥上牆頭捉拿刺客，可一臨近她身子，雙腳還沒站穩呢，就被她用劍格開刀鋒，旋即用腳把人踢下牆去。咚咚咚。一口氣踹翻八名錦衣衛。這時恰巧有一輛運糞的騾車，嘚嘚從牆外巷道上駛過。那女飛賊縱身一躍，便從牆上跳到車棚頂，緊接著雙足一蹬，飛身而起，人就像一隻展翅的大青鳥，降落到巷子對面一間民宅的屋頂。刺客給脫逃啦。鎮守

府花園內，梆鑼聲又響了一陣才平息下來。公人們聳著帽上綴著的一顆紅纓，兀自集合在牆根下，裝腔作勢，只管抖著手中的鎖鍊，張開喉嚨望空吶喊：「何公公重賞活捉女飛賊！」再過一晌，吶喊聲和狗吠聲也全停歇了。南雄城霎時又陷入睡鄉中。

月光照射下，只見那青衣女子背負雙劍，弓著腰低著頭，躡手躡腳，不停奔竄跳躍在南雄城屋頂上，乍看像一隻潛行的豹子。她踩著腳下的瓦片，悄沒聲，踏過一間又一間民宅的屋脊，穿過十多條巷弄，一路從西大街鎮守府跑到靠近渡口的南關。眼見就要來到城牆旁了。翻過四丈高的城牆，來到城外貞水河畔，只須尋得一艘渡船過河，便能逃之夭夭。我在對岸看著，正要鼓掌為這名女飛賊喝采，一扭頭，發現有人從她身後追來。那漢子頭戴黑斗笠、肩披黑油布雨衣，從裝扮上看活脫脫是一名東廠番頭。他邁著大步追上女飛賊，離她的辮梢只剩三步，便掄起手中一雙明晃晃的雁翎刀，向她的後腦勺砍去。我隔著三十丈寬的河面觀看，一時心急失聲大叫：「白姐姐留神！奸賊背後偷襲！」

她彷彿聽到了我的呼喊！奔跑中，她猛一抬頭，扭轉脖子望向河對岸石崖上的河伯廟。那當口，我正站在廟前平台上隔河望著她，邊扯起嗓門呼叫，邊向她比手勢。月光皎皎灑照她的臉龐。這名膽大包天、夜闖南雄鎮守太監何大璫宅邸的女刺客，正是我日思夜想、牽腸掛肚的青衣女俠白玉釵。

好白玉釵，她把頭一低，避開了從背後砍來的雙刀，也不打話，一轉身，反手拔出後腦勺上插著的白骨簪，不聲不響往敵人腹部刺去。那東廠番頭張嘴慘叫，蹬蹬蹬連退三步。白玉釵一刺得手，便收回這支讓江湖人望而生畏的簪子，插回辮根上。她站穩雙腿，拂拂身上那襲青布夜行夾衣褲，一甩腰後麻花辮子，刷地拔出背上雙劍，一雄一雌分握在左右手中，昂然挺起胸脯，面對那雙淬毒的、傳聞中殺人不沾血的大內神刀。

一男一女，雙刀雙劍，對立在南雄城頭午夜一瓢明月下。白玉釵率先出手，東廠番頭回擊。劍來刀去，兩人就在城中民宅屋頂上廝殺起來。

四隻腳將屋瓦踩得乒乓響，嚇得底下的那家子人，男女老小紛紛從床上跳起來，滿屋子亂轉，霎時間，啼哭聲叫罵聲喝問聲，交響成一片。一弄堂的狗汪汪狂吠。屋上兩人不理不睬，只顧相鬥。鏘鏘鏘刀劍相磕，頃刻間交手二十餘合。破碎的瓦片驟雨般，嘩喇嘩喇墜落。底下人家點起燈籠，哐哐敲起銅盆和鐵鍋。幾個膽大的男子架起木梯，手持鋼叉上屋捉拿女江洋大盜。白玉釵不敢戀戰，右手雌劍護身，左手雄劍伸出挽個大劍花，轉身便跑，颼颼颼接連跳過五間房屋和兩道牆，不料，這幾家人也都驚醒，一片聲吶喊捉拿女飛賊。東廠番頭陰魂不散，掄刀又追趕上來，碧青青的兩把淬毒刀尖只管閃爍著月光，離她的後腦只五寸。

奔逃中，白玉釵硬生生煞住步伐，突然轉身，舉起左手握的雄劍，格擋住東廠雙刀，右手雌劍同時伸出，「噗」的一刺，劍尖直直插入敵人的肚臍眼。好犟的一條漢子！這東廠頭目咬著牙睜著眼硬撐住身子，直挺挺佇立不動。兩人面對面站在屋脊上，好一會互相凝視。白玉釵手上一使勁，又將劍尖推進約三寸光景。番頭終於移動腳步，蹬蹬往後退了。在白玉釵手中鐵劍不住推送下，一步接一步，他慢慢退到屋脊盡頭。在那兒，他雙腳跂在尖翹的燕尾脊上，好似站在懸崖口，身子搖搖晃晃。白玉釵一咬牙，將插入敵人身上的劍拔出。一蓬血，登時從番頭腰間肚臍眼中噴射出來。身子向後一仰，倒栽蔥似地，他就從屋頂上直直摔下去了。

屋簷下街坊中，老百姓的驚叫聲和狗群的狂吠聲，混響成一團。家家點起火把，紅通通照亮一整條巷弄。

白玉釵收回雌雄雙鐵劍，帶著血跡，往肩上的十字形背帶中一插，轉身朝向偏僻的西城逃逸。她弓著腰躡著腳，又回復豹子的姿態，悄沒聲潛行在屋脊上，躥過街上一間又一間民宅和店鋪，直來到西南城牆下。這兒是城中最荒涼、人煙最稀少的地點，城牆外便是一片千年銀杏樹林，林中散布著上千座墳頭。人聲和狗吠聲，霎時全聽不見了，只有初秋的風從江上颳起，吹著那一簇簇探著頭，從城牆磚縫中冒出來的雜草，蕭蕭簌簌好不淒涼。

四更，天將發曉。滿天星斗兀自瞅著人間，笑嘻嘻地眨巴著眼睛呢。白玉釵穿著她那件深青色夜行褲，月下，獨自個，站在南雄城西南角一座荒廢的城樓上，迎著曉風，望著城牆下的貞水河。她舉起一隻手來，伸到脖子後，捕捉住她那根飛蕩不停的麻花辮，拿到胸前，解開辮梢上繫著的白頭繩，將整條辮子打散了，重新編織。一面編一面低頭想心事。編著想著，她忽然抬起頭來，睜眼望向河對岸。

我正站在河這邊渡口石崖上，伸出脖子癡癡望著她。兩下裡隔河打個照面。一霎時，兩人的眼睛直直對上了。我舉手向她揮舞。她舉手朝我招了招。相隔三十丈，我看不清楚她臉上的表情，但瞧她的手勢，她必定認出了我李鵲——三天前的晌午，她在鳳津村遭受一群刀客和東廠番子圍攻時，拚著小命，挺身而出，助她脫逃的那個客店小廝。如今半夜深更，在荒城野渡，原本擦肩而過、從此分道揚鑣的兩個陌路人又再相見，白玉釵心裡可是又驚又喜吧。

兩人，一個在南雄城河濱城樓上，一個在對面鳳津渡石崖頂，隔著中間一條河，互相比著手勢，你一句我一句熱烈地交談起來。

「姐姐，你真厲害喔，一個女人半夜大鬧嶺南監軍太監何大璫鎮守府。」我朝她高高豎起大拇指。

「謝謝小兄弟捧場。」她抱拳向我拱了一拱。

「姐姐好嗎？有被番子的毒刀傷著嗎？」

「我沒事。小兄弟放心。」

「你在等人嗎？」

「不，我在找船。」

「你要上哪？」

「過河。」

「你的紅馬呢？她在哪裡呀？」

白玉釵這次並沒回答我。她舉起胳臂，豎起拇指和食指，噘唇發出一聲響亮的唿哨。潑剌潑剌，只見一匹馬放開四蹄，從城西牆外樹林中跑出來，停駐在南城牆垛口下，昂起脖子望著站在角樓上的女主人，發出一聲急切的嘶叫。我搓眼一看。果真是那匹臙脂馬！背上依舊馱著青衣女俠的兩捲行李呢。白玉釵朝我揚揚手，陡地縱身一躍，從四丈高的城頭直跳下來，一屁股穩穩當當落在馬鞍上，坐好了，旋即策馬離開城牆，穿過一堤柳樹，直馳到河畔上來。江湖上的傳奇女羅剎白骨簪，在我做的那首五絕〈女俠〉中，亮相啦：一身青衣，背插雙劍，脖子後垂著一條兒臂粗、油光水亮、辮根插著一支白簪子的麻花辮，騎乘一匹紅馬，背向城頭一輪斜月，手握韁繩勒馬水邊，隔河呼渡。

月光中，兩隻杏眼烏晶晶，直瞅著我。

我向白玉釵比個手勢：「姐姐待在那兒莫動。我過河來找你。」

一溜風，我跑下河伯廟旁那道一百八十級石梯，下了石崖，跑上鳳津街道，踩著一條空蕩蕩、兩旁屋簷下只見盞盞燐火般，鬼眼幢幢的青石板路（那起東廠番子，半夜還戴著黑斗笠，潛伏在鳳津村嚇人哩），穿過長長兩排打烊的鋪子，來到街尾渡頭。眼見左右無人，我便闖進一間船棚，看到一艘無篷舢舨繫在堤下，便偷偷解開船纜，用竹篙把船撐出碼頭，順著湞江的水流朝向對岸南雄城邊去。

白玉釵早已下馬，右手拈著一根新折的柳枝，不住兜啊兜，左手牽著馬轡，俏生生立在城牆下河堤邊柳蔭中，等著我。

「姐姐要過河嗎？」

「是。我今晚大鬧南雄鎮守府，不能走梅關這條路了。我打算回頭渡過貞水河，重返鳳津村，走驛道往西到韶州，從那兒穿過大瑤山進入中原。」

這是我頭一回聽白玉釵說話，嗓音挺清脆悅耳，和她的外號「白骨釵」完全不搭。

「不可不可！」我把舢舨撐到岸邊，將篙子夾在腋下，伸出雙手猛搖：「姐姐莫回鳳津。東廠番子在村中設下埋伏，專等女飛賊自投羅網。」

「得冒險闖南雄城北邊的梅嶺道了。夜晚可以走嗎？」

「可以。但姐姐不能走這條官道。山上的關口有監軍太監手下的兵把守，姐姐孤身一人闖不過去的。」

女俠白玉釵牽著紅馬站在水邊，聽我一本正經這麼一說，呆了呆，轉過脖子，抬眼眺望南雄城背後，古驛道盡頭，高聳的梅嶺關上斜斜掛著的月亮。一時間，她可沒了主意啦，臉上顯出焦慮的神色，抿住嘴唇不吱聲。

「姐姐你莫焦急。我知道有另一條路可以過梅嶺，直下贛江，到達贛州城。我爺爺領我走過幾趟。趕在天亮前，我可以帶姐姐走這條偏僻的山路，不須擔心給人撞見。姐姐聽！」我打個手勢叫她豎起耳朵，傾聽那四更時分，柝、柝、柝、柝——鏜鏜鏜——催魂似的一聲急似一聲，不斷從城中某個旮旯角落傳出的打更聲。「丑時三刻了。再過一晌，城外農家雞啼大五更，我們要走就來不及囉。白女俠請登船！」我站到船尾將手一擺。

「勞駕小兄弟帶路。」白女俠搖曳著兩隻臀子走出柳蔭，牽馬登船。右手兜著柳枝條，左手握住轡頭，背向我，挺著腰桿立在舢舨中央。脖子後垂著一根三尺長辮，迎著曉風撩啊撩，獵獵價響，只管飛舞在她那件青綢子夾衫的腰際。「姐姐站穩了！」我立在船尾，舉起篙子往堤上使勁一戳，將船撐離岸邊，順著湍急的水流，往西朝向貞水河下游月落之處，悠悠盪去。

在離城三里的胡楊浦，棄船登岸。翻越南嶺的路程由此開始。我和她兩個陌生人——來歷神祕、孤身北上尋找仇家的年輕女子白玉釵，和十三歲、從不曾離家的廣東少年李鵲——將共乘一匹臙脂馬，穿過那一條巨龍似的蟠踞在南雄城北邊的大山嶺，經由一條祕道，進入中原神州華夏大地。我在心裡告訴自己：「這一去我不知何時才能回家。」如今回想，真是一語成讖哪。

在南雄城背後一座高崗，白玉釵勒馬，歇息片刻，準備進入密林中那條陰暗的山路。我跨坐在她身後的馬背上，轉過脖子回頭望一眼。曉風中一堤飛柳掩映下的鳳津古渡，在這破曉時分，看起來忒荒涼。渡頭一條青石板街空落落，店家兀自沉睡。我睜大眼睛，就著落月殘輝努力搜尋，卻找不著我們李家祖傳的「君子客店」。事情發生得太

突然。我匆忙離家，沒有工夫向一手拉拔我長大、打我八歲起就與我相依為命的阿爺，虔虔敬敬下跪拜別。心頭一絞痛，我的眼角熱辣辣地迸出一顆淚珠。

「小兄弟抱緊我的腰，坐穩！我們上路。」雙腿使勁一夾，白玉釵舉起手中的柳枝往馬臀上抽去。那馬昂起脖子朝天嘶叫一聲，驀地放開四蹄，揚起頸上紅鬃，馱著一女郎一少年和兩捲行李，朝向深山老林中的小路直奔而去。我伸出雙手，死命摟住白玉釵的腰肢，挨著她的身子，索性闔上眼睛。我豁出去了。我將自己這條小命，交到萍水相逢的女子手中，任由她，帶我一路闖關北上，進入一個我毫無所知的神祕古老世界。觀音老母！不能回頭。

第五回 北上神州

一次背叛

天際一枚斜月指示下，那晚，我與青衣女俠白玉釵共乘一匹臙脂馬，逃避東廠番子的追殺，星夜遁走大庾嶺。如今回想，這段奇異的旅程可是我一生最特別、最甜蜜、不時從心底掏出來重溫一番的少年記憶。最記得，當時十三歲的南蠻子，李鵲我，坐在一名年華雙十、容貌俊俏、留著一根粗油麻花大辮的北方姑娘身後，兩腿夾住馬腹，雙手環抱她的細腰肢，片刻也捨不得鬆手。兩人便如此緊緊相依，共乘一騎，嘚嘚嘚沿著山徑一路北竄。伏在白玉釵背脊上，我邊伸出鼻尖，聞吸她辮梢散發出的一股幽幽的、帶著血腥味的香氣，邊豎起兩隻耳朵，聽那一陣陣呼颸呼颸、打我們身畔掠過的山風，心中不住向老天爺祈求：「莫讓五更時刻來臨！莫讓月亮沉落、太陽升起！就讓臙脂馬馱著我和白姐姐，在漫漫長夜中，沿著五千里南北大驛道前進，過長江，渡黃河，一路上不打尖也不投宿，直來到京城外最後一座驛站涿州……」

但天終究要亮。我們的坐騎穿過大庾嶺埡口，進入嶺北江西省界時，已是雞啼大五更的辰光了。山裡人起得早，家家屋頂上迎著曙光升起一條長長的炊煙。我聞到飯香，從美夢中流著口水醒來，在馬背上伸個懶腰，把嘴巴湊到白玉釵耳旁說：「姐姐停馬。」

「怎麼了？」挺著腰桿坐在我前面馬鞍上，一路不吱聲，只顧策馬前進的白女俠，這時開腔啦。只是聲音突然變得冰冷——冷得讓我心寒：「你後悔跟我走了，小鬼？想回鳳津村你阿爺身邊了？」

「你打死我，我也不回去。」

「那你為何叫我停馬？」

「姐姐你想想：一個帶劍騎馬、頭髮上插著一支白骨簪的外鄉女子，攜帶一個本地少年，母子不像母子，姐弟不像姐弟，大清早行走在客家村寨的道路上，能不招人眼目嗎？弄不好會引來東廠番子。」

「好，李鵲兄弟說得有理，我們就找個地方歇息。天黑再偷偷下山。」白玉釵在村寨口勒住馬轠，回過了頭來——整晚第一次喔——迎著朝陽咧嘴向我一笑，露出兩排我生平見過的最潔白、最好看的牙齒：「小兄弟請帶路。」

我領她到山中一間菇棚借宿。入秋時節，養菇人家採收完夏菇，下山過冬去了。屋裡留下兩床髒被和一副鍋碗瓢盆。白玉釵只瞄一眼，便揮揮手，打發我到裡間的臥室去睡。她把坐騎拴在門前一株棗樹下，解開轡頭讓馬吃草。行李並沒卸下。她從掛在馬背的鋪蓋捲中，拔出那雌雄兩把鐵劍，抱在懷中，一屁股就在門檻上坐下，背靠著門框，垂下眼皮自顧自打起盹來。

「白姐姐好睡！」

我獨自躺在屋內竹床上，闔上眼，腦子裡便如畫卷般，又展現出那幅悲壯的圖景：一少年與一女郎萍水相逢，共乘一匹紅馬奔馳在中原大驛道上，風蕭蕭月茫茫一路朝北走。目的地：大明京師。任務：刺殺天下最有權勢的人。

這場甜滋滋美夢直做到下午方醒。睜開眼睛，看到太陽白晃晃一輪，斜掛窗外銀杏梢頭。我睡飽了，心滿意足，仰天躺在床上伸個大大的懶腰，回手猛一摸，發現我那光溜溜的肚皮，不知何時給蓋上一條紅綾小被子。我抓起被頭，拿到鼻端一聞，香馥馥的分明是女人使用過的物件呀。心神一蕩，我捽掉被子坐起身來豎耳傾聽。屋裡屋外杳無聲息。大白日晌午怎地恁安靜？心中一慌，我光著肚腩跳下床來打赤腳跑到門口。棗樹下空無一物。臙脂馬不見了！白姐姐也消失無蹤。門檻旁布滿沙塵的地面上，現出兩個挺鮮明的、圓圓的臀印。那是白玉釵在她坐過的地方留下的痕跡。

我站在門口發了半天呆，膝頭陡地一軟，整個人跌坐在門檻上，面對眼前空寂寂一條山路，滿腔憤怒和百般委屈登時全湧上心頭。「我被白姐姐遺棄了！」死憋了一會，終於哇的放聲哭出來：「我被那個頭戴白骨簪，仗著一雙鐵劍大鬧鳳津渡，讓我這個小南蠻一見傾心，甘願為她拋棄親人，伴隨她亡命天涯的女子——白玉釵——出賣了！觀音老母！我李鵲打死都不甘心哪。」

我將永遠記得，這是白玉釵第一次、可絕不是唯一的一次遺棄我、背叛我。

這會兒，坐在她曾經坐過的門檻上，瞪著她曾經拴馬的棗樹，我越是思前想後，越是傷心和不甘，到後來索性撲倒在地上，攥起拳頭，狠狠擂打她留下的兩圈臀印，扯開喉嚨朝天放聲大哭，驚得滿林鳥雀鼓起翅膀四下飛起，喊喳亂叫。這一場撕肝裂肺的慟哭，直到向晚，天空出現滾滾彤雲陣陣歸鴉時，才淚盡停歇。我心中思量：天黑前我須得離開這個山窩，到山腳的涂家寨子，尋我阿爺的拜把兄弟涂九叔公，隨便編個故事，請求讓我借住一宿，明早再央他老人家撐船，沿嶺北的章水河順流直下，將我送到城裡。在江西道上的第一座大驛站贛州，我只須守在南城門下，盯住贛江畔的水陸碼頭，

耐心等待，必能截住打這條道上經過的青衣女俠和她那匹紅馬。目標太顯眼，這回絕不會溜掉。

白玉釵呀白玉釵，我李鵲若等不到你這個薄情寡義的女子，結清這筆帳，絕不回南雄鳳津見我祖父。

主意已定，我便從地上爬起身來，拍掉衣裳上的沙塵，擦乾眼淚，走到井旁搖動轆轤打上一桶水，狠狠洗把臉，隨即回到屋裡，從床上撿起白姐姐臨走時蓋在我身上的紅綾小被子，揣在懷中，準備上路。前腳正要跨過門檻，心中忽一動，我回頭瞄一眼床頭那張茶几，看見上面擱著一個紅色小包裹。打開來，發現帕子裡包著十多塊碎銀，放在手掌上掂掂約有七、八兩。我伸出鼻子嗅嗅那紅綢帕，聞到一縷幽香和一股刺鼻的血腥味。我驀然想起：白玉釵每次用左手持劍殺人後，就伸右手從衣襟口抽出一塊紅帕子，不慌不忙抹拭劍身，把刀口沾著的斑斑血漬擦乾淨，然後才將劍入鞘，插進馬背馱著的那捲鋪蓋中，旋即扳鞍上馬，潑剌潑剌絕塵而去。脖子後拖著一條三尺長的烏油辮子，撩呀撩，飛蕩在她那身青衣裳的腰際。這股冷酷勁兒，每每讓我這個少年看得發癡。如今雙手捧著她的紅綢帕，伸出鼻子，嗅著帕上的陳年血腥味，我心中越發思念起白玉釵來，眼圈一濕，險些又要掉淚。我趕緊收起銀子，將小包裹放在紅綾被裡，一古腦紮成一個小包袱，挽在手肘上，掉頭走出借住的菇棚。向晚申時，我迎著西天一顆水紅日頭，投向屋前那一根羊腸似的逶迤山中的小路，大踏步走下山去了。

翌日早晨，來到了嶺北的一座大鎮。

那皇皇贛州，乃是千里贛江第一城，市面那份繁華熱鬧比咱南雄城，超過不止十倍！我兒時來過三次。每次都像個小鄉巴佬，把臉兒緊貼著阿爺的屁股，趑趄行走在城中那迷宮樣的九大街三十六坊中，探頭探腦東張西望，把一株脖子都眺得僵了。這回我沒工夫進城。在八境台碼頭下得船來，誠誠懇懇，辭別了親自操舟送我來贛州的涂九叔公，我便站在南城門下，將雙手插在腰間，跂起腳昂起脖子，仰望那座矗立在三丈高的門洞上方，如同鳳凰展翅般，翹起三重琉璃飛簷的雄偉城樓，嘴裡嘖嘖讚賞一番。（據阿爺所言，這是真正的宋朝古蹟，至今——咱大明皇朝正德十三年——已經歷三百年的滄桑歲月。）瞻仰完宋城，我便走到城外關廂，選購一套換洗衣褲，裹在白玉釵的紅綾小被子裡，打成一個包袱，兜在肩上，又去買一雙小牛皮靴和一支匕首。我穿上靴子，將那把極鋒利的帶鞘短刀，插入左腳的靴筒中，用繩子牢牢綁住靴口。這可是我李鵲的保命傢伙。此去中原路途險惡，我當時一個十三歲、不懂武功的小毛孩，得靠這不起眼的小兵器防身。

裝束停當，天色正值中午，我找了家北方人開的小館，叫一碗大滷麵填飽肚子，然後沿著高大的宋城城牆，逶行在河濱那綿延一里長、港中泊著各式大小船隻的碼頭上。找船。我打算走水路順贛江而下，前往省城南昌，巴望在路途中遇見穿著一身青衣，騎乘一匹紅馬，攜帶兩捲行李和一對鐵劍，獨自馳騁在江畔驛道上的白姐姐。觀音老母！那時即便是死纏活賴，我也要跟住她……

悠悠晃晃一路行走到城牆盡頭。

東南角樓下，河堤旁，繫著一艘用數百根海碗大的圓木紮成的大木筏。筏中央，搭起矮矮一間棚屋。屋前架設一隻泥爐。一個七、八歲的丫頭兒，拖著兩根蓬鬆小辮子蹲在爐旁，手握一柄芭蕉扇，邊打瞌睡邊搧柴火。一團水霧挾著撲鼻的鯽魚香，熱騰騰從爐上的鐵鍋中冒出來。

我知道這是木排。阿爺曾帶我搭乘。放排人將大庾嶺山中砍伐的黃檀木，紮成一張筏子，順著贛江漂流而下，直抵南昌府城。真正是踏破鐵鞋無覓處，得來全不費工夫！我正要呼喚筏主人，只見城牆下，堤岸上，頂著大日頭走來一個打赤膊、戴斗笠的中年黑臉漢子，肩上扛著兩袋大米，懷裡摟著一罈黃酒，氣喘吁吁朝筏上喊叫：「翠姐兒的媽，我回來了。」棚屋內鑽出一個解開衣襟、露出一隻青筋奶子的黃臉女人，邊哄著懷裡的男娃娃，邊走到筏頭，伸手接過酒罈。我搶上前去，跟著那漢子跳上木排，從包袱裡拿出白玉釵的紅綢帕，解開帕子，撿出一塊銀子用雙手奉上：「放排大叔，我是南雄人李鵲，祖父李竹堂在鳳津渡口開設『君子客店』。他老人家上個月仙遊去了，丟下我這個單傳孫子。我把店頂讓給表親，打算去南昌府城投靠姑姑。大叔放排，順路帶我到南昌，我情願出三兩銀子給您打酒。」說到傷心處，想起半路上，自己被白玉釵這無情女子狠心拋棄在荒山中，兩行眼淚禁不住奪眶而出，撲簌簌流下來啦。放排人�著我，眼上眼下將我打量三遍：「鳳津君子客店，這條道上的行路人都知道。竹堂公往生好走！鵲官，你就跟隨咱張長發一家子到南昌。那三兩銀子你收回。」

我便是這樣離開了贛州，開始我北上中原，千里迢迢無怨無悔，追尋白玉釵那青衣紅馬蹤影的旅程。

筏上生活

如今回憶，筏上漂流風餐露宿那段日子，可真逍遙哪。每天跟著張大叔放排，給他打下手，幫忙操縱那一支裝設在筏頭、長兩丈、重五百斤的大木槳，航行在贛江上游，

繞過重重險灘，避開一座又一座沙洲，穿梭在九彎十八拐的河道中，日日朝下游行進。

和我家鄉的貞水河相比，贛江風光又是另一番景致。我最愛看水車。那一個個矗立河畔的大傢伙，每個足有三層樓高，鎮日裡，喀喇喀喇轉動，將河水不停送上河岸的玉米田。田中栽種的一株株包穀，長得也忒高大，那七尺長的桿子上，頂著圓鼓鼓的玉米穗，從筏上望去，金燦燦滿坑滿谷閃亮在初秋的豔陽下，煞是壯觀。還有那花樣年華，戴著紅斗笠穿著花衫子，三五成群聚集在玉米田中，咭咭呱呱邊談笑邊幹活的江西姑娘。我這個廣東仔，在南雄長大，從小看到的盡是頭戴藍布帕，腰繫黑布「袍肚俚」圍身裙，臉上從不搽脂抹粉的客家女人。對我來說，玉米田中的這群姑娘不啻是七仙女下凡哪。我杵在河中木排上，邊搖槳邊回頭，只顧望著那一張張從金黃包穀叢中探出來，睜著兩隻杏眼，烏溜溜打量我的俏臉龐。每次我都看得臉漲紅，一閃神，差點讓筏頭撞上河中漂流的浮木，把張大叔嚇得跳起腳來。

日出放排，日落寄泊。河上的日子雖然一樣，卻也不覺得無趣。上筏才兩天，我就同張大叔一家四口混熟了。連那個性情羞怯，總是拖著兩根小辮蹲在棚屋門口，手握一柄芭蕉扇，邊噘口水邊搧柴火，只管守望著一口熱鍋的小丫頭子，翠姐兒，也趕著我叫起「鵲哥哥」來。我從小沒哥沒姐，孤單一人長大，心裡好想認個妹妹，帶她行走天涯。這張翠姐說不定和我有緣呢。

剛上排時，我的目光時刻投向河畔的驛道。這是一條縱貫江西省的大路，熙熙攘攘十分熱鬧。成排雞公車和一隊隊挑夫，塞滿一丈寬的路面。我最愛看那穿梭在路人中，搽著兩腮幫臙脂，穿著一身紅綢，羞答答跨坐在花驢上，讓她男人牽著走的小媳婦兒。好像萬綠叢中一點紅，煞是好看！唉，獨不見白玉釵那青衣紅馬，髮辮飛揚，單騎行走在驛道上的身影。過了三天，依然杳無音訊，我巴望在贛江畔和白姐姐相逢的心，也就漸漸冷了。

直到一天傍晚，木筏寄泊在一個名叫彭家灘的村落時，我才聽到白玉釵的消息。

晚飯後，放了一天排的張大叔在河裡洗過澡，這會子打赤膊，架起二郎腿坐在棚屋門前板凳上，閒閒喝黃酒。張大嬸點上一盞油燈在屋裡做針線活。張翠姐兒把弟弟小灶子抱在懷中，坐在門口搖著博浪鼓逗他玩。那才滿周歲的男娃兒，睡飽了覺喝足了奶，綻開臉上紅噗噗肥嘟嘟一張笑靨，格格笑不停。我則蹲在筏頭槳桿上，抱著雙膝昂起脖子，仰望初更時分河上天空那一穹窿乍現的星斗。

夜色中的贛江波光潾潾。

兔起鶻落，一條黑衣人影悄沒聲躥上筏來，將手中明晃晃的一把朴刀，架在張大叔後頭上：「放排的朋友，借你的筏子一用。」

「好漢請用這張筏子，莫客氣。」張大叔慌忙從凳子站起身，放下酒盅一個勁抱拳作揖。

那夜行客走到筏頭，從身上取出一張鵲弓，搭上一支響箭，舉到頭頂上颼地射出去。呼颼颼——箭頭的哨子發出尖銳的響聲，直衝上雲霄。約莫過了半寸香工夫，忽聽見颼颼！呼颼呼颼！河岸上靜沉沉的曠野中，箭矢聲和哨子聲四處響起，互相呼應，聽起來好像一群盜賊聞風嘯聚的光景。哨聲方歇，只見月光灑照的玉米田，倏地冒出一枚枚人影，一路跳竄起伏，撥開包穀叢，分頭朝向河灘奔來，比賽輕功似的以各種獨門姿勢，一個接一個躍上張家木排。不多時，筏上就出現了二十來個人。高高矮矮男男女女，身穿各色服裝，手持各式兵器，星空下黑壓壓站滿一筏頭，鴉雀無聲。

「飛天蝙蝠胡大俠，請了。」先前上筏的漢子收起弓箭，抱拳朝向半空中拱了拱。大夥順著他作揖的方向望去。只見河邊矗立一座巨大水車，入夜後兀自轉動，喀喇喀喇不停打水。那三丈高的轉輪上，蹲著一個黑衫客，身子隨著水車的運轉不住兜旋。聽見筏上有人呼喚他，他立起身，拱手回禮，隨即張開雙臂朝河中一躍而下。大夥齊齊昂起頭來觀看。只見他衣衫飄飄，身子如箭一般直直穿過夜色，越過河面，畫出一個大弧形，無聲無息降落到木筏中央。大夥哄然喝采：「果真像一隻飛天大蝙蝠！遼東胡大俠輕功了得，咱們今晚算是開眼界啦。」那胡大俠立定身子，一抱拳，向眾人團團作了個四方揖，笑嘻嘻道：「獻醜了。」隨即舉手過頂，合掌朝京城方向畢恭畢敬一拜，朗聲說：「胡東謹代表天下武林二十四家總掌門，白公公，白三千歲爺，邀各位武林同道在此相聚，只因他老人家有一事相託——」說著，兩隻眼皮朝上一翻，兩道目光倏地射出，朝向那一整晚蹲在槳桿上、假裝抬頭觀賞星星的我，直掃過來。我嚇得跳起身，跑到棚屋後，躲在黑影地裡悄悄豎起耳朵傾聽。邊聽邊琢磨，終於聽出一個端倪來。

原來這夥男女是江北武林十家的掌門和大弟子，受京城一位大人物，什麼三千歲爺白公公的委託，前來江南辦一件事。他們的任務，是在贛州道上攔截一名北竄的欽犯。白公公諭令必須活捉此人，押解回京，交錦衣衛北鎮撫司看管。由於此人與白公公有一特殊淵源，萬萬不可傷其性命。但是，點子十分扎手，三日內已連敗江南五家掌門，可自己也負了傷，現下孤身一人，帶著一匹臙脂馬躲藏在柏家鋪療養。

講到要緊處，一夥人忽然壓低嗓門，把頭湊在一塊，咬耳朵唧咕了一陣。我伸出一隻耳朵努力去聽，可什麼都聽不到。

我蹲在棚屋後暗暗思量：點子負傷、臙脂馬、柏家鋪。腦子裡一道電光豁地閃過，我登時明白了：他們口中的「點子」莫不就是白玉釵？這江北十家掌門奉天下總掌門之命，南下增援同道，今晚在飛天蝙蝠胡東召集下，會聚在贛江上，圖謀算計白玉釵。她受傷了，如今和她的坐騎被困在柏家鋪。柏家鋪——不正是今天中午，木排停泊，我陪張大叔上岸採購補給品的那個小鎮甸？

觀音菩薩！白姐姐現今有難，我李鵲豈能坐視。當下我躡手躡腳溜下張家木筏來，一登岸便發足狂奔，順著驛道一口氣跑了十餘里，來到道旁一座小站，柏家鋪。進得鎮來便聽見打更聲。鎮上的白頭更夫弓著腰，遊魂似地步行在荒涼的市街，打著竹梆子，敲起二更鑼，柝柝——鏜鏜——靜夜裡聽來忒響亮孤獨，令人鼻酸。站在鎮口放眼望去，只見鎮心青冷冷一條石板道，灑滿白雪雪的月光。鎮上人家都安歇了。我沿著長街走下去，看見街尾樹立起一根三丈高的竹竿，竿頂掛著一盞大黃燈籠，寫著四個朱紅楷體字：萬安客店。簷下兩扇黑漆板門緊閉。

我在門前逡巡一會，正待舉手敲門，忽然聽到圍牆內傳出一陣馬嘶。我豎耳凝聽。那聲音高亢淒切，彷彿在思念失蹤的主人。我再不遲疑，當即手腳並用，爬上店門口那株大槐樹，探頭往牆內一張，果然看見白玉釵女俠的坐騎拴在馬廄中。我從樹上躍下，溜入馬廄，伸出雙臂摟住臙脂馬的頸子，把嘴巴伸入她的耳朵，和她親親密密講一回悄悄話，將她安撫好了，這才挪動腳步，就著月光摸黑走進內院。這家客店有三間上房和八間廂房，看來都住滿客人，只聽得鼾聲四起，咕嚕咕嚕，乍聽之下彷彿滿院子打起了小悶雷，煞是熱鬧。柝——柝——更夫打著梆子走過萬安客店門口，扯起嗓門嘶啞地吆喝一聲：「亥時二刻囉，小心火燭！」房客們都熄燈就寢了，此刻只有北上房的燈兀自亮著，黃澄澄的光線穿透過門縫，直灑到院子中來。我悄悄走過去，看見綠紗窗上映著一張側臉，鼻梁高挺，眉目分明，挺修長白細的一株脖子，拖著一條三尺長的麻花大辮，黑漆漆烏溜溜。可這張標致的臉蛋卻帶著一股殺氣，令人不寒而慄。這可不是這段日子我朝思暮想、苦苦追尋的影象嗎？我一時看得癡啦，只管怔怔站在院子裡，呆了好一會才走上前舉手叩門。屋裡果然傳出白玉釵嚴厲的聲音：

「什麼人？」

「李鵲。」

我顫抖著嗓門回答。屋裡靜默了，半晌才又傳出白玉釵的聲音。這回聲調變柔啦：

「小兄弟，是你嗎？」

「南雄府鳳津村君子客店的小廝，七天前，有幸與白女俠您共乘一匹馬，越過大庾嶺。現今聽說您受傷了，便連夜跑十里路趕來探望您。」說到這兒，滿腹委屈一古腦湧上心頭，我那不爭氣的喉嚨，登時又哽咽起來，嗚咽了好一陣才又開聲：「白姐姐，請求你莫再不告而別，把我孤伶伶拋棄在半路上，好不好呢？」

白玉釵卻又不吭聲了。我站在房門口等著。過了好長、好長一段時間，才聽到白玉釵沉沉嘆出一口氣，柔聲說：「李鵲兄弟，是我對不住你。難為你這小毛頭不計前嫌，心裡還念著我這個薄情寡義的女子。喂，你進來吧！」

我推開房門，舉腳跨過門檻。這間北上房收拾得還挺乾淨敞亮。白粉牆上掛著一盞黃銅油燈，床頭擺著燭台，點著一支牛油大蠟燭，床尾堆放兩捲行李。雌雄兩把鐵劍的骨製劍柄，白磣磣從鋪蓋捲中露出來。一個年輕女子背靠著枕頭，半躺在床上。幾天前憑仗雙劍，青天白日下大鬧鳳津渡，一口氣殺退十名東廠番子的白玉釵女俠，這會子，投宿在荒郊小店，身上依舊穿著那一襲蔥青色緊身夾衣褲，脖子後紮條大辮子，辮根兀自插著她那支七寸長、形狀好似一根白骨的髮簪。看見我走進房間，她使勁撐起上身，喘著氣從床上坐起來。床頭紅彤彤燭光照射下，她的臉龐卻是紙樣雪白，渾不見一絲血色。我心中難過起來，兩眼怔怔望著她，膝頭倏地一軟，當場就在床邊下跪：「白姐姐，你到底發生了什麼事？才七天不見，你怎麼就變成這個樣子呢？」

「沒事，兄弟。我白骨簪可不那麼容易死的！過來讓我看看你。」她慘然一笑，咧開兩片蒼冷的嘴唇，露出兩排依舊十分潔白好看的門牙，伸手向我招了招。我拉上房門，走上前，整整身上髒衣裳扒扒滿頭亂髮，垂著雙手站到床旁她身邊來。眼上眼下瞧了又瞧，她將我全身打量個透。那兩道溫柔不捨的眼神，就像一個大姐姐看到她那失散多日、忽然相逢的弟弟：「瘦了，曬黑了，可也長大了啦。這幾天獨個兒流浪在路上，可吃了不少苦頭吧？」

聽到女羅剎白玉釵這話，我李鵲滿心怨懟頓時化作一汪淚水，嘩喇嘩喇湧出眼眶來了。我跪在床邊，哭哭啼啼，向她訴說大庾嶺別後的遭遇。從那天晌午在山中醒來，發現她不告而別，一直講到我獨自流浪到贛州，遇見好心的放排人張大叔，登上他的木筏，順著贛江漂流而下。我告訴白玉釵，在筏上那段日子，一路上我只管把眼光投向江邊驛道，搜尋她的蹤跡，一連七天，望得兩眼浮腫，兀不見她那青衣紅馬奔馳道上的身影，到後來一顆心全都冷了……

「好兄弟，白姐姐不是惡意拋棄你。我身負血海深仇，對頭勢力很大，東廠番子和天下武林都歸他指揮。我此番北上尋仇，抱著有去無回的必死決心，你沒來由，又何苦跟著去蹚這渾水呢？」她嘆口氣，伸出右手握住我的臂膀，將我拉到她身邊，掏出手帕幫我擦乾淚水。忽然，她的左手往下一探，從我左腳的靴筒中，抽出我在贛州城購買的那把匕首，舉到燭光下晃一晃：「嘖嘖，身下暗藏兇器喔。準備殺我嗎？」

「一個人走在道上，防身用的。」

「會使嗎？」

「不會。」

「你學過武嗎？」

「沒學過。南雄沒有好師父，只有幾個賣把式騙飯吃的。後來我遇到一位真正的高手，想跟他學劍，可他在我家客店住不到十天便走了，不告而別——就像白女俠你在大庾嶺對待我那樣。」

「這個人是誰？」

「蕭劍。一名書生。」

「我不認識。」白玉釵想了想搖搖頭。

「他一人帶著一簫一劍一書囊和一青驄馬，孤身行走江湖，毫無牽掛。」

「這個蕭劍，膽子也忒大。他的武功很厲害嗎？」白玉釵抬頭問我。我看見她的眼神中閃漾著奇異的光彩。

「鳳津渡口河伯廟那場對戰，浪人武士菊十六郎使出『圓月劍法』，揚言三招內必殺。蕭劍穿著長衫坐在廟前石凳上，眼觀鼻，鼻觀心，面對握刀站在他身前三尺處的日本劍道高手，只顧吹簫，對他那套虎虎生風的比劃，壓根不瞅不睬。菊十六郎施展完三段劍招，在眾人觀看下，用刀描畫完成一輪巨大的明月。『八嘎——覺悟吧！』他張開嘴巴齜著牙吆喝一聲，霍地踩前一步，雙手舉起那雪亮亮的三尺五長刀，瞄準蕭劍的頭頂直直劈下。簫聲頓時停歇。好書生！他舉起左手拈著的尺八紫竹簫，迎向敵人，將簫的吹口對準武士刀的刀尖，只一戳，將對方的武器封住，動彈不得，接著把右手探入身上長衫的襟口，拔出腰間掛的長劍，刺向十六郎。噗噗，只聽得兩聲響，兩朵血花就在十六郎兩隻膝蓋上，紅豔豔地綻放開來。雙腿一軟，日本武士當場下跪，手中那把長刀兀自高高舉起，擺出鷹隼下擊的態勢。蕭劍正眼也不瞧他一眼。鐺鋃，長劍回鞘。他從日本刀的刀尖拔出竹簫，反轉吹口，往自己衣襟上擦兩下，隨即將簫送回嘴唇上，自顧自繼續吹奏那首被打斷的曲子，邊吹邊走出廟口，嗚嗚呦呦揚長而去。白姐姐，這個會使劍的年輕白面書生，也吹得一口好簫呢。」

白玉釵聽得出神啦，好久，睜著兩隻俏麗的杏眼，望著月光下綠紗窗上搖曳的白玉蘭花樹影，怔怔想起自個的心事來。她坐在床上，舉起左手托住腮幫子。那條春筍般白嫩的手臂上，腕子正中央，烙著一顆紅豆大的朱砂痣，我在鳳津渡口鬥劍場上看見過

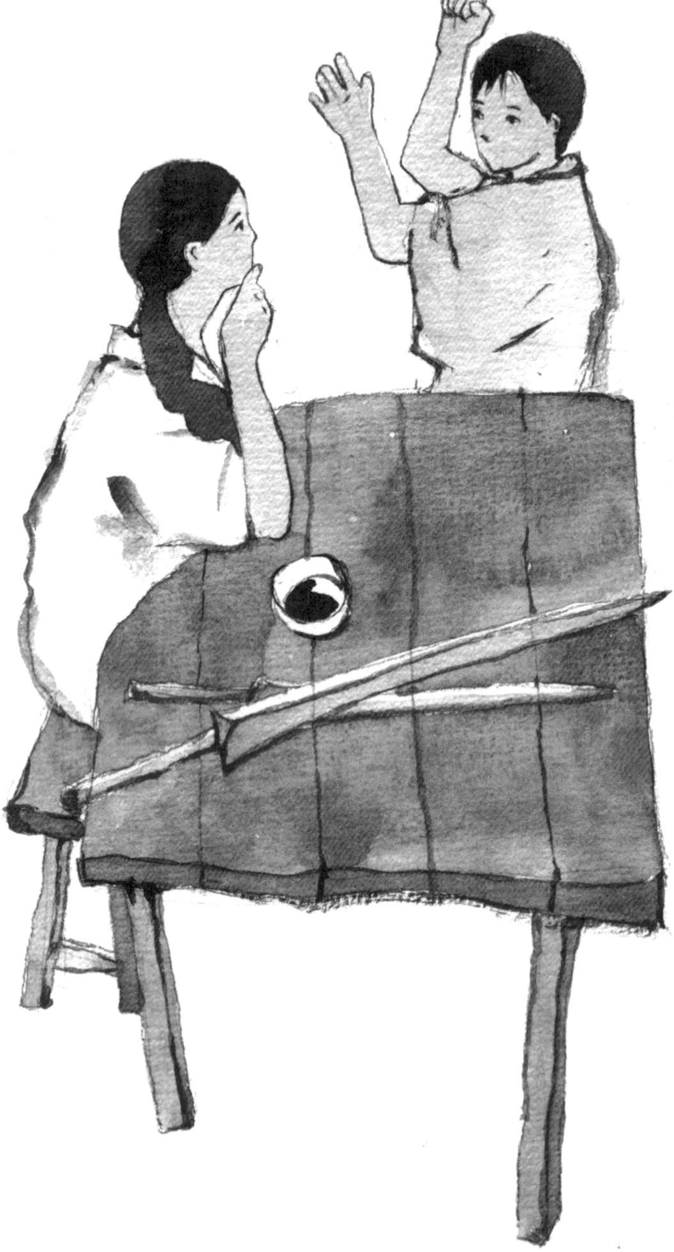

的，這會兒在燭光映照下，越發顯得殷紅如血。我看得臉又漲紅，自己那顆心沒來由地撲撲亂跳起來。

忽然眉心一蹙，白玉釵將手移到胸前，緊緊摀住心口，接著就張開嘴巴使勁乾咳起來。咳嗽聲一陣猛似一陣，呼天搶地似的，把她那張原本蒼白的臉龐都掙得通紅。我嚇壞了，趕緊搶上前，把手伸到她背梁上又是搓又是揉，沒頭沒腦一陣亂拍。

「弟弟，你好生聽著。姐姐胸口不小心中了一記沙家赤砂掌，受了點內傷。我請店小二到鎮上的藥鋪，照我師父傳給我的方子，幫我抓了幾副藥。晚飯後已經吃了一副。吃三帖藥就好啦。」白女俠朝我咧嘴笑了笑，伸出一隻指頭，抖簌簌指住放在門旁地上的小炭爐，嗄啞著嗓子說道：「待會你再給我煎一副藥。先用猛火燒開，再用文火慢熬小半個時辰。」

「我曉得。我在家時常給阿爺煎藥呢。姐姐自管安歇。」我扶住她的肩膀，幫助她平躺下來，拿過被子密密地蓋在她身上，這才把房門打開，自己蹲到房門口邊擦眼淚，邊開始煎藥。

柝柝柝，鏜鏜鏜。客棧大門前青石板街道上，綻響起三更梆鑼聲。這個時辰，整座鎮甸都陷入睡鄉中，悄沒人聲。萬安客店北上房內，只聽見小炭爐煎藥聲嗞嗞價響。

呼嚕呼嚕，床上傳出低沉的鼾聲。我蹲在地上拿著芭蕉扇搧火，回頭一望，看見白玉釵和衣睡著了。她不知何時轉過了身子，面朝內牆壁，背對房門口，脖子後拖著她那根蓬鬆的沾血的麻花大辮。可睡夢中，她的左手臂（莫忘了女羅剎白玉釵是左撇子）兀自伸出，牢牢地，握住從行李捲中露出來的鐵劍劍柄，死都不放手。我看得心如刀割，心中暗自向觀音菩薩起誓，今晚我李鵲拚死都要保護白姐姐周全。

第六回 客棧血戰

「嗒」的一聲，院中玉蘭花樹上滴溜溜掉落下一簇花瓣，半夜聽來忒響亮，讓人聽著，心頭禁不住突地一跳。

我揝著一柄芭蕉扇，蹲在房門口小炭爐旁，豎耳朝門外聽，好半晌沒有動靜，這才慢慢扭轉脖子，往客店內院那株高十丈許、枝葉亭亭如蓋的大樹望去。初秋時節，滿樹開著玉蘭花，月光下白雪雪的一堆。我回過頭來，搖動手上的芭蕉扇，將爐下那快要熄滅的炭火重新生起，繼續煎藥。這時，喘著氣躺在床上打盹、半天沒吭氣的白女俠開口了：「兄弟，我的對頭全都到啦。」

「看見了。十個人全都躲藏在樹上呢。」

「你怕不怕呀？」

「怕。」

「你現在要走還來得及喔。」話說得急了，白玉釵上氣不接下氣地咳嗽起來，停歇一會才幽幽說道：「這十大掌門，全是江湖上有頭有臉的前輩高人，不會為難一個孩子。李鵲，你走吧！從客棧門口直直走出去，莫回頭。」

「我不走。」我蹲在房門口，面朝院子，守著地上那隻嗞嗞作響、藥香四溢的小泥爐，搖著扇自顧低頭搧火。藥才煎到七分呢。「今天晚上我李鵲死也要陪伴白姐姐。」

白女俠沉沉嘆口氣，便不吱聲了。

嗒！院中又墜落一朵玉蘭花。我抬頭看去。樹蔭裡，叉開雙腿鼓起胸脯，門神似的站著個身材魁梧的虯髯客。月光照射下，只見他手中揝著兩顆髑髏形狀的大鍾，黃澄澄，顯是純銅打造，合起來總有一百斤，一鍾打得死一頭大牯牛。這麼一條大漢手握雙錘從樹上躍下，兩腳著地無聲無息，連塵埃也沒揚起半寸！

「白玉釵出來吧。」他從樹蔭中走出兩步，發聲了，午夜聽來，嗓音如同城中譙樓擂起的更鼓，闃然一聲，震得人耳膜嗡嗡作響。「今晚我韓大洪特地從南鄭府趕來，會一會你白骨簪。你莫躲在屋裡裝病。」

「鄂北神錘門掌門韓三爺，千里迢迢前來江西會我。白骨簪在這兒向您行禮了。」白女俠從床上坐起，舉起雙袖，躬身朝向門外庭院中站著的那人，福了一福：「三爺，令公子韓玉琨的兩個照子是我挖掉的。他不該起色心，在佛山鎮旅店偷看我洗澡。您要替兒子討回眼睛，我奉還便是。可三爺總得給我一點時間整理衣裳。」白玉釵頓了頓，把雙手摁住心口，又呼天搶地咳嗽起來。「不瞞三爺，我中了湖南沙家的赤砂掌，受了點內傷。」

「好，我給你一寸香的時間穿衣服。」韓大洪舉起雙錘，一運勁，兩膀子的骨骼猛一陣顫動，喀喇喀喇價響。

白玉釵努一努嘴，教我將房門拉上，隨即招招手要我走到床邊來。我步上前，借床頭燭光一看，只見她滿頭蓬鬆，脖子後拖著一根散亂的麻花辮子，弓起背脊坐在床上，兩頰火紅，好像發起了高燒。我伸手撥開她腦門下一把汗濕的頭髮，摸了摸她那冒出十多顆汗珠的額頭——菩薩！燙得像塊燒紅的火炭。

「姐姐真的生病了！今晚不能出戰。」

「好兄弟，這幫人不會放過我的。江北道上的大人物，今晚都集合在這家萬安客棧。這會兒，十個人分頭藏身在院中那株玉蘭樹上，等時機出手哩。」格格一笑，白玉釵從床上伸出右手，握住我的左手腕，把我拉到她身旁坐下，柔聲對我說：「咱們不害怕。咱姐弟倆得沉住氣，一個一個對付他們。首先收拾掉神錘門的韓大洪。」眉梢一挑，她陡地板起臉孔，挪過身子把兩隻眼睛湊到我臉上，看著我的眼睛問道：「李鵲，你敢不敢殺人？」

「我敢。」

「你說謊哦。」

「我活到十三歲還沒殺過人。」我垂下了頭，別過了臉去，躲避白玉釵那兩隻布滿血絲、炯炯盯著我的杏眼，一咬牙，打定主意，昂起頭來猛一拍胸膛說道：「為了白姐姐，我李鵲今晚要殺人了。」

「好，你幫我殺姓韓的。」

「怎麼殺？白女俠你吩咐吧。」

白玉釵伸出右手臂，攬住我的肩膀，另一隻手掌捂住我的臉頰，悄悄挨過身子來，噘起嘴唇，在我耳朵上密密實實說了一番話。

「你做不做？兄弟。」

「我做！」我掙脫白玉釵的胳臂，站起身走到門口，刷地拉開房門，然後蹲回地上那隻小炭爐旁，拿起芭蕉扇重新搧起火來，繼續煎藥。

白玉釵坐在床上朝門外喊話：「韓三爺，進來吧！您不是來向我索討令公子的兩個照子嗎？我正等你來取呢。」說著，格格格發出一陣嬌笑，跟著鐺鎯一聲，從床上擱著的一捆行李內，拔出雌雄雙劍中的那把烏沉沉、三尺長的雄鐵劍。

韓三爺沒吱聲。他邁步走出花樹蔭，靴聲橐橐，穿過院子來到北上房門前，提著雙錘，叉開兩腿站上門檻。我蹲在地上，邊煎藥邊仰臉打量他。觀音老母！這個鄂北神錘門掌門，個頭忒是高大，身長足有七尺五，整個人黑墩墩矗立門口，活生生就是尉遲恭降臨人間。我一時看傻了啦，只顧呆呆杵在火爐旁。「李鵲動手！」白玉釵在我背後的床上叱喝一聲。如聞聖旨，我放下手中的芭蕉扇，悄悄伸出手來，從靴筒中抽出暗藏的匕首，倏地一個箭步，躥到韓三爺兩腿中間，也不打話，便舉起那把我在贛州城兵器店精心挑選的短刀，往他胯間只一插。噗！刀尖陷入他的屁眼。三爺張開喉嚨仰天狂嘯一聲，低頭看我，燭光映照下，只見他那張蓄滿虬髯的紫黑臉膛上，流露出又是迷惑、又是憤怒、又是忍俊不禁的古怪神色。他手中那雙大銅錘，朝我頭頂舉了起來，不知怎的卻沒落下，半天兀自高高懸在半空中。好一會，一大一小兩個人就這麼僵在房門口，面朝面眼瞪眼一眨不眨互瞄著。一把雪亮的匕首，嵌在韓三爺胯間。「李鵲莫手軟，再加把勁呀！」白玉釵在背後床上扯起嗓門厲聲呼喚。我把心一狠，閉上眼睛咬緊牙根，雙手握住刀柄，使出渾身氣力往上一頂。那一尺長的刀身，霎時全都隱沒入三爺的肚腹。他翻起白眼，手舉雙錘，邁動腳步蹬蹬蹬往後退。我握著匕首死不放手，一路讓他拖著

走。從北上房白玉釵的門檻，三爺直退到庭院中央，這才剎住步伐。一肥一瘦一高一矮兩個人，我小李鵲和韓大掌門，就在玉蘭花樹下立定，面對面，身子緊貼著身子，煞似一對古怪的連體嬰。我從三爺胯下抬頭看他。三爺只顧低頭瞪我。我一時沒了主意啦，整個人杵在那兒，不知如何是好。

「李鵲撤刀！」白玉釵尖著嗓子在背後叫道。

我雙手攥住刀柄，硬起頭皮一使勁，將匕首從三爺的屁眼中拔出。一蓬血登時噴出來。我沒閃躲，任由那腥味刺鼻的鮮血，紅潑潑地濺得我一頭一臉都是。

轟然一聲，三爺倒下了。那副聲勢直如一尊鐵塔倒塌。

我揝著匕首站在院中，借著月光，望著眼前這具凸起雙眼，伸張四肢，仰面八叉躺在花樹下的屍體，一時好似中蠱般，只顧發起怔來。這便是我生平所殺的第一個人。他名叫韓大洪，鄂北神錘門第五代掌門人，以一對純銅打造的百斤大錘號令兩湖武林。今晚，在江西一座小鎮的客棧，他死於十三歲少年之手。死狀悽慘。殺他的毛小孩就是我，李鵲，不懂武功的廣東小赤佬。用匕首殺人的方法，是青衣女俠白玉釵親口傳授的。我心知肚明，今晚只是開頭，往後我還會為白姐姐殺人，而且，殺人的手段也會越來越兇狠。可我不後悔。七天前，跟一個路過鳳津的外地女子共騎，漏夜離家出走時，我就已經向天上一輪明月發誓：絕不回頭。明月，在我死去的親娘心目中，可是白衣大士觀音菩薩的化身呢。

柝、柝、柝——鏜！

那遊魂似的白頭老更夫，弓著腰，在鎮中巡行一周，向熟睡的鄉親們報了更次和時刻，敲著梆鑼，又走回到萬安客店門前。

這時，玉蘭樹上又有人發聲了：「白玉釵，你躲在房間裡裝病，派個毛頭小子出來幹這下三濫的勾當。你若還要臉皮，自己出來吧，讓我楊蓉領教一下海南羅剎女的劍法。」一嗓音柔媚，聽起來是個少婦，不過三十郎當的年齡。我睜大眼睛往樹上看。只聽得「嗒」的一聲。隨著玉蘭花瓣墜地聲，一個苗條身影從樹梢頭飄落下來，身穿綠綢緊身衫，手握一桿紅纓槍，悄生生地在樹蔭下站定。月光皎皎，灑照在她那搽著兩片胭紅、頂著一隻回鶻髻的鵝蛋臉上。耳下掛著兩枚金墜子，一晃一晃，映著明月滴溜溜放光。

「原來是楊氏梨花槍法嫡派傳人，楊蓉，楊十三娘！白玉釵這不出來見你了嗎？」一一臉笑盈盈，白女俠迎著月光，握著一把帶鞘的鐵劍走出房間來。她已裝束停當。一身利索的青布夾衣褲，越發顯得她身段高挑。腰後一根三尺長、兒臂粗的麻花辮，新抹過油，映著房中的燭火，烏黝黝發出耀眼的光彩。一枚七寸長的白骨簪擦得亮晶晶，橫插在她的腦勺上。

兩個標致的女人，隔著一具醜惡的男屍，提著各自的兵器，一把劍和一桿槍，在客店內院花樹下站定。面對面，眼瞄眼。這將是一場華麗好看的惡戰。我握著兀自滴血的匕首，站到白姐姐身後，邊替她掠陣邊觀戰。依照江湖規矩，交手之前，雙方須講幾句好聽的場面話。我豎起耳朵傾聽。誰知楊蓉和白玉釵這兩個女子，上得場來並不打話，只互相打量兩眼，便開始廝殺。也不知誰先出手。我只看見眼前兩條身影閃動，旋即眼睛一花。待再睜開眼睛看時，發現她倆舞著自家的兵器，早已纏鬥成一團了。

在南雄，白七公向我講述天下武術，特別推崇楊氏梨花槍，說她家槍法有虛實有奇正，其進銳，其退速，不動如山，動如雷震。正宗梨花槍在嫡派高手使來，心能忘手，手能忘槍，達到處之自如、神化無窮的武學至高境界。難怪宋史評梨花槍法的創始者楊氏夫人：二十年梨花槍，天下無敵手。

白七公講的這番武術道理，對我這個只讀過幾年村中私塾，略識之無，會作幾首歪詩，於武學一竅不通的南蠻子來說，委實太過玄奧。這會兒在萬安客店，有緣目睹梨花槍法的操演，只覺得非常精彩好看，令人心曠神怡，可又一點也不花稍。這個楊氏十三

娘，將手中一桿八尺長槍，耍得直如天女散花。月光下但見一篷槍花，好似一支撐開的白色巨傘，滴水不漏地，罩住她那水蛇一般扭動的腰身。槍影中，只見她頭頂上紮的那顆回鶻髻，不住飄忽、竄動。

（這回鶻髻，是咱大明正德年間，從西域傳來的一種時興髮式。婦女將頭髮束於頂，挽成一個圓錐，高六寸，根部用兩寸寬的紅絹帶紮緊，模樣十分嬌嬈動人。我在家鄉鳳津見過。梳這款髮型的，大都是過路的外省女子。她們頂著俏皮的高髻，挺起兩隻奶子，坐在客店飯堂打尖，每每讓我看得目不轉睛哩。）

白玉釵舞著一柄三尺鐵劍，面對天下聞名的梨花槍，只能遊走於外圍，伺機出招，一時間苦於找不到罅隙。雙方鬥了上百回。久攻不下，我的白姐姐終於沉不住氣囉。只見她，眉梢陡然一挑，兩隻杏眼驀地放射出一股殺氣來，冷森森，讓人看了忍不住打個哆嗦。我知道白玉釵這下又要出險招了。果然，激戰中她忽然改變戰術，全面撤防，只顧仗劍挺進，劍尖穿透密匝匝白燦燦的一簇槍花，直抵楊蓉的胸口。楊蓉慌忙換招，抖起槍尖使了個鳳點頭，意圖擾亂對方的攻勢。白玉釵搶前一步，伏下身子，左手的鐵劍往上抬起，硬生生地格住了從她頭頂上掠過的槍尖，旋即，她將右手伸到腦勺後，拔出辮根上插著的簪子，往前只一送，嘴裡沉聲喝道：「著！」可憐楊蓉沒來得及反應，簪尖便刺入她握槍那隻手的虎口。鐺鎯一聲響，長槍掉落在地上。一縷鮮血從楊蓉右手掌汩汩流出來。她那張高傲的鵝蛋臉，颼地蒼白了。

白玉釵一手持劍，一手拈著滴血的簪子，在她那身青布夾衣褲上擦拭兩下。她乜著眼，睨住那空著兩隻手、呆呆佇立她面前的楊氏梨花槍女傳人，笑吟吟，抖了抖手中的簪子，甩掉簪尖兀自沾著的血滴，嘆口氣柔聲說：「見紅了！十三娘呀，你只剩下七天的命囉。」

「怎麼說？請白女俠明言。」楊蓉低頭看看手掌上那小小的、只有銅錢孔那般大的傷口，聲音發顫，聽來令人鼻酸。

「你中了我南海三芯蓮之毒。」白玉釵收起笑容，繃著臉一本正經地說：「我看你人長得標致，槍法又出色，行走江湖上也沒啥劣蹟，我心疼你，就給你指點一條生路吧。七天之內，你必須越過南嶺到瓊州走一趟，尋我師父南海神尼，請求她老人家給你配一帖解藥。七天若到不得瓊島，全身血液腐敗而死。路途遙遠，十三娘你今晚便動身吧，莫再跟樹上這群宵小，溷在一起了，沒得玷污梨花楊家幾百年的好名聲。」白玉釵說著，舉起手中的長劍，指住天上的明月：「我向我師父敬奉的白衣觀音大士發誓：我白骨簪，今晚將大開殺戒，樹上這十大掌門人必死無疑。十三娘快走！這是我的信物，你帶去海南給我師父看。」白玉釵從襟口抽出一條繡有白簪圖樣的紅綢帕，隨手打個結，颼地朝楊蓉擲去：「接好！」

楊蓉伸手一抄，接了過來便揣入懷中，隨即側身向白玉釵半蹲下腰，屈一屈膝：「白女俠的恩德，楊家永遠銘記。」說完一摔頭，拂拂身上那襲水綠綢衫裙，也不撿起掉落地上的紅纓槍，甩甩手，轉身朝院外就走。跨步穿過月洞門時，她忽然回頭，凝起她那兩隻俏麗的鳳眼，定定看了白玉釵一會，眼瞳中放射出奇異的光芒。我不知道那是感激還是——這麼想，我的心頭猛一陣絞痛——深深的怨毒。我看在眼裡，禁不住縮起肩膀悄悄打出了個哆嗦來。

門洞外守候的兩名女弟子，攙扶住她。楊蓉，以一桿八尺梨花槍，打遍江北武林，贏得不知多少江湖豪傑愛慕，爭相上門提親的楊氏十三娘子，就這樣敗下陣來，走了。月光下，只見她頭頂上紮著的那顆高聳時新的回鶻髻，烏油油，水亮亮，漂浮在近曉時分滿鎮湧起的白霧中。

我站在院中，提著血淋淋的匕首，目送楊蓉走出萬安客店大門。沒來由地，我心裡感到一陣惆悵，一時間便發起了怔來。

整座院子剎那陷入一片死寂。

嗒，一朵玉蘭花飄落。一名黑衣夜行客現身。我認出他就是先前夜泊彭家灘時，頭一個登上張家木筏，向張大叔借地方一用的漢子。這時他從樹上躍下，雙足才著地，便從身上取出鵲弓，搭上一支響箭，舉到頭頂上直射出去。呼颼颼的哨子聲，劃破午夜黑漆漆的天空。霎時只聽得嗒嗒嗒連聲響，滿樹玉蘭花紛紛墜落。花雨中，只見一群人競相施展輕功，以各種獨門身段，悄沒聲，從十丈高的樹梢頭直躍而下，手持各式兵器，在院子四周立定，對白玉釵一個女子形成大包圍之勢。我掐指算一算，恰恰十個人，正好符合那黑衣客以「京城白公公」名義，在筏上邀集言事的「江北武林十大掌門」之數。看來，白姐姐今晚想要脫身，須得費一番周章。

我轉頭看她。但見她手提一口鐵劍，站在自家房門前，乜著兩隻杏眼，睨住當今十位高手，臉上的表情似笑非笑。手上那支沾過血的白簪，早已插回她後腦勺上，月光下染得一片頭髮紅豔豔，亮閃閃。

「晉南老朽范笠，向尊師南海神尼問候。」對方陣營中走出了個老者來，朝向南方一抱拳。他在白玉釵面前立定，閒閒地從腰間拔出一根黑燻燻、三尺長的鐵製旱煙筒，裝滿一鍋黃菸絲，打著了火鐮，便將煙嘴塞入嘴洞叭叭抽將起來。「白姪女呀，莫再玩殺人遊戲了。跟范世伯到北京遊玩去罷。京城有位大人物想見見你。」

「感謝范世伯盛情。」白玉釵嘻嘻一笑，兀自仗劍佇立房門口。驀地臉容一端：「姪女若不想上北京玩呢？」

「唔，那也只好得罪南海神尼囉。」老頭子從嘴裡拔出煙管，抬起下巴，將他頦下一撮灰色山羊鬍一翹，噘起嘴，噴出一股濃煙：「白女俠乖乖聽話為好，省得老朽為難。」

「誰不知道『神楲門』范老爺子手中那根煙槍厲害，神出鬼沒，聲東擊西，專門朝人身上的三十六處大穴招呼，若被點中，不死也是殘廢。」白玉釵揚手撥掉向她臉門吹來的煙，格格笑道：「可我偏不想上北京玩！世伯您動手好了，我不告訴我師父就是。」

「白女俠，請先出招，見了你師父我也好交代嘛。」范笠彎腰將煙鍋往地上一磕，倒掉煙渣，當即把煙筒插回腰間，叉開雙腿金刀大馬在庭院中央一站，笑瞇瞇等著。

白玉釵卻不急著出招。她站在自家房門口，不慌不忙，將右手伸到腰後，解下辮梢上綁著的白繩，將一端哈在嘴裡，另一端用右手兩隻手指頭拈著，隨即舉起握劍的左手，將繩子在左手腕上繞五、六圈，打個結，把袖口勒緊。白玉釵是個左撇子，用右手做這個動作卻是俐落漂亮之極。每一回，看她亮出這一手，我就知道她準備大開殺戒血戰一場。繫好衣袖，裝束停當，她拂拂身上那件青綢子夾衫，將左手的劍交到右手，倒提著，旋即一扭腰，邁出腳上那雙白弓鞋，款步朝向范世伯走過去。走到老人家跟前兩步處，臉上還帶著盈盈笑意呢，一聲不吱，白玉釵就突然出招。她低下頭，伸出左手，反手拔下腦勺上的白骨簪，拈在拇指和食指間，陡地跨前一尺，以電光石火的速度，刺向范笠的右手虎口。老頭子猝不及防，蹬蹬蹬往後直退三步，剎住腳，從腰間拔出旱煙筒，擋在身前。一張老臉氣得發青。白玉釵收回簪子，屈膝向范世伯盈盈一拜：「姪女冒犯啦。」

帶頭的黑衣客走出來，大喊道：「眾位掌門，留神白玉釵手中的簪子！簪尖餵有瓊州三芯蓮劇毒，見血七日必死。婆娘既不顧江湖規矩，咱們也不必跟她講武林道義。大夥並肩子上呀！」他舉手向環立院中的十大掌門一招：「奉三千歲爺之命，捉拿白玉釵上京！」

當下如聞聖旨，江北武林十大掌門，男男女女高矮胖瘦，舉起各家獨門武器——鏈子錘、狼牙鎬、長六尺的特製十九節虎尾鐵鞭、女子專用的柳葉雙刀……紛紛從樹蔭下黑影地裡現身，踩著滿地白雪雪的落花，躂躂躂，走向那摔掉了弓鞋，光著腳丫子站立月光中的白玉釵。我的白姐姐，她這下豁出去啦。只見她使勁把頭甩兩下，鬆開她脖子後那根麻花辮，將一頭髮絲披散在肩膀，右手握劍，左手兩指捏著那支七寸長、一頭尖尖、令江湖人望而喪膽的白骨簪，以丁步姿勢，往院子中央一站，迎向十位並肩而上的大掌門。

也不知誰先出手，霎時間只聽得刀槍棍棒撞擊，砰砰磅磅混響成一團。

客棧大戰，開始了。

白玉釵手中的一口鐵劍，好似一條三尺白蛇，穿行在十件各式兵器之間。她的青衫身影，拖曳長長一把烏黑髮絲，鬼魅似地不停穿梭遊走在場上，忽東忽西，倏出倏沒，把這群身經百戰的老江湖們，逗弄得如同一窩無頭蒼蠅，只顧繞著場子四下團團轉，只能輪番出手，伺機把兵刃往白玉釵身上招呼，可鬥了幾十回合，沒有一位掌門碰到她的一根汗毛。在鳳津渡口，我曾看過白玉釵獨鬥六名刀客，佩服得不得了，但直到今晚，才見識到真正的、嫡傳的瓊島女俠林瓊瑛所創追魂劍法。我揝住匕首，站在北上房門前，韓三爺陳屍處的一灘血跡中，直伸著脖子觀戰，一時興奮得渾身只顧發起抖來。

激戰了一輪，滿院子落花被二十隻腳踩得稀巴爛。濃豔的玉蘭花香，摻著腐臭的血腥，瀰漫一客棧。中天明月開始西沉，看天時即將破曉。那巡夜的老更夫扯著嘎啞的嗓門，一路報著更次，行走到鎮甸的另一頭去了，柝柝鐺鐺的梆鑼聲，穿透重重晨霧，遊絲也似不住傳到鎮尾的萬安客店來。

咿呀，東廂一間小客房的門打開了，屋裡走出了一個人。我凝起眼睛借月光一看：身穿藍布長衫，頭戴青方巾，手握一支六孔尺八長簫，打著哈欠邁著方步悠哉遊哉，踱進庭院中——這人若不是那自南雄一別便音訊杳然的書生蕭劍，會是誰呢？沒想今晚會在嶺北一個小鎮重逢。我欣喜若狂，拔腳正要穿過院子朝他跑去，與他相認，卻見他挑起眉梢睫了我一眼，擺擺手悄悄使個眼色。我會意，剎住步伐，停留在北上房門口。蕭劍在院中踱蹀了一會，踅到隔壁房間簷下，伸出食指頭往嘴唇上蘸了點唾沫，戳破窗紙，湊上眼睛朝房內張望。一看，搖搖頭嘆出一口氣來：「哪位大掌門使出下三濫的手段，用雞鳴五鼓返魂香，迷倒屋裡的客人！難怪一整座客棧靜悄悄，四下聽不見半點鼾聲。原來客人都被迷昏，睡死啦。」他從窗上縮回脖子，轉身踱回庭院中，抬頭望望天上一枚斜月，低頭看看那滿地狼藉的花瓣，咳嗽兩下清清喉嚨，朗聲唸起詩來：

月明星稀
玉蘭亂飛
繞樹三匝

墜於庭除

「噫吁！如此清夜正好吹簫。」他揚揚手，向天上明月打個招呼，隨即踱到庭院中央玉蘭花樹下，撩起長衫襬子，架起二郎腿，在樹蔭中一張石凳上落座，舉起手中竹簫，將吹口往衣襟上拭兩下，送到嘴唇上開始對月吹奏。

鳳津渡口河伯廟前，書生和武士那場對決之後，我又聽見〈簫劍引〉曲子！這會兒，半夜凌晨，小寡婦兀自跪在墳前哭她冤死的夫君。那一句句呼喚，那一聲聲叮嚀，繚繞在萬安客棧的院子裡，穿透我的耳膜，鑽入我的心窩，讓我差點又要淚灑當場。

簫聲中，場上十大掌門圍攻白玉釵，惡戰方酣。一堆人影裡只見一支白簪子，穿梭在十樣獨門兵器中。神楓門的范笠手握旱煙筒，只顧遊走外圍，覷空兒，將煙管插入人堆裡，專往白玉釵身上三十六處大穴招呼，但試了多次都無法得手。范老爺子眉頭一皺，眼珠轉兩轉，臉上露出詭祕的笑容。看來這老頭兒又要使奸了。只見他躡手躡腳退出戰圍，躲到花樹蔭中，從內襟裡摸出一隻紅錦囊，小心翼翼撮出一團白粉末，裝進煙鍋，打上火。一股白煙裊裊冒出來。簫聲停歇。書生蕭劍從石凳上抬起身子，伸出手中簫，往范笠肩頭一點，笑道：「原來范老爺子慣使『雞鳴五鼓返魂香』！可不知蹧蹋了多少黃花閨女呢？」范笠呆了呆，回頭瞧，手裡握著那根烏油油鑌鐵打造的煙管，煙鍋兀自冒煙。蕭劍哈哈大笑，伸出手臂把簫指向煙鍋，只一撥，那股曾害死無數良家婦女的白煙，登時轉向，朝范笠的臉門直撲過去。老頭兒還在發愣哩，忽聽得咕咚一聲，他整個人便摔倒在地上，軟趴趴癱成一團。

蕭劍坐回石凳上，自顧自繼續吹簫。

場中，十掌門陣腳一時大亂。白玉釵變換招式乘隙進擊。颼颼颼，右手鐵劍展開連番攻勢。在劍光掩護之下，簌簌簌，左手的簪子宛如白蛇吐信，使得更加靈活刁鑽神出鬼沒。激戰中只聽見她嬌叱連連：「著！著！」吆喝聲所到之處，又有一名敵人的手腕中了她一簪，手中的武器鐺鎯掉落地上。不到一刻鐘，便有四名掌門掛彩。帶頭的黑衣客發現瞄頭不對，慌忙收招退出戰圍，扯起嗓門大呼：「大夥走！到瓊州找南海老尼，向她要三芯蓮毒的解藥。」他從地上揪起神橛門掌門范笠，將他那條軟綿綿的身子，一古腦提在手中，帶頭穿過月洞門，一縱隊走出萬安客棧。整座院子，霎時只剩得一灘玉蘭花香、一股血腥氣、一具手握雙錘，朝天瞪著那銅鈴似的兩粒眼珠，仰面八叉躺在花樹下血泊中的屍體——鄂北神錘門掌門人、外號「擎天門神」的韓大洪，我李鵲活到十三歲，生平所殺的第一個人。好一場客棧血戰終於結束啦。

簫聲止。

蕭劍拿下嘴裡的紫竹簫，握在手中，舉起雙手朝向白玉釵——我那剛經歷完一場激戰，右手持劍，左手拈著血簪子，一身青布衫褲汗水淋漓，站在庭院中央只管喘氣的白姐姐——弓下腰身作了個揖。兩人隔著一片月光打個照面。殺人不眨眼的女羅剎，這下竟害羞起來，像個未出閣的大姑娘。一扭頭，她甩了甩脖子後那濕答答亂蓬蓬的一根麻花辮子，別開臉去，避過了陌生書生這深深一禮。我在旁看著，忍不住抿嘴噗哧笑出聲。白女俠挑起眉梢，狠狠白我一眼。蕭劍微微一笑，舉起手中簫向我揚了揚，轉身朝自家房門口走去。

這時，玉蘭花樹上有人發出磔磔一聲長笑，半夜聽來如同梟鳴，格外刮耳。院中三人一齊抬頭，只見十丈高的樹頂一根橫枝上，背向天際一枚下弦月，孤蹲著一個黑衫人影。四更天吹起曉風。他的身子隨風搖擺，不住一盪一盪，模樣煞似一隻棲停在樹梢的巨大蝙蝠。

「飛天蝙蝠胡東！」我驚呼。

月光照射下，我認出他是昨晚在彭家灘，初更時分，蹲在轉動的水車上，代表京城的白公公，向聚集張家木筏上的十掌門傳達旨意的怪客。當他立起身，張開雙臂，抖動身上那件寬大的黑衣，朝河中木筏一躍而下時，身子在空中畫出一個大弧形，姿勢靚極，贏得滿筏子江湖豪傑的彩聲。這位胡大俠，八天前，我還在家鄉鳳津村見過他呢。那時我站在渡口石崖上，瞭望午夜南雄城，忽然看見一枚人影，從城心十字街口鼓樓內竄出，雙手扶住外牆欄杆，伸出脖子朝大街張望一會，驀地拔身而起，左手一勾，攀住那高高翹起的飛簷角，一扭腰，來個鷂子翻身，整個人就降落在鼓樓屋頂，隨即聳起上身，佇立屋脊上，叉著腰四下瞭望起來。月光照射他那張狹長臉膛，白粉粉好似一幅戲台臉譜。如今回想，這人便是胡東。那個挺熱鬧的夜晚，一群攔截白玉釵、阻止她北上向三千歲爺尋仇的江湖人物，齊集南雄城，在屋頂上四處逡巡，互相盯梢跟蹤，上演了一齣既怪誕又精彩的啞戲。當中，就數飛天蝙蝠胡東身手最利索、搶眼。

我拂拂身上帶血的衣服，朝向玉蘭樹梢，彎腰打一躬：「胡大俠，小可李鵲在南雄城鼓樓見過您。一個鷂子翻身，好靚喔。」

「小兄弟，你的功夫也不差嘛，憑一把匕首便幹掉中原第一錘韓三爺。」胡東蹲在高枝上，抬起臀子，向站在樹下的白玉釵哈個腰：「嘖嘖，女羅剎調教出來的徒弟，手段果然厲害。」

蕭劍舉手向胡東一抱拳：「飛天蝙蝠，不在長白山逍遙，當你那金國主子的親軍教頭，老遠跑來中原有何公幹？」

胡東立起身，倏地端整起臉容，朝向正北方拱拱手：「遼東五蝠門，世受大明皇恩，今奉白三千歲爺鈞旨，特來邀請白玉釵姑娘到京城一遊。」旋即轉身，朝庭院外招招手，嘴裡吆喝一聲：「五小蝠出來迎接貴客！」

「孩兒們遵命！」聲落處，只見月洞門中，打赤腳蹦蹦跳跳跑出一群娃兒來。我一看，可傻住了。原本以為飛天蝙蝠的徒子徒孫，長相和裝扮同他一樣，就像五隻小蝙蝠，不料現身的卻是五個白皮嫩肉，光著屁股，身上只穿一件紅繡花布肚兜，年紀約六、七歲的男孩。乍看還真像一群吉祥娃娃，從年輕夫妻臥房牆上貼的年畫中，活生生跑出來，到院子裡玩耍。我將匕首插回靴筒，抱起胳臂站到一旁，觀看他們如何迎賓。五小蝠一鑽出月洞門，進入庭院中，便朝向那仗劍站在花樹下的女俠白玉釵，蹦蹬蹦蹬跑過去，嘴裡一疊聲嚷道：「白姑姑帶我們上京城去吧！京城的天橋可好玩呢。」說著，蜂擁上前爭相拉住白玉釵的手，圍成一圈，昂起他們那光溜溜、只在腦門上蓄一撮劉海的小頭顱，張開小紅唇，嬌聲相求，姑姑長姑姑短，硬要人家同他們上京去玩。只會殺人的女羅剎幾時見過這等陣仗，一時怔在當場，沒了主意。

正鬧得不可開交，兩個較大的男孩（也不過七、八歲罷了）互遞個眼色，齊齊伸出

雙手抱住白玉釵的雙腿，猴兒般猱身而上，一左一右攀住她的肩膀，噘起兩片紅嘟嘟搽著臙脂的嘴唇，就要向她的臉頰啄去：「白姑姑親一個！親完就同我們上京城，找三千歲爺玩。」

「白女俠，莫碰五小蝠的嘴唇！」蕭劍站在自家客房門前，看在眼裡，急得大叫：「他們嘴上塗的臙脂是長白山血蝠毒，若讓他們親到了，手腳筋肉頓時癱軟，全身動彈不得，六六三十六天才能自解。白姑娘，趕快將他們摔開呀。」

「小鬼頭滾開！」白玉釵叱喝一聲，張開雙臂猛一用勁，便將攀在她身上的二小蝠，滴溜溜直摔到兩丈開外。這哥倆練過滿洲摔跤，被摔出之後，身子還沒著地呢，他們便伸出雙掌往地面一撐，翻了個觔斗，整個人倏地反彈回來，身子依舊黏附在白玉釵身上。一左一右兩雙嘴唇，紅滋滋地又往她的腮幫噘過去。其餘三個娃娃見狀，紛紛撲到白玉釵身上，嘟起血紅小嘴巴，爭相往她臉上啄：「姑姑，白姑姑好姑姑，也讓我們香一個嘛！」

這下可熱鬧了。五小蝠全都上了身。堂堂青衣女俠白玉釵，在孩兒們牛皮糖般死纏爛打之下，一時無計可施，手提一把三尺劍呆呆杵在庭院中。書生蕭劍隔著院子，一看不是路，提起長衫下襬跨大步奔過來。玉蘭樹梢頭，飛天蝙蝠胡東立起身，迎著月光，仰起他那張白撲撲好似戲台臉譜的面孔，四下一瞭望，雙手猛一拍，噘唇朝向庭院外發出一聲唿哨：「五大蝠出來！陪蕭相公玩兩手。」

「徒兒遵命！」月洞門中只見一縱隊扭著腰肢，撅著屁股，嘟著一張張櫻桃嘴唇，跑出了五個細皮白肉的少年來。圓月臉膛，精光頭顱，腮上搽著兩團臙脂，身上穿著大號的紅繡肚兜——長相裝扮與同門師弟五小蝠相似，只在腰下多了條黑綢褲。年紀略大些，約十五歲。這五大蝠一進入庭院，便使出滿洲相撲術，翻起觔斗紛紛向蕭劍攻去。好個蕭相公！他擋在白玉釵姑娘身前，不慌不忙掀開長衫衣襟，抽出腰掛的長劍迎敵，可這一來，他的人就被羈絆住了，分不出身，相助那被五小蝠緊緊糾纏、脫身不得的白女俠。

飛天蝙蝠蹲在樹梢頭，鳥瞰全局，快樂得發出一串桀桀怪笑聲。樹下，咕咚一聲響，白玉釵摔倒在地。她還是沒能挺住，著了五小蝠的道兒，在他們輪番獻吻下，吸入長白山血蝠毒。五小蝠大喜，紛紛撩起身上穿的吉祥娃娃紅肚兜，晃啊晃地，搖盪起腰下那隻小雞雞，手牽手，環繞住那癱軟成一團、無聲無息躺在滿地落花中的青衣女俠，哼咿噯喲，跳起滿洲布庫勇士舞來。

「李鵲，莫站在那裡發怔，趕快去救你白姐姐呀！」蕭劍一面揮劍迎戰五大蝠，一面覷空，回頭觀察白玉釵的狀況，看見我張著嘴巴，只顧杵在北上房門口，好像走失了魂似的，急得扯起嗓門大叫。

「怎麼個救法呀？蕭大哥。」

「牽馬！」

我頓時醒悟，伸手狠狠一拍自己的腦袋瓜，拔腿跑到馬棚，將白玉釵的臙脂馬牽進庭院中。蕭劍左手持簫右手使劍，一輪猛攻，擊退那五個前仆後繼、不要命似的連番撲上身的遼東少年郎，搶到白玉釵身邊，趕走五小蝠，彎腰攥住她的腰帶，將她那軟綿綿的身子提起來，小心翼翼安頓在馬背。隨即，他攫住我的後衣領，老鷹抓小雞似的將我整個人拎起來，一把扔到馬身上。「走吧！直出鎮口，前面七里就是勝因寺。去找綠竹翁白七公。」他伸手往馬臀上用勁拍兩下，喳呼一聲：「駕！」

我還沒來得及回話，那馬便揚起頸上一簇火紅的鬃毛，潑剌潑剌，放開四蹄，朝向月洞門奔去。我騎在馬上，背負著那沒聲沒息一動不動的白姐姐，將雙手牢牢抱住馬脖子，把咱們姐弟倆的兩條命豁了出去，任由這匹無韁的烈馬，直闖出客店大門，一溜紅煙似的跑到街上。

——白玉釵女俠別走呀！

——白姑姑，給親一個嘛！

——親完就同我們上京城遊玩！

——姑姑，姑姑！

——親一個親一個！

身後傳來嬌聲嬌氣一片呼喚。

我回頭望去。觀音菩薩！一群男娃娃穿著紅肚兜，光著白屁股，晃盪著胯下一隻小雞雞，打赤腳，蹦蹬蹦蹬踩著石板，沿著黎明時分鎮中空落落一條長街，跟屁蟲似的，從後面緊緊追趕。曙光中，只見他們那一張張搽著鮮紅臙脂的櫻桃小嘴，笑嘻嘻，朝向我們咧開來，吐出一根根紅涎涎的舌尖。我心頭一陣作噁，趕忙摔開臉，一手揪住馬鬃一手猛捶馬臀，馱著白玉釵，迎著曉風一路策馬狂奔，少時就出了鎮。

柝、柝、柝、柝、柝——鏜！

鎮中一個旮旯角落，淒涼地綻響起梆鑼聲。五更時分，天將發曉。

第七回　神仙日子

杓子坑村，坐落在距離柏家鋪二十里的一處小溪谷，地形隱密，景致清幽，居住著三十戶當年逃避蒙古兵、進山隱居的邱姓客家人，耕幾畝水田、種幾百株桑樹過日子。這小小的聚落，真有幾分像我塾師鄔老秀才生平最喜愛，時不時，命全班學生，跟他一起朗誦的文章〈桃花源記〉中所描寫的村莊。如今，杓子坑倒成了逃避仇家，供受傷的白姐姐靜養三十六天，以清除身上的血蝠毒，度過危險時期的絕佳所在。綠杖翁白七公和村中頭人邱四爺是舊識。他老人家受蕭劍委託，將兩個來路不明的男女——因緣際會捲入一場客棧血腥仇殺的少年，和那中了五小蝠的道兒後，渾身無力，軟綿綿趴在臙脂馬上，動彈不得的女俠白玉釵——親自送進村中，交給邱四爺安置。他將咱姐弟倆，隱藏在村尾山坡竹林內的一間還算整潔的茅舍。張羅停當，臨走，白七公又密密實實叮囑頭人一番，叫他好生照料著。老人家這才跨上他那匹老毛驢，回到村外寄住的勝因寺。

送走了頭人，我才開始安頓白姐姐。這可不是一件輕鬆的活兒。首先，我得將她從馬背上搬下來，然後，馱著她那高我一個頭的身軀，一步蹭蹬一步，走進屋裡，平放在內室那張竹床上。血戰了整夜，白玉釵的臉容變得十分憔悴，蓬頭垢面活像女叫花子，哪像出戰之前，那個甩著一根烏油油三尺麻花辮子，以一支鐵劍，對抗十般兵器的女羅剎。心中一疼，我把手伸到她頸後，拔下她腦勺上插著的白簪，解開她的辮根，將她的頭髮披散在肩膀，隨即伸出一根手指頭，小心翼翼，抹掉她兩隻腮幫上沾著的十幾枚血紅紅，櫻桃大小，看起來挺香豔的唇印。最後我解下她腰上掛的長劍，擱在她身子左側。這才算把她安頓好了。

如今細細回想，從頭到尾，她都沒吱過聲，只管挺屍般伸直雙臂平躺在竹床上，睜著雙眼，一眨不眨，靜靜瞅住我的一舉一動。白玉釵那對勾魂的杏眼，曾讓無數江湖男子喪膽。大夥一見她挑起眉梢，眼瞳中倏地射出一股冷光來，便知道她動了殺機，準備拔下辮根上的白簪子，大開殺戒。而今這兩隻眼睛，卻乖乖躺在眼塘裡，望著周遭的世界，發出娃兒般清亮好奇的光輝。我伸出食指頭，撥了撥她臉上兩蓬高高翹起的睫毛，闔上她的眼皮，在她耳邊柔聲說：「姐姐和十大掌門血戰一夜，肚子餓了吧？你先歇一會兒，我到廚房煮一鍋粥。」

廚房裡有村中頭人邱四爺留下的一簍米。我濃濃熬一鍋粥，盛了一碗，坐回床邊，撬開白姐姐兩排緊閉的門牙，一小杓一小杓，把暖呼呼的粥餵進她嘴裡。餵飽了白姐姐，我囫圇喝下兩碗粥，然後坐到門檻上，抱著膝頭，望著日中時分四下靜悄悄，挺詭異地，連狗吠聲都聽不到的杓子坑村，心中開始發愁：全身癱瘓、武功盡失的白玉釵，在天下武林二十四家總掌門「白公公」追捕下，身邊只有一名十三歲、初出道、只會使匕首的少年相伴，能撐過這生死攸關的三十六天嗎？

嘚、嘚、嘚。我趕緊伸出耳朵朝向村口傾聽。馬蹄聲！我從門檻上跳起身，跑進屋裡，掀開內室的門簾，對那睜著眼睛一動不動躺在竹床上的白玉釵說：「姐姐，有人來了。」她可有了反應啦。只見她左眼角倏地一揚，瞳孔中射出一道精光來。我順著她的目光望過去，發現她正睨住左身側擱著的鐵劍。我會意，把劍從鞘中抽出，將劍柄安放在她左手掌上，讓她握著：「我出去看誰進村子，再進來向姐姐報告。」我正要放下簾子走出內室，卻看見白玉釵眼瞳一睜，瞪了瞪我，制止我拉上那藍布門簾。我便讓房門敞開，如此，平躺在床上的白玉釵就可利用眼角光，瞄向屋外，將村中的動靜盡收眼底。

我跑到竹林邊緣，舉起一隻手掌遮擋正午的大日頭，向山坡下溪谷中眺望。白花花陽光下，只見一匹青驄瘦馬馱著一個人、一篋書和三捲行李，慢吞吞病奄奄，一步挨著

一步，沿著田間小路從村口朝向村尾走來。馬上乘客，容長臉膛白皙面皮，頭戴青方巾身穿藍布長衫，手握一支紫竹簫，不是書生蕭劍卻是誰？「蕭大哥，白姑娘在這兒！」真箇是大旱望見雲霓，我拔腳跑下山坡，一把揝住馬轡頭，將青驄馬牽到白玉釵借住的茅舍。蕭劍在門前下馬，整整衣裳，朝向屋內竹床上躺著的青衣女子，深深作了個揖，隨即從馬背上卸下兩捲行李，擱在門檻上。我只看一眼，便認出那是昨晚白玉釵匆匆逃命，來不及收拾，遺留在柏家鋪萬安客店的行李。其中一捆鋪蓋，一頭露出劍柄。我彎腰將劍身從鋪蓋捲中拔出來，果然是白玉釵的劍。這是一把兩尺五寸長、純鋼打造、極輕極薄極鋒利的雌劍，和白玉釵帶在身邊、隨時出鞘上陣應戰的那把三尺長、鐵鞘骨柄、分量沉、連一般男劍客都不喜使用的雄劍，原本是一對兒。

「蕭大哥，白女俠這會兒躺在屋裡靜養，不方便下床。我代替她向你致謝啦。」我守在門口，彎腰向蕭劍打一躬。

「李鵲小兄弟代為轉告，請白姑娘保重身子，好生將養。」蕭劍駐足門口，抬高嗓門朗聲說。「我在村口桃林裡一間屋子落腳。有事，小兄弟只管跑來呼喚我一聲。」說完，又舉起雙手朝向門內的青衣人影一揖，旋即轉身，扳鞍上馬，帶著他的一簫一劍一書囊一行李捲，頂著大日頭，嘚嘚嘚馳出竹林去了。

我將白姐姐的兩捆行李提入屋內，擱在床尾，順手從鋪蓋捲中，抽出失落的雌劍，舉到她眼前亮一亮，輕輕安放在她身側那把雄劍旁。分離一夜，如今可不又合璧了？

白玉釵躺在床上，只管睜著雙眼望著門外，臉上渾不見一絲表情。但我確實看到她目光中那股炯炯的、令江湖人不寒而慄的殺氣消失掉了。如今，我在她眼睛裡發現的是一種奇異的、我前所未見的光彩。挺溫柔，卻又帶點怨。我不知道那表示什麼，可我心中感到莫名的喜悅，為我的白姐姐，也為我李鵲的偶像書生蕭劍。

我扶起白姐姐，讓她坐著歇息片刻，這才重新安頓她躺下來。這一覺她睡得好長、好沉，時不時發出齁——齁——小悶雷似的鼾聲。直到太陽落山，村中人家屋頂上升起一條條炊煙，我才把她叫醒，又餵她吃了一碗粥，然後燒來一鍋熱水，幫她擦拭臉龐和頸脖，順手將她那頭披肩的烏黑髮絲，用手指頭耙梳一下。

月出，掛在窗外銀杏上，白皎皎。

我坐在床旁，望著月亮發呆。忽然想起母親往生前，總愛在月出的晚上，抱著三歲的我坐在臥房窗口，一同看月亮。她握住我的小手，伸出窗外向天上的月亮打招呼。

「鵲官，向白衣觀音菩薩問候。」

「菩薩好。」

「觀音菩薩聞聲救苦，大慈大悲。」
「觀音菩薩，大慈大悲。」
「保佑我李家闔家大小平安。」
「保佑李家平安。」

教我講完，母親便讓我安坐在她膝頭上，隨即從後腦勺上拿下梳子，開始篦起她肩上那把黑絲緞般，烏光水亮，讓我打小深深愛戀的頭髮。一梳子一梳子邊梳頭髮，邊唱歌，有時直唱到月亮西沉，南雄城中街道上柝柝——鏜鏜——響起四更的梆鑼聲：

白衣菩薩
光照四方
照我夫郎
照我鵲官……

我望著杓子坑村的月亮，想起死去十年，如今，獨自個埋骨嶺南鳳津渡石頭崖上的母親，不知不覺，兩行淚水奪眶而出，沿著臉頰撲簌簌滾落下來啦。

「小兄弟！」有人在呼喚我。聲音彷彿穿透過一重又一重大霧，遊絲似的鑽入我的耳鼓。我回頭看，只見白玉釵躺在床上，雙眼直勾勾瞅住我，眼光中滿是話，卻苦於說不出來。我慌忙擦掉臉上的兩條淚痕，破涕為笑：「我剛才看月亮，回憶小時候母親常抱我坐在窗前，指著天上的一輪明月，對我說，鵲官呀，那是白衣觀音菩薩的化身，慈悲普照四方。想到母親過世十年了，忍不住就流淚囉。白女俠，不小心讓你看到我李鵲哭，慚愧。」

白玉釵兀自睜著兩隻眼睛，一眨不眨，但我真真切切瞧見，她的左眼眼角晶瑩瑩閃亮著一團淚光。

月亮升到樹梢，從窗口探進臉龐來，將一片皎潔的月光灑在白玉釵那張端莊、安詳、宛如白玉觀音的臉龐上。撲通，我在床邊跪下來，伸出一根指頭，輕輕撥掉她眼圈裡的那顆淚珠，隨即拿起她的雙手，交疊著放在她胸前。月光照射下，我又看見了她那春筍般皎白的手臂上，腕子正中心，烙著一顆紅豆大的朱砂痣，驀一看，還真像一滴剛流出的鮮血。前幾回我看白玉釵對敵，每當她左手舉劍，準備殺人時，腕子上的朱砂痣便會映著天光閃了閃，放射一道耀眼的光芒。那時只覺得這幅俠女形象靚極了，令人不禁拍手喝聲彩。如今，在這桃源似的杓子坑村，月光下又乍然看見這枚紅印記。這回我心中卻起不祥的預兆，禁不住摔開臉去，縮起肩膀打出一個哆嗦來。

便是在此時，簫聲起。

半夜三更那小寡婦又跑到荒郊哭墳了。她的一句句叮嚀和祝福——夫君好走——夫君保重——夫君莫忘記回家的路喲——乘著夜風穿梭過杓子坑滿溪谷月光，從村口直傳到村尾來。白玉釵豎起耳朵朝門外傾聽。我看見，她的眼眶映著月光，濕答答。

「那酸秀才簫劍又吹奏這首淒涼的曲子，惹白女俠傷心。」我霍地站起身，拔腿就往門外走去。「我去叫他莫再吹簫了。」

「小兄弟！」

「姐姐喚我？」我在門口剎住腳步。

「回來。讓他吹。」她用眼光在說話。

經歷這場患難，白玉釵終於把我李鵲當弟弟看待了！姐弟倆就這樣待在屋裡，一個躺在床上一個坐在床旁，靜靜地聽從村口傳來的簫聲，直到月亮沉落，村中人家響起第一陣雞啼，簫聲停歇，才各自就寢。

在杓子坑村避難的第一天，平安度過了。

隔天早晨，我舀水幫白姐姐把臉梳洗一番，餵她喝了一碗粥，將她安頓好，便走路到村口看望書生蕭劍。桃林裡，拴著一匹青驄馬，正搖起尾巴掃著背上的牛虻呢。推開茅舍的柴門，我看見蕭大哥解開了他慣常戴的青方巾，披頭散髮，身上穿著白內衫黑綢褲，正在院子裡舞劍。只見他右手執劍，左手掐劍訣，身隨劍轉，將一口三尺長劍使得寒光閃閃，神出鬼沒。我對劍術一竅不通，這會兒站在門口觀賞，卻也看得入迷，但覺這位舞劍的書生，恰似一隻臨風展翅翩躚起舞的白鶴，十分飄逸俊美，令人打心裡愛慕。

走完了一趟劍，蕭劍撩起衫子的下襬，擦掉臉上的汗珠，這才堆出笑容朝向我走過來：「李鵲兄弟，學過劍嗎？」

「沒學過。可我最喜歡劍。」

「為何？」

「我爺爺李竹堂在鳳津渡開了四十年客棧，見多了帶刀、帶狼牙棒、帶虎尾鞭和各種奇門兵器的過路客，他老人家都瞧不上眼，唯有帶劍的客人上門時，他才青眼相看。他說，劍是兵器中的尊者，使劍的絕沒有下等人。其餘十八般武藝，刀、槍、斧、鉞、鐧、錘等等，全都是粗人練的把式，唬唬村夫田婦罷了。」

「李爺爺說得好，練劍的絕無下人。」蕭劍將劍入鞘，在我面前蹲下來，瞇起雙眼把我全身上下打量個透：「李鵲兄弟，你想學劍嗎？」

「打小就想，可一直沒遇到好師父。」

「你心中的好師父是怎樣的人？」

「像你。蕭劍蕭大俠。」

「我曾對祖師爺發誓，終生不收徒。」蕭劍伸手搔搔腦袋，沉吟良久，忽然想到了個好主意似的猛一拍膝頭：「我每天早晨辰時練劍，院門儘管打開。你可以來看我練劍。你自管看你的，我自管練我的，兩不相干。小兄弟你能看懂多少，能偷學到幾招，端看你的悟性和造化。記住：我們兩人並無師徒關係，以後就繼續以兄弟相稱吧。」

「好！從明天起，我每天早晨必來看蕭大哥練劍。」

蕭劍蹲在地上，意味深長地仰頭看我一眼：「小兄弟記住，真正的劍客就像真正的詩人（你不是喜歡作詩嗎？）是沒有師父的。他橫空出世，沒人教得了他。沒準二十年後，江湖上突然出現一位來歷不明、身世如謎、師承不詳的大俠李鵲呢。」說完，站起身，把我送到庭院門口：「你白姐姐昨晚睡得可安穩嗎？」

「聽蕭大哥吹簫，聽著聽著就掉眼淚了，直聽到四更才睡。」

「對不起，惹白姑娘傷心了，我今晚不吹簫啦。」

「不不！白姐姐愛聽。我從她的眼光中看得出來。」我急得直扯蕭劍的衣袖。他沒答腔，卻把我帶到一株桃樹下，指著那兒拴著的一隻大公雞說：「我向農家買的。你帶回去燉雞湯給白姑娘進補。」

「遵命！」我抱起公雞，喜孜孜跑回竹林茅舍，將我探望書生蕭劍的經過，一五一十向白姐姐報告，隨即宰雞熬湯，餵她飽飽喝了兩碗，自己胡亂啃幾根雞骨頭，便鑽進竹林，用匕首砍下一根青竹，打造一支兩尺長的竹劍，準備明天早晨看完蕭大哥練劍後，立刻跑回來，將看到的招式演習一番。

一日無話。轉眼天黑。

太陽才下山呢，躺在床上的白玉釵便急切地豎起耳朵，朝向竹林下的杓子坑村，凝神傾聽，蒼白的臉龐露出緋紅的神色。直到天交二鼓，月亮升上樹梢，整座村莊墜入一片寂靜中，連狗吠聲也聽不到了，白玉釵才死了心。她沉沉嘆出一口氣（我發誓，我真真切切聽到她的嘆息聲），眼神一暗，依依不捨地將目光從門口收回來，準備就寢了。就在這當口，簫聲驟然響起。依舊從村口桃林傳出，穿透過溪谷中層層大霧和濛濛月光，直飄送到村尾的竹林。眼一燦，白玉釵又將目光投向屋外。我也趕緊豎起耳朵。簫聲依舊婉囀動聽，只是宮商突變，調子一轉，變得輕快活潑起來。霎時間，只聽得一支尺八紫竹簫清吹細細，好似冬季過後，大地回春，滿山滿谷好鳥嬌啼水流花開。白玉釵專心傾聽，臉上漸漸露出詳和喜悅的神色。直到三更時分，簫聲歇，她才幽幽嘆口氣，心滿意足收回目光，安然入眠。

隔天一早，將白姐姐打理好後，我便跑去村口桃林學劍。今晨陽光大好，書生蕭劍正在院子裡曬書呢。他搬來幾塊磚，疊在院子兩端，在上面鋪一條長木板，然後打開旅途上隨身攜帶的一篋書，一冊一冊抹拭乾淨，小心翼翼攤放在板上。從頭到尾，他都沒抬頭看我一眼。我站在柴門口，不敢驚動他。好不容易把書全部攤開曬好了，他才拿下掛在籬上的長劍，颼地拔劍出鞘，右手持劍，左手掐劍訣，就在院子中央自顧自舞起劍來。動作挺遲緩，顯是專門練給我看。太陽下只見劍光閃閃，身隨劍轉，砍、刺、抽、提，劍訣指點處一招一式使得分外鮮明。舞完了一輪，又加快速度重新練了兩趟，這才收劍入鞘，抖抖身上濕漉漉的內衫，頭也不回，提著劍自管走進茅舍去了。

我朝他的背影鞠躬，轉身，一溜風跑回村尾，拿下掛在門口牆上的竹劍，依樣畫葫蘆，就在院子裡，演練起剛才看到的蕭家劍法入門招式。白玉釵睜著眼睛，躺在屋內床上，只管靜靜瞅著，臉上露出好奇的神情。我練了十來遍，直到巳牌時分日頭掛上竹林梢，方才歇手。

如此，我成了蕭劍不記名的徒弟。每天早晨去桃林看他練劍，回來照樣操演一番，遇到疑難之處，只能自己琢磨。我心中記住蕭劍對我說的話：「真正的劍客橫空出世，沒有師父能教他。」桃林中的這句話，成了我李鵲一生奉行的圭臬。

杓子坑村的日子，平靜無波。村中頭人邱四爺，受白七公之託，三天兩回過來探望，捎來一些米糧菜蔬。經過一番靜養，白玉釵的身體漸漸復元了，蒼白的臉龐開始出現血色。如今，她的眼珠已能轉動，兩隻眼皮開闔自如。最令我欣慰的是，她的嘴唇也能蠕動啦，你若把耳朵湊到她唇上，準能聽出她要講的話。只是她的身子和四肢還不能活動，屎尿無法自理，必須由我幫忙。一個十三歲少年替一位大姑娘（還是黃花閨女呢）把屎把尿，個中的不便和尷尬，當時的我還懵懵懂懂。可如今長大了，回憶起杓子坑村這樁往事，臉皮不自禁飛紅哩。

白玉釵終究是行走江湖的女子，對這檔子事似乎不甚在意。每天早晨，讓我把她打理好，便靜靜躺在床上一邊看我練劍，一邊想自個的心事，直到天黑，聽到村口悠悠揚揚傳來了簫聲，便闔上兩隻眼皮，含笑傾聽。

一晚，簫聲忽然沉寂。

天已交五鼓，白玉釵一如往常躺在竹床上豎起雙耳，等待著。這夜，她從月亮上升等待到月亮沉落，卻沒等到簫聲。天發曉，雞啼大五更，白玉釵才幽幽地、沉沉地嘆息出一聲來，闔起眼皮，帶著失望和焦慮的神色就寢。

我大早起床，跑到桃林看望蕭大哥。院子空寂寂，再也聽不見舞劍聲。茅舍的門半掩。推門，一股藥味熱騰騰迎面撲來。堂屋地上擺著一隻小泥爐，正煎著一帖藥。蕭劍穿著內衫，抱著被褥躺在內室床上，在格格打著牙戰哩。我撲上前，伸手摸摸他的額頭，熱得像一塊火炭。

「蕭大哥你生病了！」

「慚愧！」蕭劍瞅著我，咧嘴一笑：「前天晚上給白姑娘吹完了簫，看見一鉤下弦月，低低掛在溪上，想到一個月圓即將過去，再過幾天便是月底，到時連一枚殘月也看不見了。心中一時感觸，沒披上外衣就出門，沿溪散步，欣賞杓子坑村最後一片月色，沒想受了風寒，回來便發起高燒，自己到山上採點草藥服食。藥還煎著呢。」

「白女俠昨晚一整晚沒聽到簫聲，可急得什麼似的！」我嘆口氣，走進堂屋把藥煎好，服侍蕭大哥喝下，隨即跑回村尾向白姐姐報告情況，好叫她安心。將她安頓好，立刻跑回村頭，侍候生病的書生蕭劍。那一整天，我就沿著一條溪，在村口村尾兩頭奔忙，好像一隻信鴿，在牛郎和織女這對永世不得團圓的夫妻之間，來回穿梭，傳遞訊息，感覺還挺美妙哩。

蕭劍這一病，十天才好。這段日子他沒練劍。我趁機將先前偷學的招式，溫習一遍，漸漸琢磨出心得來，對蕭家劍法更有興頭了。

熬過六六三十六天靜養期最兇險、最艱苦的頭六天，在我把尿把屎、細心看護下，白玉釵的身子開始康復。第十二天早晨，我正在院中練劍，忽聽得屋裡窸窸窣窣一陣響，轉頭望去，看見白玉釵自個爬下床來，左手提著尿壺，右手扶著牆壁，一步挨一步朝向後院走去。過了約莫一盞茶工夫，她把自己打理乾淨，才又慢慢蹭回屋裡，重新躺回床上。我身在前院，透過敞開的屋門，將屋內這一切全都看在眼中。我不動聲色，自顧自練我的劍，但心中那份欣喜卻是言語所無法形容的。

月杪，整座杓子坑村暗沉沉不見月光。三更過後，白玉釵兀自躺在竹床上，睜著她那兩隻冷峻的杏眼，望著竹窗外那小小的、黑漆漆的一角天空，和那空洞的、不再笑盈盈地掛著一枚月亮的樹梢頭，好久，好久，眼皮都沒眨一下。

我打地鋪睡在外間堂屋，一整夜把白玉釵內心的思念瞧在眼裡，心都碎啦。我知道她心中期盼什麼。我只能祈求上蒼讓蕭大哥早日病好。如此，度過了十個寂靜的、無月的夜晚。

新月升。簫聲起。

當彎彎的一眉月牙兒掛上樹梢頭，對準杓子坑村的溪谷，豁地，灑下第一波清光時，洞簫又再吹起，隨著叮咚流水聲從村口桃林中傳來。白玉釵眼睛一燦亮。她豎起兩隻耳朵，聽得真切了，一時之間悲從中來，眼眶中迸出兩顆紅豆般大的淚珠兒。

那夜以後，白玉釵的體力復元得更加快速了。蕭劍感染的風寒，也已痊癒，每天起床恢復練劍。我辰時趕到村口，細心觀摩，每日偷得一招半式，回來獨自砌磋，覺得劍術大有進步。

這一日早晨從桃林回來，正練得頗有心得、沾沾自喜之際，忽然身影一閃，一根枯樹枝迎面襲來。我二話不說挺劍就刺向來人。那人手快，只一撩，就用枯樹枝將劍撥開。我又進前一步，將劍向那人的臉門削去。那人仰臉躲開。我又舉劍向那人的右脅探去，卻被那人的枯樹枝輕輕一磕，只聽得「鏘」的一聲，劍又被撥歪了。我被撩撥得性起，使出拚命三郎的打法。那人手中拿著一根從地面撿起的樹枝，使得出神入化，一連三十回合，將我從蕭大哥處偷學的劍招，化解於無形。我索性扔下竹劍，不打了，心中的氣惱可想而知。一抬頭，擦擦臉上的汗水，看見那人手中拈著一根枯枝，笑吟吟地正低下頭來睨著眼睛瞅住我呢，臉不紅氣不喘。這個偷襲者，不是白玉釵卻是誰？白女俠正以本門招式，親自指點我的劍法哩。我的自創劍法，得到徽州蕭家和南海神尼兩派真傳，奇正相輔，虛實互剋，真是奇妙的、曠古未見的一樁劍緣哪。

福至心靈，我撲通跪下，誠誠敬敬向指導我劍法的白玉釵女俠，叩三個頭。

白玉釵不受我的禮。她別開臉去，摔掉手中的樹枝，蹭蹭蹬蹬走回屋中。我望著她婀娜生姿的背影，陡然驚覺：她的身體近乎康復啦。我掐指一算，那六六三十六天靜養期，已經度過三十日，再過六天，白玉釵血液中所感染的遼東血蝙毒，將可消除乾淨，一身功力完全恢復，而我們在杓子坑村與世隔絕、無憂無慮的神仙日子，也將結束。我和白玉釵——我在嶺南鳳津古渡萍水相逢，無怨無悔追隨的陌生女子——又將飄泊南北大驛道上，北向中原，面對白姐姐的無數仇家，和江湖上那一場又一場腥風血雨……

我得珍惜這剩下的六天時光。每天，我一早趕到村口桃林，觀摩蕭大哥練劍。蕭大哥似也離情依依，施展起蕭家劍法來，格外細心周詳。回到村尾竹林，便在白姐姐手裡一根枯樹枝恣意點撥下，著實演練一番。由是劍術大為精進。

要來的日子終究會到來。

那日大早，天交辰時，蕭大哥便打扮得神精氣爽，身穿藍布長衫，頭戴青方巾，依舊是一副灑脫的書生裝束，來到村尾辭行。一簫一劍一篋書一匹青驄瘦馬。那正是不久前，七月杪的黃昏，當火球似的夕陽掛在南雄城譙樓，他策馬走進鳳津古渡尋找客店時的光景。而今，在杓子坑村度過了三十六天，完成一樁機緣後，他又要拍拍馬屁股走人，繼續獨自個浪跡天涯的行程。

「大哥，你要走了嗎？」我拉住他的馬轡。

蕭劍駐馬茅舍外，舉手向屋內的青衣人影一拱：「我特地前來向白女俠辭行。」

「這一回，大哥要上哪裡去呢？」

「回徽州老家。我一年前離開家鄉，獨自遊歷嶺南二十八府，如今遊倦歸來，打算走贛江旁的古驛道直下江西省，渡過長江，返回江北徽州。」蕭劍坐在馬背上弓下腰笑吟吟睨著我：「在鳳津君子客店，我不是告訴過你爺兒倆？」

「那敢情好！我們正好順路。」我猛一拍馬脖子：「我們可以結伴走一程呀。白姐姐體力剛恢復，蕭大哥剛病好，走在一起也有個照應。」

蕭劍沉吟半晌：「好！只要白女俠首肯。」我和蕭大哥一起向茅舍中望去。門內，白玉釵坐在竹床旁，點點頭。蕭劍舉手深深作了一揖：「我在村口桃林，等白女俠和李鵲兄弟。」隨即撥轉馬頭，馱著行李走下竹林去了。

白玉釵開始梳妝。在杓子坑村這三十六天，她第一次打開梳頭盒。她小心翼翼，從行李捲中搬出這隻八寸見方、小巧玲瓏的紅木盒子。一打開，便是一面西洋玻璃鏡，光可鑑人。下頭有兩個瓷製的脂粉缸兒。再下面是兩扇小櫃門，裡頭擱著梳子、抿子和篦子。她把梳頭盒放在窗台，坐在窗口對鏡理妝。她左手掐著篦子，一篦子接一篦子，使勁篦著她那一頭長及腰間、亂蓬蓬、三十六天沒有打理的髮絲。早晨的陽光穿透過竹葉，從窗口篩進屋來，照見她左手臂上烙著的一顆朱砂痣，煞似一滴鮮血。我莫名地打個哆嗦，假裝牽過臙脂馬來，遠行前再餵牠吃一頓好料，眼光卻不住瞟向屋裡，覷看坐在窗口梳妝的白玉釵。好一頭黑鴉鴉的頭髮！沒多久，就給編出了一條三尺長、兒臂粗的麻花大辮來，烏油油地拖在腦勺子後。接著，她拔下嘴裡啥著的一支七寸長、乍看像一根削尖人骨的白簪子，打橫插在辮根上。

梳完頭，白玉釵又對鏡子端詳一回，才砰地闔上梳妝匣，收好，隨即拎起擱在床尾的兩捆行李，頭也不回，走出屋去了。

我把養得膘肥腿健、一雙銅鐙擦得亮堂堂的臙脂馬，從竹林裡牽出來。那馬三十六天沒見主人了，一看到她，別來無恙，依舊穿著一件蔥青色夾衫和一條青布長褲，脖子後拖著一根麻花辮，便揚鬣嘶叫起來。白玉釵從我手中一把搶過馬去，二話不說開始備馬。只見她套轡頭、勒馬鞍、綁行李、舉起左腳踩馬鐙的動作，一氣完成，旋即扳鞍翻身上馬，調轉馬頭，一拍馬臀就要馳下竹林山坡。我站在馬下看傻啦。莫不是白玉釵這回又要在半路上拋棄我？心中一慌，我險些哭出來。

踢蹉踢蹉，村中的頭人邱四爺騎著一匹粉嘴、粉眼、白肚囊的老毛驢，迤邐走上竹林來，呼喚我道：「這頭驢是白七公留給李鵲小爺的。」我欣喜若狂，一等老人家下了驢，便躍上驢背，從頭頂上的竹叢折下一根嫩竹枝，狂抽驢臀。那驢就像一股白煙似地，望著前面那一乘青衣紅馬，沿著杓子坑村的溪谷，朝向村口奔馳而去了。

一簫一劍一書囊，書生蕭劍一身藍長衫青方巾，騎著那匹瘦巴巴病奄奄的青驄馬，早已守在村口道路旁，等著。

第八回 張翠姐兒

正德十四年秋天滿山銀杏飄落，黃葉紛紛，贛江邊的南北古驛道上，出現一支三人組成的奇特馬隊。領頭的是一匹紅馬。馬上那名窈窕的青衣乘客，髮辮飛舞，鋪蓋捲中露出兩把鐵劍的白骨劍柄，磕登磕登，一路敲擊著馬鐙。殿後的青驄馬，和帶頭的臙脂馬之間保持百丈距離。馬上藍衫乘客是文弱書生，一簫一劍一書匣一鋪蓋，是他的全部行當。馬隊正中間，以小跑步嘚嘚嘚行走著一匹粉嘴、粉眼、白肚囊的老驢兒，模樣滑稽之極。乘客是一名十三歲、兩隻屁股穿著紅色袷褲、一顛一顛搖晃在驢背上、口中不住喊著「駕！駕！」的南蠻子。他只帶著一隻小包袱，掛在驢臀上。三匹牲口排列成一縱隊，穿梭過路上迎面撲來的黃葉，闖開那絡繹旅途的行人，沿著官道朝北奔馳。滿路騾馬和成群雞公車，一面回頭一面紛紛閃躲。

馬隊中間騎著老驢的孩兒，慚愧慚愧，正是在下我，離家出走的南雄府「君子客店」小開李鵲，追隨萍水相逢的蕭大俠和白女俠，浪跡江湖路上，已有兩個月了。

這一日，來到鄱陽湖口。在南昌城南四十里的官塢港驛道上，只見一輪紅日，砰地墜落入湖中，在碧波萬頃的湖面迸濺起千道金光。往北的路上，大夥挨挨擠擠急急慌慌，都想趕在天入黑前進城。我們的三人馬隊，也打算在南昌府城駐馬一夜。

疾馳中，只見一個女孩背道而行，向南奔跑。

我匆匆回頭望望，心中忽地一動，趕緊勒住韁繩扭轉驢脖子，回頭走。道旁杏樹林中，一枚紅衣身影閃了閃。我揉揉眼睛仔細一瞧：「咦？這個姑娘不是放木排張長發張大叔的大丫頭，張翠姐兒嗎？我曾搭她家木筏，在贛江上游漂流一段時日。這當口，她怎會單獨出現在南昌南門外，人煙稀少的荒郊野外？這事有蹊蹺。」

我飛身下驢，一個鶻起兔落，截住那拔起兩條短腿，慌慌急急，朝南方不知奔跑了幾里、幾日的紅衣小女孩。我在她面前跪落下來，伸出雙手攫住她那細瘦的肩膀：「翠姐，張大妹子。我是李鵲李哥哥呀。」

這下可好！張翠姐兒猛一睜眼皮，搓搓她那雙布滿斑斑血絲、腫得像兩粒胡桃的眼珠，打量眼前這個少年。一怔，撇撇嘴巴，如走失的小女孩乍見親人似的，她扯起嘎啞的嗓門放聲大哭：「哥哥，李鵲哥哥，阿爹死了，阿娘抱著弟弟小灶子也死了。我們張家全家都死光了，只剩下我一個人。李鵲哥哥……」

七、八歲的姑娘一哭起來就沒完沒了。我正手足無措，只見一匹臙脂馬飛馳而到，駐足銀杏樹下，馬上青衣乘客躍下鞍來，跪在張家妹子的面前，也不吱聲，伸出一條胳臂摟住她的身子，舉起另一隻手插入她的小褲，摸索她的屁股，好半晌，臉上終於露出鬆一口氣的神色。她擦掉額頭的汗珠，回頭對那隨後趕到、站在一旁俯身觀察的蕭大俠說：「天可憐見！這小丫頭沒遭到毒手。不然，我這下又得殺人了。」

「謝天謝地！」蕭劍也抹掉臉上的汗水。我拍拍心口，雙手合十：「觀音老母大慈大悲。」

白玉釵一胳臂抱起張翠姐兒，一手掌按住馬鞍，跳上馬背，握住轡繩調轉馬頭，口裡喊聲：「駕！」姐兒倆沿著驛道一路向北走。我和蕭大哥跨上各自的牲口，緊緊追趕。還沒行到一里路呢，距離官塢港尚遠，小丫頭就蹬著一雙腳，在白女俠懷裡又哭又鬧起來：「不去，不去！黃毛惡鬼和他的徒弟就在那邊。我不去我不去！」

「好好，我們不去官塢港。」疾馳中，白女俠撥轉馬頭，順著官道改朝南方行進。張翠姐兒這才安靜下來，不一會，在白女俠懷中打起了鼾，呼呼大睡，看來有好長、好長一段時日沒好好闔過眼皮了。

我和蕭大俠亦步亦趨。一隊人馬默默疾馳，直到日落，田野間屋頂上的柴煙，東一縷西一條，零零落落四下升起，我們才在驛道旁小岔路一家野店，找到宿頭，要了兩個房間。白女俠先抱熟睡中的張翠姐兒下馬，安放在她床上，再把她的坐騎牽到馬棚，解下轡頭，吩咐老夥伴給喝水上料。隨即，她一口氣搬下掛在馬臀的兩捆行李，提在手中，甩甩脖子後那根奔波了整日、兀自一絲不亂的麻花辮，頭也不回，昂然走進自己的房間。從頭到尾，不吱一聲。

我和蕭大哥看傻了。哥倆相視一笑，從牲口卸下自己的行李，搬到我們同住的房間，隨即吩咐廚下準備八個饅頭、四份精緻府城小點，先送兩份到白玉釵房間，然後哥倆就在自己的房間飽餐一頓。飯罷，就寢。

野店住的大多是錯過行程、將就住宿一晚的單幫客，第二天都得起早趕路，所以，戌牌時分便上床了。天才交二更，整間客棧早已鼾聲四起。忽然，隔壁房間傳出一陣啼哭，淒淒涼涼，悲悲切切，我和蕭大哥從床上躍起，敲打白女俠的門。「進來！」聲音冷如刀。我推開門，看見白姐姐坐在床上，雙臂環抱住張翠姐兒的身子，柔聲細語安慰她，直到她停止哭泣，才回頭望向我們哥倆，點點頭。我在床邊蹲下來。蕭劍握著那支從不離手的尺八長簫，跨坐在門檻上。

「這小丫頭夢醒，哭著喊阿爹、阿娘和弟弟小烓哥兒。她講她全家被殺。兇手是

『黃昏惡鬼』和他的徒弟。我沒聽說江湖上有這個名號，所以請蕭——」說著，她用眼角睇了坐在門口，不停用簫敲打手心的蕭劍一眼，臉頰上泛出紅霞來啦。她停頓了一會，端整起臉容，說：「所以請蕭大哥過來參詳。」她回頭柔聲對張翠姐兒說：「小姑娘，把事情重新講一遍，說給你李鵲哥哥和蕭大俠聽。」

張翠姐兒開言：「那晚，木排寄泊在魚寄浦村，一家子特別的高興，因為再過一天航程，我們就可以抵達終點站，官塢港。這兒設立有官署，專門查驗和收集從河上游用筏子運來的木材。阿爹為了慶祝，將珍藏一個月的老黃酒，整罈捧出，特別給阿娘斟一小盅，夫妻倆月下對飲。阿娘給懷裡的小灶子喝了三口，就是不給我喝，說嗜酒的姑娘沒婆家敢要。我偏吵著要喝。娘兒兩個正鬧得不可開交呢，忽然，悄沒聲，木排上出現兩個人影，離我們一家子相聚的所在只有五步。可連鞋子的聲音都沒聽見，這兩個人就現身了，鬼魅一樣。我抬眼一望，只見那年輕的蹲在地上，用雙手撐住長短兩支劍的劍柄，當作腳使用。整個人活像一隻趴著的蛤蟆。那年紀大些的——約莫五十出頭吧——身材可真高大，披著滿肩油捲捲的黃頭髮，像西洋人的上帝那樣，站在蹲著的小夥子背後。可說也奇怪，從頭到尾，他的雙手一直攏在衣襟裡，從沒伸出過，彷彿在窩藏什麼東西。這兩人都穿著大開襟長袍，可花色說不出的古怪，是我們大明朝所沒有的。我正

感到納悶呢，那邊廂，阿爹已經跟那小夥子拌起嘴來。阿爹問他是何人？哪一國人氏？前來大明國有何貴幹？那人嘰哩咕嚕回答一番，接著生起氣來破口大罵：『八個野豸妻！』這句話阿爹是懂得的，知道那是東洋人罵人的話。阿爹氣惱起來，仗著三分酒意，也憑著練過幾年把式，掄起拳頭率先動手啦。那東洋小夥子一動也不動，只管像蛤蟆樣趴蹲在地上。忽然，血光紅潑潑一閃，我還沒看清楚怎麼回事哩，阿爹的頭顱早已脫離他的頸脖，空窿空窿，滾動幾下，便撲通一聲墜落河水中。回頭看時，小夥子右手多了一把沾血的東洋長刀，高舉在空中，月光直直照耀下，好像一支鬼火把。我和阿娘把命豁出啦。母女一個在前一個在後，張起兩雙手爪子撲向東洋小夥子。那西洋上帝一般靜靜站在旁邊、不聲不響、看著眼前這一幕的黃髮綠眼漢子，這下出手啦。他的腰桿只扭動兩下，我也沒看他拔刀，阿娘的頭顱，和她懷中剛出生的小灶子那顆細小的頭顱，便和脖子一刀兩斷，滴溜溜，滾落到河中去了。我對觀音菩薩發誓：我沒看見那黃髮漢子伸手拔刀呀。他的那雙手，一直攏在身上那件花袍的開襟內，從頭到尾，動也沒動過一下下——」說著，張翠姐兒格格格打起牙戰來：「他不是人，他是一隻鬼。」

小丫頭一口氣講完她家的故事，停歇下來，發了半天的怔，驀地裡整個人鬧起瘧疾來，渾身簌落落發起連環瘧子，顫抖不停。

「那個黃毛惡鬼，我沒看見他伸手拔刀呀，我阿娘的頭和阿弟的頭，好端端就不見啦。」張翠姐兒只管一個勁地訴說，講夢話一般：「我沒看見他拔刀！我沒看見他拔刀！」她把自己那張憔悴的臉孔，窩藏在白女俠懷裡，越鑽越深越緊。

「我沒看見——他伸刀——拔刀——」

小姑娘終於睡著了，嘴裡講夢話似地一直喃喃自語：「他不是人，他是一隻鬼。」

我打個寒噤，抬頭望望屋外院子裡的天色。今晚無月無星，天空黑漆漆一片。回頭睨睨白女俠和蕭大俠。他們對望一眼。我曉得他們心中想什麼：那癱瘓的少年武士是菊十六郎。兩個月前，在南雄府河伯廟一戰，他的雙腳筋骨，便是被蕭劍刺穿的，如今窄路相逢，勢必將有一場惡戰。至於張翠姐兒口中的「黃毛惡鬼」，那像西洋天神樣一直守著菊十六郎的高大漢子，身分是誰？是何來歷？連蕭大俠和白女俠都不知道。何況我小子李鵲，孤陋寡聞，更無插嘴的餘地。

大夥沉默了一會，靜靜想自個的心事，直到天快交三更，白女俠才將那齁——齁——打著鼾，雙手摟住她脖子，把頭鑽進她心窩，陷入沉睡中的張翠姐兒，抱到床上安放。她幽幽嘆出一口氣來：「大家安歇去吧！睡好覺養足精神，對付明天的強敵。」

我和蕭大哥乖乖站起身，回到自己的房間。

雞啼大五更，我才伸著懶腰走出房間，蕭劍大俠已在庭院中走了兩趟劍。客人們早已散去，繼續趕行程。整座客棧空無一人，只有北院那間上房依舊門戶深鎖，可不知白女俠姐兒倆起床沒？我正要往窗下張一張，忽聽得屋內響起陣陣啜泣。我把一隻耳朵湊向窗縫。咿呀一聲，門打開了。白女俠早已梳妝完畢，打扮得神清氣爽，一身蔥青色衣褲，一條新編的油光水亮的麻花辮，一雙新紮的白弓鞋。後腦勺上長年別著的白骨簪，今早不見啦。整個人，少了五分的肅殺之氣，多了一份嫵媚與柔情。我一時看呆了。她現身在門檻上，跂著鞋尖，伸出脖子，滿臉愁容向外探了探頭。看見我，招招手：「李鵲過來說話。」我趕忙跑上前恭聽。白女俠打一聲咳嗽，清了清喉嚨，隨即把嘴唇一嘟，努向那兀自聚精會神埋頭練劍的蕭劍蕭大俠，吩咐我：「你幫我傳話給他，請他一起來聽張翠姐兒的心願。」

「咦？那不是他，卻是誰？蕭大哥現下就在院子裡練劍。白女俠，您只消走上十步路，有啥話都可以當他講。何須傳話人呢？」我故意拿喬，雙手叉腰站在窗下一動不動。

白姐姐頭一回生氣了。她沉下嗓門說：「李鵲，你等著叫我把你拋棄第三次嗎？」滿腔的委屈，登時如破堤之水湧出。我故意抬高嗓門，隔著院子叫喊，好讓整座客棧的人全都聽得清楚：「白女俠轉告蕭大俠，請駕臨寒舍一敘。」

「白姑娘，遵命！」蕭劍朗聲答應，收劍入鞘。白玉釵臉孔驀地飛紅，一扭頭甩起辮梢鑽進屋裡去了。

於是大夥又像昨晚那樣，在白女俠的房間，屋裡屋外圍坐成一圈，傾聽小丫頭的心願。蕭大俠首先開言：「張翠姐，你是怎麼逃出來的？」

「蕭大哥，那兩個壞人殺了我阿爹、阿娘和阿弟，為何留下我的命呢？他們須得一個在地人指點方向，才能將木筏開往官塢港呀。他們師徒輪流掌舵。我猜出兩人是師徒，因為那個下身麻痺、支著兩把劍走路的小夥，口口聲聲稱呼黃髮綠眼的高個子『先生咿，先生咿』，樣子很諂媚。我在木筏上發號司令，一隻眼睛從不曾離開過那個拔刀不見伸手，一眨眼，便砍掉我阿娘和阿弟頭顱的惡鬼。不一日，離官塢港只剩二里了，終於找到一個覷兒。我略施小計，指使他們師徒倆，將那筏頭一頭撞上河中一大截漂流木。我便趁著木筏翻覆的當兒，泅水而去。蕭大哥和白姐姐，我就這樣逃出來啦。」

「妹妹，你想往哪邊走？」我問道。

「李鵲哥哥，我打算朝南方走。我逃出惡鬼師徒後，遇上一個好心的單幫客。他知道我一家子慘死，問我想不想報仇？我說想。那單幫客說：『海南瓊島就有一位活女菩薩，武功高強，你可以拜她學藝。可路途遙遠，窮山惡水，在路上得走上一年，興許可以找到她。張翠姐，你一個七、八歲的小姑娘家，吃得了這個苦嗎？』我說一想到那個殺人不見拔刀、便砍掉我一家人腦袋的黃毛惡鬼，再大的苦我也甘願吃。所以，我就朝那好心人指點的方向，一路走過來囉。」

「走了幾天了？」大夥齊聲發問。

「一個月零五天。」小姑娘扳起指頭一算。

「噯，還得走上十一個月呢。」

「好吧，我就再走上十一個月。」

「雙腳走爛了呢？」

「那我就拄著楞杖走下去。」

「唔，膝蓋癱掉了呢？」

「我就用爬的。」

晨早卯牌時分，一輪扎眼的旭日照射下，張翠姐兒那張瘦巴巴黑瘠瘠、滿布風塵的小尖臉，好似一尊小菩薩。大夥面對這張不起眼的面孔，一時之間肅然起敬。過了好半晌，跨坐在門檻上的蕭大俠開腔了：「白玉釵，張小妹口中的那位海南女活菩薩，正好是尊師，江湖上人稱『瓊島女俠』的林瓊瑛，林老前輩。」

「家師的名諱請莫再提。」白玉釵扭轉脖子，向門檻上乜一眼。「張小妹既然提到家師，這件事就由我來作主。你們兩位且歇著去吧。」

我們哥倆訕訕地抬起臀部，才一離開，身後咿呀一聲，房門便闔上了。

日中時分，白七公頂著他那頭花髮，拄著他那枝綠竹杖，悄然現身在客棧。老人家依舊是一張童顏，笑咪咪，抱著我直喊「鵲官」。白女俠召集大夥，宣布重大決定：「白七公護送張翠姐兒前往海南。」

這一來大夥可大大的放下了心。

「李鵲！」白玉釵直指我的鼻子。我連忙應聲是。「李鵲，你陪蕭大俠前往鎮上走一趟，給張小妹採辦遠行的衣服，和一些日用品。」

「咦？我是男孩，哪懂女孩子穿什麼衣服，用什麼日用品啊？白玉釵女俠，您是女人不是？採辦女孩衣服的工作該由您來做。您就枉駕陪伴蕭劍蕭大俠，前往鎮上一趟吧！您倆並肩走在街上，也滿登對的呀……」

白玉釵聽了，那張俏臉颼地飛紅，也不知是喜、是怒抑或是怨。她拿眼角睨了蕭劍一眼，拂拂身上的蔥青色夾衣褲，慢吞吞，拖沓著腳步朝向院子走去，走到月洞門口，猛一甩辮梢，拔起腳跟便直直往客棧大門奔去。一股青煙似的，轉眼便看不見了。蕭大俠呆了半晌，連忙從門檻上立起身，提著一支簫追了上去。

這下，我和白七公得以講悄悄話。「鵲官呀，你決心跟隨白玉釵走，對她的師承來歷應有一些認識。當年，她和張翠姐兒相同年齡，大約七歲吧（這就是為什麼她特別疼惜這小姑娘、把她當親妹妹的緣故），身負血海奇冤，為了尋師學藝報仇，一路行乞要飯，風餐露宿，獨個兒走路走了一年三個月，把兩隻腳都走爛了，才抵達海南。她在瓊島女俠林瓊瑛的精舍前，不吃、不喝、不睡、不動，一連跪坐七天，女活菩薩才開門收她為徒，傳授她一身武藝。白玉釵十年出師，帶著師父賜的雌雄兩把鐵劍，後腦勺上插著用她母親一根遺骨打造的白簪子，北上報仇，掀起武林一場腥風血雨。至於，白玉釵身負什麼血海深仇，仇人是何等人物，那可不能講。十年前的那樁案子，牽連到當年全天下最有權勢的人，人稱三千歲的白公公。至於我和白家的關係，你且莫問。今天我只能講到這兒為止……」

說到這兒，白七公忽然停頓下來，不動聲色，拔下綠竹杖上一根枯枝，頭也不回，便反手向屋外庭院擲去。只聽得呼颼一陣響。枯枝到處，院子中央那株老銀杏樹上，忽獵獵，飛起一隻黑色大鳥。我搓眼一看。那人一身黑衣寬袍大袖，白臉尖腮，張開雙臂滑行空中，太陽下一看恰似白日裡活動的巨大蝙蝠。此人不是別人，正是遼東五福門掌門人，外號飛天蝙蝠的胡東。我跑進庭院，看見樹梢上，一樣東西正滴溜溜地飄落。撿起一瞧，原來是一綹帶血的頭髮。我拿去給白七公看。他老人家只笑了笑，呸地吐出一口濃痰，咳嗽一聲清清喉嚨，繼續講白玉釵的故事：

「鵲官，你要記住：白玉釵報仇的手段殘忍，可她家當年的遭遇更悽慘。瓊島派的劍術，便是以詭譎見長，往往出人意表。當年林瓊瑛一家，在漢奸攛掇下被倭人殺害。她發誓創造一門劍法，專門對抗倭刀，那就是一個『狠』字。武士刀出手快，她的鐵劍更快。東洋劍道招式狠，她的反擊更狠、更陰。這叫做以其人之道還其人之身……」

「怎麼個陰狠法呢？」

「鵲官，你聽說過雷州徐聞縣疊石村一案吧？」

「誰人都聽說過。十船倭人在漢奸帶路下，血洗疊石村，男丁被斬首，姑娘被擄到海上，女人一掛吊死在海邊防風林。疊石村偌大的一個聚落慘遭滅村。」

「鵲官，你知道兇手是何下場嗎？」

「一如以往，逍遙法外。」

「這回算他倒運，撞上了林瓊瑛囉。」

「她怎麼整治倭人和漢奸？」

「她割下他們的陽具。十個倭人和八個漢奸的陽具，一排掛在防風林上，隨風飄揚，用望遠鏡遠遠的望望，誰還再來犯雷州徐聞縣呢？這才是對付倭人的好法子。」

「照啊！」我禁不住鼓掌叫好。

「倭人管林瓊瑛叫『羅剎嫫』，地獄之母，雷州人卻尊稱她『女活菩薩』。鵲官，你說哪個才是正確的說法呢？」

「都對。看你站在誰的那邊。」

「小子真機靈。」

颼颼颼，綠竹翁白七公連發七根枯枝，破空而出。窸窣窸窣，亭亭玉立、如同羅傘似的銀杏樹上，東一個西一雙，驀地鑽出七名江湖客，紛紛滴著血墜落到地面上，抱頭鼠竄而去了。

便是在這當口，蕭劍和白玉釵結伴，到鎮上採辦張翠姐兒遠行的衣服，回到客棧來了。白玉釵兀自飛紅著臉孔，羞答答，跟隨在蕭大俠身後，相距約莫有三步之遙。蕭劍昂然行走在前頭，喜孜孜，拎著兩個包袱，一裝女孩服裝一裝女日用品。模樣可真登對，煞似一雙神仙眷屬。

再過一宿，啟程。大夥在鎮口分道揚鑣。白七公帶著張翠姐兒，共騎一匹花驢往南。我們仨——原先那支奇特的馬隊——則沿著贛江旁的中原南北大驛道，繼續白玉釵的復仇行程，一縱隊，朝北走。

第九回 日中對決

日正當中。

官塢港。這是我在贛江流域見過的最大港口。太陽下，放眼只見成行成行的木筏，密密匝匝，直排列到天邊。放排人一家子，守著他們家從贛江上游千里迢迢，歷時一百個日夜，穿過重重險灘和急流，躲閃無數漂流木，總算平安抵達官塢港的木筏上，等待查驗入塢。一家男女大小，這會兒正蹲在日影裡，圍著炭爐準備午膳。火光熊熊，四下搖曳，映照著放排人那千百張黑黧黧、飽經風吹雨淋的臉孔。恍惚中，我彷彿看見一張筏子上，張長發一家待在自家木排上，張大叔掌舵，翠姐兒守著小泥爐，流著口水在煮魚湯，張大嫂抱著才滿周歲的小灶子，坐在棚屋門口做針線。好一幅和樂融融的漁家圖！

「李鵲兄弟，莫傷心！咱們會等到眠狂四郎師徒倆。」蕭大俠見我熱淚滿眶，連忙安慰我。白女俠接口說：「鵲官，我們必為張家報仇，叫他一報還一報。」白玉釵頭一回喚我的小名「鵲官」，感覺挺窩心。

我擦乾眼淚，騎著老毛驢，追隨蕭大哥和白姐姐的坐騎，馳向港邊的鎮市。偌大的一條街！中央坐北朝南，面對港灣，矗立著一座金碧輝煌的大廟宇。滿殿煙火燻燻，有如一座巨大的黑色城堡，顯見平日香火鼎盛。可今日，冷冷清清，宏大的正殿只有三兩名香客隨喜。山門下，那片遼闊的廟埕，曝曬在赤日頭下，空落落，連一枚人影也看不見。我們把牲口栓在酬神的戲台上，隨即洗手進入正殿，隨喜一番。那金漆雕花的大佛龕內，供奉一尊白臉黑鬚、身穿唐朝一品官服、一臉威儀的魁梧大漢。人說那是打通贛南、開鑿梅關官道、開發嶺南大功臣，天寶年間的宰相張九齡。我特地行三叩禮，誠誠敬敬，拜一拜我們客族鄉先輩九齡公的英靈。隨即，來到戲台腳，在蕭大俠和白女俠相伴下，席地而坐，專等眠狂四郎和菊十六郎師徒倆。

日頭當空照，好似一大桶一大桶滾燙的白開水，當頭潑下來，灑在官塢港大廟上。酬謝戲台上空無一人。戲台下那片場子出現五、六枚人影，弓著腰，閃躲著太陽，鬼卒般躡手躡腳無聲無息走動。

戲台背後轉出一團影子來。驀一瞧，煞似一隻巨大的蛤蟆，身披花袍，匍匐爬行地上。細看卻是一個下身癱瘓的人，雙手撐著兩把東洋刀的刀鋒走路。這人不是菊十六郎，卻是誰？他在蕭大俠跟前約莫五步的地方，趴住身子，凸起兩粒豆大的眼珠，瞪著他的死敵。我頂記得，河伯廟一戰被蕭劍挑斷雙腳腳筋後，他以蛤蟆的姿勢，繼續遊走在鳳津村，有如一個不散的陰魂。有一回，他坐在鳳津村長街上歇息。一隻野狗不知好歹，圍繞著他的身子，不停跳躥挑釁。菊十六郎不動聲色，瞬間出刀，用「居合斬」招式，電光石火之間一刀砍斷狗兒的頭顱。這一斬殺，震撼整座鳳津村！我在旁看了，打心裡欽佩這位東洋殘武士的堅忍，差點把他當成偶像。不料，他日後浪遊大明國中原的當兒，同他師父眠什麼郎，又幹下一樁滔天大罪。觀音在上，我今天必殺此獠，為張長發張大叔一家子報仇。這麼一想，我悄悄伸手摸了摸靴筒裡藏著的匕首。

無聲無息，鬼魅似的，菊十六郎身後步出一個個頭高大的中年武士來。滿頭金黃髮絲，一毬毬一捲捲，披掛在他那寬厚如牛的肩膀上，太陽下熠熠發光。此人必是張翠姐兒口中的「黃毛惡鬼」。果然，他那兩條露出花袍袖口、黃毛絨絨的手臂，從頭到尾環抱胸前，一動不動。如同一尊西洋天神，他佇立在趴在地面的菊十六郎身後。心中靈光一現，我終於記起來了。白七公在鳳津村曾告訴我，十六郎的師父，乃是大名鼎鼎的「圓月流」創始人，眠狂四郎。當年他以新創的圓月劍法，在堺市街頭試刀，光天化日、眾目睽睽之下，砍下親生父親，荷蘭術士那顆白髮蒼蒼的頭顱。這件公案，日本武林至今還津津樂道呢。

如今正主兒現身啦。

太陽下一枚人影長挑挑，籠罩在戲台前。四隻眼睛精光四射，一齊掃向坐在戲台腳的三人。

橐、橐、橐。眠狂四郎踩著花木屐一步一步走上前。他向蕭劍噘起嘴巴，往戲台上一努，隨即把腰桿一扭，人就上了戲台，袍襬子只飄動一下，而雙手自始至終攏在袖口。菊十六郎有樣學樣，挺起腰桿，把腋下支著的雙刀使勁一撐，也跟著登上戲台。蕭劍和白玉釵在旁觀看，只管冷笑，等他們師徒倆表演完畢，兩人相對一望，一塊立起身，肩並肩飛身上台，衣袂飄飄煞似一對愛戀中的情侶。我則像一隻猴子，緣著戲台腳架一路攀爬上去，模樣可謂狼狽之極。

五人分成兩陣容，對峙在陽光普照的酬神戲台。

場子上，開始有閒人集結，準備看打架。筏上人家也紛紛停下手中的活兒，把手掌舉到額頭，遮擋住毒日頭，伸出脖子望向戲台。

眠狂四郎不瞅不睬，只顧將雙手環抱胸前，凝起他那一對讓張翠姐兒不寒而慄、半夜都會嚇醒的綠眼珠，直直瞪住蕭劍。蕭劍並不甩，依舊採取在鳳津村和菊十六郎對陣時同樣的戰術：眼觀鼻，鼻觀心，不動如山。就當那站在對面裝神弄鬼的東洋武士，不存在似的，試圖以這種招數，破解圓月流的獨門絕活：傳自眠狂四郎的生父、荷蘭術士的西洋迷魂大法。雙方對峙整整一刻鐘。

白玉釵和菊十六郎在旁觀戰。我則躲在眠狂四郎的身側，目不轉睛，盯住他的一舉一動，心中卻有一股不祥的預兆：蕭大哥以不變應萬變那招，遇到眠狂四郎這種邪門的對手，恐怕不管用了。

一刻鐘方了，日正當中，眠狂四郎突然出手。如同張翠姐兒所言，這人拔劍一如鬼魅，雙手兀自攏在袖口，可你才一眨眼睛，他右手掌已多了一把出鞘的武士刀。他開始施展「圓月流」的第一段劍式：刀尖指地，將刀身往上升高，描畫出大滿月的圖形。一瞬不瞬，我的目光緊緊跟隨狂四郎的刀。當刀尖上升到劍式的第二段——刀身平指，刀尖瞄準對方眉心——他並未讓刀繼續上升到圓月劍法的終極階段：舉刀過頂，刀尖朝天，一刀凌空劈下斬殺對手。狂四郎中途撤招。蕭劍不知不覺，依然耍他垂目打坐那一套。武士刀停留在圓月第二劍式，電光石火間，突然揮向對方的頸脖。蕭劍這才拔劍。可一切已晚。

當場血濺。在滿河港竹筏人家驚呼聲中，眠狂四郎打鐵隨棍上，再度揮刀。武士刀沾著蕭劍的血，紅豔豔閃亮在中天太陽底下。眼見蕭大哥就要橫死戲台，我不假思索挺身而出。

是我救了蕭大俠。

這回，我仍然使用了柏家鋪客棧大戰時，我臨危授命，在白玉釵指示下，殺死鄂北「神錘門」掌門韓大洪的那記賤招。我二話不說，趁著對方再度揮刀斬殺書生蕭劍之際，抽出靴筒所藏的匕首，使出吃奶的力氣，一匕首插入眠狂四郎的屁門。到如今我頂記得，在木筏人家男女老幼齊聲歡呼鼓掌中，眠狂四郎發了狂也似，甩起滿肩黃髮，凸出一對碧綠眼珠，仰天對日狂嘯三聲。一灘灘血，在他那叉開的腿跨間潺潺而下。我終於給張長發張大叔一家子報了仇！快意之際，我也仰起沾滿汙血的臉孔，朝天大笑三聲。這是我——少年李鵲——生平第二次殺人。可這下我沒再像殺死韓大洪時，嚇得渾身簌簌抖。我連臉上的血都不屑擦拭。我心知肚明，走上江湖這條路，跟著白玉釵這個女羅剎走，殺人——即便是最陰、最賤的招式——是存活和戰勝的手段。綠竹翁在談論南海劍法時，說什麼來著？當敵人比你狠時，你就得比他更狠。這便是白玉釵的尊師瓊島女俠林瓊瑛，當年目睹倭人橫行，以狠制狠，用陰招對付陰招，創立南海派的真髓。倭人因而封她為「羅剎嫫」，地獄之母。瞧那一長排懸掛在徐聞縣疊石村海濱，隨風飄揚的陽具……

可這眠狂四郎是我遇見的最勇、最悍的武士，比他的徒弟菊十六郎更能忍。這回他卯上了白玉釵。只見他箕張著兩條長腿，讓血從他跨間汩汩流淌出來，臉上竟毫無表情。他朝著白玉釵舉起武士刀，將刀身上升到圓月流劍式的最上段：舉刀過頂，刀尖朝天。看那架勢準備一劈而下，直取白玉釵那顆俏麗的頭顱。臉上一對眼瞳子，西洋玻璃珠似的，映著日光放射出耀眼的綠光。好白玉釵！她壓根不為所動。只見她手握雌雄雙劍，挺起胸脯，佇立在眠狂四郎跟前，相距約莫三步。一雙杏眼斜睨著，只管打量對方的臉膛，眼對眼，無所閃避。在白玉釵的目光冷冷的、靜靜的、一眨不眨的逼視之下，眠狂四郎沉不住氣啦。他齜起口中兩排大白牙，吆喝一聲：「羅剎女覺悟吧！哈馬多．他馬希——」掄起長刀朝白玉釵的頭頂一劈而下。白玉釵並不閃躲，也跟著扯起嗓門嬌叱一聲：「你娘的滾回東洋去吧！」話猶未了，手中已多了那根從後腦勺拔下的、江湖上人見人畏的白骨簪，趁著武士刀凌空劈下，只差她頭頂一指光景，千鈞一髮之間，側身一閃，反竄高一步，將手中簪子用盡力氣刺入眠狂四郎右眼，直沒入根。一蓬鮮血標冒出來。眠狂四郎撐了半盞茶工夫，才拔出簪子，扔回給白玉釵，再過一會帶著滿臉的血，仰面八叉，摔到徒弟菊十六郎懷抱裡。

戲台下的看客一片聲鼓譟：

「東洋鬼子倒了！」

「媽的毬！」

「斬首！斬首！斬首！」

白玉釵只冷冷一笑，對觀眾的要求不理不睬。嫻嫻地，她從上衣襟抽出一塊紅綢帕，往簪尖細細抹拭，這才插回後腦勺上。

眼看沒戲唱，看打架的閒漢一哄四散，四下另尋別的樂子去了。河港中的筏上人家，伸長脖子睜大眼睛看完了熱鬧，也紛紛蹲回日影裡，繼續幹各自的活。戲台下、戲台上又變得死寂一片，靜蕩蕩中，只聽得蕭劍和眠狂四郎的呻吟。眠狂四郎畢竟是創立一個宗派的祖師爺，硬漢一條，如今眇著一隻眼，跨間兀自不住流著血，卻依舊挺起腰桿子，昂起胸膛杵在戲台上，金髮飄飄好似天神。他走到戲台邊緣，一躍而下，讓早已落地的菊十六郎揹著。師徒兩個，宛如一隻大蛤蟆馱著一個受傷的巨人，緩緩地、一步挨一步地，走進午後九齡公廟前那一場子白花花的天光中，繼續浪遊中原大地去了。

「鵲官！」白玉釵喊我的小名。恍惚間，我以為兒時娘在喚我呢。我連忙應是。白女俠說：「蕭大俠怕是不好了！」她跪在蜷曲著身子側身躺在戲台的蕭大哥旁，翻轉他的身子一瞧。觀音老母！只見他的胸口早已布滿一灘鮮血，一道八寸寬的刀痕打橫劃過他的心窩。我掀開蕭大哥的藍布書生衫，揭開內衣，看見那道傷口兀自不斷地滲出血來。蕭劍一臉紙白，所幸還有鼻息。

「蕭大俠，你給我撐著，知道嗎？」我頭一回聽見白玉釵用溫言軟語同蕭劍說話。我趕忙接口說：「白姐姐的話，大哥聽到沒有？」

蕭劍依舊緊閉雙眼，臉上毫無反應。白玉釵急了——這女羅剎為一個男人情急，倒是破天荒第一次喔——她跪在蕭劍身旁，握住他那沾血的雙手，不斷地揉搓搖晃，意圖從沉睡中喚醒他。蕭劍兀自一動不動。天光下，真真切切，我終於看見白玉釵眼眶裡滾動著一顆紅豆大的淚珠，珍珠般亮晶晶。

「蕭大哥，你不能死。」她厲聲說。

「大哥，聽到沒。白玉釵女俠命令你不能死，否則——」我回頭望望那眼角的淚珠越聚越大、越滾越圓、險些就要流淌下腮幫的白玉釵，等候她的指示。半響，她低著頭沒吱聲。我自作主張，把嘴巴湊到蕭劍耳旁說：「白姐姐說了：你死了，她也不能活了。」

羅剎女白玉釵颼地飛紅了臉，別過頭去。

觀音顯靈！蕭劍在昏迷中點了點頭。

我和白玉釵兩人，一個是手腕上烙有朱砂痣的黃花閨女，一個是初出道、少不經事的小南蠻子，這時分別守在蕭劍身子兩旁，一時想不出安頓的方式。正在愁眉不展的當兒，觀音菩薩再度開眼。一個好心人忽然出現在戲台腳下。

「女俠，在下有個偏僻的別莊，無人叨擾，可以借給大俠靜心養病。」此人衣著看來像個殷實的商人，福福泰泰，平日出入在官塢港市集，顯是做木材生意。白女俠忙問：「敢問員外尊姓、台甫？」生意人擺擺手答道：「別問了。萍水相逢乍見義舉，兄弟該當幫忙的。此莊就在鄱陽湖畔，風景清幽，有一書室名曰『嫏嬛』，藏書頗豐，大俠可在此一面養傷一面讀書。有女俠和這位小哥相伴，一年半載定可痊癒。」他從袖口摸出一塊銅牌，上面刻著「嫏嬛別莊」四個隸書字，十分古雅。他踮起雙腳，雙手將銅牌奉上給站在戲台的白女俠。白玉釵連忙彎腰伸出雙手接了。

「女俠，你只管沿著驛道，朝著鄱陽湖往北走，直到湖口第一村沙家濱，一問鄉人便知。」這位木材商人顯是十分忙碌，一拱手，轉身便走，忽然想到了什麼，便又煞步回頭對白玉釵說：「沙家濱鎮上，有一專治刀傷的名醫胡西陽大夫，與在下頗為交好。我託人打聲招呼，請他親赴『嫏嬛別莊』一趟，專為大俠治傷。」說完，也不等白玉釵道謝，匆匆一揖，轉身幹自己的營生去了。

我從未見過，白玉釵手上的舉動如此輕柔，臉上的表情如此專注。

首先，她將自己的衣襬撕下一條，然後小心翼翼，攙起蕭劍的上半身，將他的頭靠在自己胸口，隨即解開他那染上一灘血的衣襟，將撕下的布條裹在他胸膛，一咬牙，用勁在他傷口包紮了三圈。張羅停當，她蹲下身，揹起蕭劍那七尺的修長身軀，立起身走到戲台邊沿。

「李鵲，備馬！」

我趕忙跳下戲台，將白玉釵的臙脂馬牽到戲台腳。白玉釵毫不遲疑，馱著蕭劍，一躍而下，恰恰降落在馬背上。姿勢乾淨利索，不似背負一名成年男子。

「鵲官，騎上蕭大俠的青驄馬！你的老驢兒就留下送人吧。」

她將蕭劍雙手摟住她的腰肢，讓他的臉靠在她肩膀上，把他安頓妥當了，這才攥起拳頭猛一捶馬臀，叱喝一聲：「駕！」那馬便嘶叫一聲放開蹄，載著女主人和一名男子，一股紅煙滾滾，直往官塢港大廟山門下跑出去，沿著南北大驛道，朝向鄱陽湖西邊的「螂嬛別莊」奔馳。

響午的太陽斜斜照射下，我真切看見，白玉釵那握韁的雪白手臂上，腕子正中央，燦爛著一顆渾圓晶亮的朱砂痣，有如紅豆一般。

我慌忙爬上病懨懨的青驄馬，使勁拍打馬屁股，望著前頭那團越去越遠的紅色煙霧，一路追趕。

回看一望，只見戲台那綠色琉璃瓦覆蓋的屋頂上，悄沒聲，冒出了一個個各門各派、手持各式傢伙的江湖客來。我約略一數，至少有八、九個之多。其中一個，我一眼便認出是身披黑衣、大日頭趴伏在屋脊上的飛天蝙蝠胡東。還有一個三十出頭的娘們，身穿紅衫，頭戴五寸高的回鶻髻，手持一桿紅纓槍，站在一群粗獷的武林男子之間，不啻鶴立雞群。這女的若不是正宗「梨花槍」的嫡派傳人楊蓉楊十三娘，還有誰呢？柏家鋪客棧一戰，連白玉釵也折服，特別放一條生路，不料如今又夥同這幫人出現官塢港，顯是在醞釀一件什麼陰謀。

這幫江湖客看完日中對決，紛紛從潛伏的地點現身，互瞄一眼，一齊走向屋頂邊緣，以各種獨門姿勢一躍而下，雙足才一著地，便如幽靈般隱沒午後的天光下。

忽然，我心中有一股不吉利的預兆：蕭大哥在「鄉嬛別莊」養傷這段日子，恐怕不會那樣平靜。

可前頭那匹兩人一騎的臙脂馬，已經踏上驛道，朝向煙水茫茫的鄱陽湖，馳騁而去了。

第十回 嫏嬛山莊

只羨鴛鴦

嫏嬛別莊果真如主人所言，是一處風景清幽、地點隱蔽的所在。莊子坐落於鄱陽湖西邊一座草木蓊鬱的丘陵上。站在別莊前門，俯望那碧波萬頃千帆點點，真個是意興遄飛，神馳物外。我這出身嶺南山地小城的南蠻子，李鵲，幾時居住過如此優雅的宅邸，簡直如登仙境一般。

對我而言，別莊最大的亮點，是矗立在後花園的一棟雙層樓房，雖命名為「嫏嬛書室」，卻是一座蒐羅豐富的藏書樓。我約略點數了一下，樓上樓下藏書少說也有五千冊！我性喜讀書，把南雄小城能弄到的古文選，全讀光了。地方文壇前輩盛讚我文章作得好，有秦漢古風，但我對八股文沒興趣，無意科舉，斷了阿爺期許我的仕途。為此，老人家生了一陣子的氣哩。我從小立志成為詩人。在鳳津村讀私塾時，由業師鄔老秀才指導，寫過幾首五七言絕律，頗受同儕豔羨，但自己讀了，總覺得不過是歪詩而已，故此成為詩人的決心也就慢慢淡了。如今在嫏嬛書室，乍然面對浩瀚如海的唐詩宋詞，我的詩人夢又復活啦。我日日流連在藏書樓裡，細讀李賀、陳子昂、薛濤、李青蓮的詩集，以至於晚上做夢也會吟哦他們的作品。我好想央求別莊主人讓我當個小廝，專門打掃嫏嬛書室。可是，跟隨白玉釵和蕭劍，浪跡路上兩個月之後，我又捨不得那波濤險惡、不知明天在哪兒的江湖路。我已拿定主意，我要成為一名劍客。

好在，詩劍之路是相通的。

我嘴裡吟李青蓮的詩，心中回響蕭大哥在杓子坑村讓我看他練劍時，忽然有感而發講的一句話：「真正的劍客，如同唐朝大詩人，是無師自通的。他橫空出世降落凡間，沒有人能夠教。」這句話不經意說出，可我乍聽之下卻有如醍醐灌頂，讓我在嫏嬛書室讀詩的日子，更加快樂了。

在沙家濱跌打名醫胡酉陽大夫醫治之下，兼之白玉釵廢寢忘食、日夜看顧，蕭大哥傷口癒合得極為快速，才六天工夫，便能下床，由白姑娘攙扶，在後花園一個幽靜所在散步。

一晚，天剛交二更，我一面在藏書樓擦拭書櫥經年累月、積了厚厚一層的沙塵，一面玩味李賀的「秋墳鬼夜哭」一句詩，忽然悠悠揚揚一聲，後花園傳出暌違已久的簫聲。凝神一聽，簫聲清越嘹亮，可不是蕭劍那一支不離身的六孔紫竹簫，當日在白玉釵於杓子坑村療毒時，夜夜對她吹的一首曲子嗎？那可是一段神仙日子、三十六日樂園時分。如今又是鄱陽湖畔聽到相同的簫聲，只是曲調變得更加輕快、喜悅，充滿調情的意味，彷彿一名登徒子在挑逗有夫的羅敷。我傾聽一會，放下手中的活兒，步出嫏嬛書室，追循簫聲，一路尋覓，來到後園西南角一座用太湖石疊成的假山前——

月光下，我看到了一幅神仙美眷圖：

蕭劍一身藍衫青巾，依舊是初抵鳳津村的那副飄逸勁兒，只在胸膛紮上一條白布，滲著淡淡的血跡。他挺起腰桿，坐在一塊平整的石頭上，雙手擎起洞簫，面對一池塘映照著月光熱鬧地盛開的睡蓮，正在吹奏一曲，曲聲歡樂，宛如節日慶典的禮樂。十步外，池畔平地上一枚苗條人影，正配合簫聲翩躚起舞。一身蔥青色衫褲飄飄，一根麻花長辮子飛揚，穿花拂柳，宛如一個淘氣的小丫頭，獨個兒戲耍在黃葉紛飛的銀杏樹下，自得其樂。她那對曾殺人如麻、不留痕跡的雌雄鐵劍，這會兒握在同一個白玉釵手裡，竟變得調皮活潑，好似小丫頭手上的玩具。

我追隨白玉釵二月餘，幾時看見她用如此歡樂的態度、溫柔的表情、優美的方式

舞一趟劍？如今，她再也不是我熟識的那個說翻臉就翻臉，瞬間拔劍殺人，血濺五步之內，連對手都不曉得怎麼回事的女魔鬼。殺人後，她總是伸出左手，從衣襟口抽出那塊不知沾了多少英雄血的紅綢帕子，嫺嫺地，擦乾劍身的血跡，這才入鞘，將劍插回臙脂馬馱載的行李捲中，扳鞍上馬，昂然離去。這一幕，不知讓多少武林豪客和江湖痞子，看得直流下兩行口水來！

而今，在蕭劍那平和悠揚的簫聲伴奏下，月光中，盛開的蓮花池旁，白玉釵使起劍來卻又是另一番情致，令人驚豔。我看得瞠目結舌。可同時心裡卻有一種莫名的失落。不知怎的，我還是挺懷念那個殺人五步之內、得手後策馬揚長而去的羅剎女……

吹奏過程中，蕭大哥眼角瞥見我朝蓮池走來，擠擠眼，悄悄向我使個眼色。我楞了會兒。原來白姐姐是趁著舞劍的當兒，教我南海劍法的基本功。劍身閃閃，身隨劍轉，挪、砍、撩、刺，眼視四方身飛上下，兩把雌雄劍配合得天衣無縫，真個使得鬼出神沒，令人眼花撩亂，可她又故意把速度放慢，一招一式比劃起來脈絡清晰，分明是專門搬演給我看。四十年前，孝宗皇帝年間，倭亂大起，瓊島女俠林瓊瑛前輩所創南海劍法，不僅是針對東洋劍道的陰、狠、毒、辣而已，以邪對邪。恰恰相反，追溯其源流屬於嶺南正統劍術。當年南宋末年，客族大老陸秀夫創建此劍法，用以訓練客屬子弟，刺殺元兵大將。難怪，女羅剎白玉釵所使的劍法，表面上走的是偏鋒路線，專門出敵之不意，攻敵之命門，可隱隱然每一劍招卻蘊含有一股正氣、大氣。因緣巧合，今晚皓月當空，鄉嬛別莊蓮花池畔，我目睹了林瓊瑛女俠所創，令倭人喪膽的劍法真髓。

福至心靈，我趕忙摒除心中雜念，聚精會神觀賞白玉釵舞劍，在心中揣摩比劃。蕭大俠和白女俠的苦心，我如今體會到了。他們不收我作徒弟，非因我出身低微，資質愚魯，而是要我李鵲成為橫空出世的一代劍客。

一曲終了。白玉釵挽了個大劍花，舞罷。

我趁著蕭大哥拿下嘴裡的簫，情不自禁衝上去，在他跟前下跪，雙手抱住他的膝頭，放聲大哭。

「喂，李鵲兄弟，你這是怎麼了啦？」

「蕭大哥，你活轉過來了。你若是死了，我可怎辦？白玉釵姐姐又會怎麼辦？」

蕭劍眱了白玉釵一眼，滿眼又是感激又是訝異的神色。白玉釵手握雙劍，悄悄轉過身子，面對二更時分那一池塘越開越繁盛的睡蓮，垂著頭默不作聲，只顧想自己的心事。

「蕭大哥呀，白姐姐可是你的救命恩人喔！」我一五一十，將那天官塢港大廟對決，蕭劍身受重傷之後的事件，向他報告：眠狂四郎趁機使出圓月劍法必殺之技，想一刀斬殺蕭劍，白玉釵擋在蕭劍面前，拚死抗拒，最後用白骨簪刺瞎眠狂四郎的右眼珠，才趕走他們師徒倆，後來得到一個好心商人相助，願借嫏嬛別莊供蕭大俠養傷……以後的事件，蕭劍都曉得了。

蕭劍一時聽呆了。聽完，好一會講不出話來。趑趄了半天，竟使出一招酸秀才的把戲，將屁股從石椅上抬起來，舉起雙手彎腰向白玉釵深深作了一揖。女羅剎竟然害臊起來嘍，慌忙側身躲避。我禁不住噗哧一聲笑出來，忽然想到了什麼，連忙抬高嗓門大聲說：「蕭大哥，你受重傷陷入昏迷時，我把嘴巴湊到你耳朵旁，說了一句話，那時你到底聽到了沒？」

「我確實聽到了一個聲音。」蕭劍陷入沉思中。「那聲音從天外傳來，穿過九重天，挺清晰的傳進我的耳膜。」

「那聲音說什麼呢？」

「那聲音說：『蕭劍，你若是死了，白玉釵姑娘可怎麼辦呢？』」

「沒錯。」我點點頭。「那聲音還說什麼？」

「『蕭劍你若真的死了，白女俠也不想活了。』這句話我聽得真真切切，永世不會遺忘。」蕭劍起身又是一揖。「我蕭某一介落魄書生，浪蕩江湖，何德何能，蒙受白姑娘青睞。九死一生，今後唯有以生命報答她。聽到這句話，我蕭劍死撐活賴也要撐住這條小命。所以，我這垂死之人，也就活轉過來了。」

白玉釵蹲在蓮花池畔，用手指玩著水，聽到蕭劍這番話，一張俏臉脹紅得像一塊新鮮的豬肝。她霍地站起身，摔摔手，把雌雄雙劍一古腦兒夾在腋下，轉身穿過花圃就走。我和蕭大哥相對哈哈一笑。忽然臉色一正，蕭大哥鄭重地說：「倘若萬一我出了什麼事情，死了，李鵲兄弟，你無論如何都不可離開白玉釵姑娘。你要跟著她，替我照顧她。記住：隨白姑娘罵你打你，你都不可背棄她。鵲官你能答應我嗎？」

我指著池塘上一泓倒映的月亮，拍拍胸膛說：「我對觀音菩薩發誓，我李鵲至死不離開白玉釵姐姐。」

「這下我放心了！」蕭劍幽幽嘆息一聲。我心裡寒寒的，不知怎的，總是覺得美好的日子不能維持長久。

在瑯嬛別莊的頭十五日，可真是一段好時光。主人細心周到，把我們的居所安排在隱密的角落，不受干擾。那是坐落在後花園西北角一棟獨立的精舍，有個小角門進出，圍牆外便是一片荒草坡，俯看浩浩鄱陽湖。蕭劍和白玉釵愛死了這個地點。對於這一雙萍水相逢、在路途上結成一樁情緣——抑或是一件冤孽，誰知道呢——的江湖男女而言，這十五天可是一段——噯，我怎麼個措辭呢？枉我上了那麼多年私塾，讀了那麼幾本古詩文，這會兒竟然辭窮了——我就暫且用上一句陳腔濫調吧：

只羨鴛鴦不羨仙。

其實，這話並不誇張。精舍有一間暖房，布置得如同黃花閨女的寢室，才進門一股異香便迎面撲來，害我這個十三歲的南蠻子、鄉巴佬陶陶然不知所以。蕭大俠便是在這兒養傷，由白女俠日夜照護。白玉釵的房間，就在隔壁一間內室。我則睡在外間一座小廳。

精舍後面的角門，平日深鎖，主人把鑰匙交由我保管。每隔三天，主人便差人送來米糧和菜蔬，外加一隻母雞或一枚豬蹄膀子。我這個曾幹過客店小廝的廣東人操刀，所烹客家菜肴，還頗有好評哩。蕭大哥胃口大開，傷口癒合得更快了。每天辰牌時分起床，便坐在露水未乾的大湖石上，面對蓮池吹奏一曲，伴隨白女俠走兩趟劍。這是固定的日常功課。

看完白玉釵舞劍，蕭劍時不時也會覷個空兒，有意無意點撥我一下。我頂記得，他講日本刀和中華劍的區別，至今多年後，仍讓我受用不盡。一字一句，我仍記在心頭：「你瞧白玉釵女俠使的是什麼劍？一雙鐵劍而已。她師父林瓊瑛前輩，將她使用了半生的一長一短兩口極普通的、用青銅打造的劍，傳給入室弟子白玉釵。當年，她老人家以這對鐵劍，闖割無數高舉倭刀的敵人。一排排大小陽具，吊掛在瓊島海岸的防風林上，一把把武士刀就陪伴在主人陽具旁邊。那幅景象忒詭異、忒壯觀。倭刀號稱天下第一刀。東洋鑄劍師花一輩子功力，苦心孤詣，嘔心瀝血，為了打造一把完美的武士刀，期間不知毀掉多少稍微有瑕疵的製品。『妖刀村正』和『祕刀信國』，便是其中的佼佼者，有『國之大匠』美稱。可是李鵲兒弟莫忘了：人間之器再鋒利也終必損壞。祕刀與妖刀數百年來嘗飲人血，如今安在哉！」蕭劍頓了頓，拍拍腰間掛的那不起眼的鐵劍，接著說：「我使的也是一口普通的青鋼劍。鳳津村河伯廟一戰，以之抗衡天下最鋒利的武士刀，因戰術應用得宜，用我那鈍劍挑斷菊十六郎的腳筋，讓他變成終生的殘廢者。」說到這兒，蕭劍不由得慘然一笑：「這回，在官塢港大廟酬神戲台上，我一時大意，著了對手的道兒。萬萬沒想到，眠狂四郎會中途變招，圓月劍法才使到第二式，便即出手。我不及應變，險些橫死武士刀下。」蕭劍又拍拍他那口鐵劍，隨即伸手摸摸我的頭：「我戰敗，不是因為我劍鈍。記住：面對狡猾的敵人，你得比他更加狡猾。」

蕭劍蕭大俠這席話不經意道出，卻似一鼎醍醐，直灌我腦門。由是，我憑著一根

枯竹枝削成的二尺五寸、折之即斷的短劍，日日觀摩蕭家與南海劍法，不知不覺間，漸漸跨過了劍式招術的門檻，步入中華劍道的堂奧。我發誓有朝一日，我要用中華第一鈍刀，殺死日本第一快刀眠狂四郎，替蕭大哥報仇。

數十日過去，我每天早晨在蓮池畔看白玉釵女俠舞劍，看罷，回到精舍的林子演練一遍，午膳後再到鄉嬛書室，打掃書櫃的塵埃，累了，便搬張春凳，坐在二樓飛簷下欄杆旁展讀唐人詩集。對我來說，這也是永生難忘的時分。可是，前來大明朝傳授天國教義，在監守太監主持下，在南雄城興建第一座天主堂的紅鬍子傳教士，路思義神父說了：「自創世以來，人間的樂園總是會有狡猾的蛇闖入的。」

蛇闖進了

那窩蛇是在明月皎皎的夜晚，悄沒聲，潛入鄉嬛別莊的西北角門的。

中天一瓢月，宛如白衣菩薩散發的慈暉，普照人間，偌大的後花園浸沐在一片清光裡。秋冬之交，夜寒如水。咱們仨——蕭大俠、白女俠和在下我李鵲——晚膳後聚集在蕭大哥養傷的暖房裡取暖。地上生著一盆炭火。蕭劍仰天平躺在竹床上，胸膛兀自紮著一條白布巾，傷口想是癒合了。白玉釵斜坐在床邊，默默做著針線，為蕭劍縫補衣服。我則蹲坐在床頭一張矮板凳上，有一句沒一句同蕭大哥閒扯著。月亮透過窗口，灑在三人身上，有如一家子般和樂融融。

忽然，屋瓦上迸出一聲響，如同一朵已經變黃的銀杏樹葉，悄悄脫離樹身，降落地面。

「白姑娘，飛天蝙蝠光臨了！」蕭劍淡淡地說。

白玉釵隨即接口說：「是，胡東這滿州韃子到啦，咱們且莫理睬他，看他還能耍出什麼活寶。」聲音淡淡，臉色平靜，依舊低頭做她的女紅。

我卻沉不住氣，衝出簷下仰頭一望，只見屋脊上蹲伏著一個人，白臉子，尖腮幫，披著一襲寬大的黑色披風，乍一看好似一幅戲台臉譜。我與這個像人又像鬼的東西，打過幾次照面，燒成灰我也認得。他吱聲了。陰惻惻的嗓音，令人想起李賀那夜哭秋墳的鬼：「李鵲小子，你這個南蠻子，不好好待在廣東當客店小廝，卻跟隨殺人不眨眼的女魔頭，跑到中原來蹚渾水，圖的是什麼呢？」

我呸的一聲，往空中白花花吐了一泡口水：「你胡東待在遼東，不好好當你的金國奴才，卻帶著你的徒子徒孫，什麼五大福五小福，臉上搽脂抹粉，身上只穿條繡花肚兜，千里迢迢跑來大明國，鬼鬼祟祟幹什麼？」

「廣東仔，你不配同我講話。叫蕭劍和白玉釵這對野鴛鴦出來答話。」

我回報蕭大哥。他一聽便要起床，拔下牆上掛的青鋼劍，出門去會這個飛天蝙蝠。白姐姐抱住他，把自己的身子伏在他胸膛上，不讓他起床。她噘著嘴，附在他耳旁柔聲說：「蕭大哥，咱們且不理睬這個胡東。合咱們兩家劍法的威力，諒這個遼東怪物也占不了便宜。」

「是，白姑娘。」蕭大俠乖乖躺回床上。

可屋頂上又紛紛飄降下一片片落葉，噠、噠、噠，此落彼起，看來又有一群江湖客光臨。我跑出屋子往上望。這回看見屋瓦上橫七豎八，伏臥著十幾名身穿夜行披風、手持各種奇門兵器的武林人物。我衝到廚房，拿了一把剁肉的菜刀，揣在懷裡回到暖室。盆中木炭劈啪價響，火光搖曳，掩映著屋中大小三張肅穆的臉孔，一會兒紅，一會兒白。人人心知肚明：敵人這下大舉而出，有備而來，大夥今晚必定凶多吉少。

白三千歲爺頭號打手、江北武林二十四家副總掌門胡東，咳嗽兩下清清喉嚨，開言道：「蕭劍，你到底是何來歷？我們錦衣衛北鎮撫司的朋友，早已摸清你的底細囉。」

飛天蝙蝠那口尖利的遼東嗓音，陰森森地從我們頭頂上傳出，分外刺耳：「你化名蕭劍，本是徽州黟縣小縣城一名乞兒。無姓無名。縣裡人管你叫『花兒』。十歲上，你被出巡的宮裡公公看中，收為養子，賜名『白玉璁』。因你資質不差，人又極機靈，特聘名師教你琴棋書畫，尤其學得一口好簫。十二歲，延攬名劍師徽州老前輩蕭道聖收你為徒，教你蕭家祕傳劍法，從此你便冒充蕭姓，改名一個劍字。學成後，遊覽大江南北以廣見聞。嶺南鳳津村對決，以迅雷不及掩耳的手法，挑斷東洋圓月流傳人菊十六郎的腳筋。如今，一戰成名，以大俠的姿態衣錦還鄉，回歸黟縣老家。小乞丐『花兒』，搖身一變成為大俠『蕭劍』囉。」胡東拔尖嗓門格格笑將起來，聲震屋瓦：「白玉璁白大俠，我們錦衣衛的朋友對你的身世調查，對也不對？你到底服也不服？」

嫏嬛別莊屋頂上，男男女女一眾武林人物，四下綻響起吃吃笑聲。

蕭劍躺在床上，一面聽胡東訴說他的身世，臉色一面發青。白玉釵坐在他床邊，停止了手上的針線活兒，只管把臉上的一對杏眼斜睨著蕭劍，半天，不吱聲，可臉上卻又看不出一絲表情。

「白玉璁，你和白玉釵乃是一對義兄妹。」飛天蝙蝠仰天磔磔怪笑三聲，笑罷，臉上神色突然變得莊嚴起來。他抱起拳頭，朝著京師方向拱拱手，這才向大夥宣告：「白玉釵姑娘乃是白三千歲的親生閨女。」說著，胡東從屋脊上立起身，畢恭畢敬地說：

「白小姐，恕小可無禮了！在下回到京城覆命時，甘受白三千歲爺的責罰。」

白姐姐這下臉色煞白了。她把目光轉開去，繼續做她的針線活。我察覺到她那兩隻拈針的手指頭，簌簌直抖。

蕭大哥垂下頭，眼睛直視心窩那道初癒合的傷痕，不知在想什麼心事。

我呢，則萬萬沒料到：白玉釵的仇家，那統領江北武林二十四家名門大派，一路派出高手，圍捕攔截她，千方百計阻止她上京的那位公公，原來啊，竟是白玉釵的親生爹！

屋頂上的一眾武林男女，聽了這石破天驚的宣布，登時七嘴八舌議論起來：

「好哇！我原以為白骨簪是個石女哩。」

「這會兒，兩個義兄妹相處一室——」

「孤男寡女，乾柴碰上烈火——」

「難保不會生出羞辱門風的事情來。」

「這一樁醜事，若是江湖上——」

「要咱們白三千歲爺怎生做人哪！」

大夥嗟嘆、感慨一番。

忽然有個人——聽他那鍋鏟似的嗓音，想必是臭名昭彰的獨行採花客，來自西域的阿買提——朗聲問道：「白小姐左手腕上刺的那顆紅痣，香豔性感之極，又是怎麼回事呢？」

一個嬌媚的聲音噗哧一笑：「那叫守宮砂。你們西土人沒這東西。南海派宗師林瓊瑛女俠，當年立下一個規矩，世世代代弟子必得遵守，違者逐出師門。南海派只收十歲以下的黃花閨女為徒。入門時，便在她左手腕正中心，點上一顆紅豆般的守宮砂，模樣像一粒痣，終生保持殷紅之色不褪，除非——」這女的抿住嘴巴吃吃笑將起來，不吱聲了。

西域人阿買提的好奇心被挑起了，連聲追問：「如何才能讓那粒紅痣消失呢？」

「除非啊——」那女子嘿嘿笑起來：「除非女弟子偷情，和男子有過一夜燕好，守宮砂便立刻消褪不見啦，不留下一絲痕跡。」

屋頂上的江湖豪客一聽，登時叫鬧起來，紛紛要求查驗白玉釵左腕上的守宮砂。

「白女俠，請出屋來。」

「捲起您的衣袖，讓大夥瞧個明白。」

「為了白公公，您的親生父親，您必得這麼做，以杜絕江湖悠悠之口。」

月光下一片鼓譟，嬉鬧聲一波一波，幾乎要震破螂嬛別莊那櫛比鱗次、層層疊疊的黑瓦。

炭火搖曳中，我悄悄往白玉釵露在衣袖外的左手腕，定睛一瞧。那顆紅豆似的、每回拔劍或殺人時，總是映著陽光讓我眼睛一亮的朱砂痣，不知何時消失掉啦。前幾天，在蕭大哥簫聲伴隨下，白姐姐晨起練劍。那天上午天氣晴朗，我還真真切切看到這顆紅痣，隨著劍轉身飛，飄忽在明媚的陽光中。當時我詩興大發，於是高聲朗誦了王維的一首詩：

紅豆生南國
春來發幾枝
勸君多採擷
此物最相思

我對著吹簫的蕭劍，搖頭晃腦，反覆吟哦最後兩句話。蕭大哥故作不知，白姐姐卻羞紅了臉龐，差點兒罷舞。

而今，在群眾屋頂的仇家們炯炯環視下，白玉釵伸出雙手，摀住臉孔，針線活早就丟在一旁。月亮從窗口探進臉來，白雪雪，照在側身坐在床邊的白玉釵。她那條春筍樣的左手臂，沒了紅痣，顯得更加潔白了。月亮也照在朝天躺在竹床的蕭劍。他睜著雙眼，伸出一隻右胳臂，用掌心牢牢攥住白玉釵的左手腕子，好久好久，默不作聲。

屋頂上那先前發話的女人，忽然幽幽嘆口氣，說：「白姑娘，咱們都是苦命的女人。蕭劍騙了你的清白之身，也騙過我十三娘的身子。」

嗓音柔媚，聽起來是個少婦，二十八、九的年齡。我終於認出她的身分：楊氏梨花槍嫡派傳人楊蓉，楊十三娘。在柏家鋪客店，十大掌門圍攻白玉釵之戰，我看見她大展身手，將手中一桿八尺長槍，耍得直如天女散花，令人目不暇給。十三娘在江湖上也算是個美女，個頭高挑，身穿一襲綠綢緊身衫，頭上頂著一枚圓椎形、高六寸、從西域傳入中土的時興「回鶻髻」，手握紅纓槍，往江湖豪客陣中一站，連我這個十三歲的少年，也心存仰慕哩。

這時，十三娘又向白玉釵發話了：「去年冬天在韶關湯泉館，我與蕭劍——那時他還叫白玉瓏——相遇。我將我那守了二十八年的身子，毫不遲疑給了他。我和白玉瓏相好一段時日，我並不後悔。在柏家鋪客棧大戰，我中了你的三芯蓮之毒，承你好心放過我，打點我去海南，央求尊師林前輩賜我解藥。我的命是你救的。我並非忘恩負義。我只恨白玉瓏這個薄倖郎。今晚，我要當著武林眾掌門人的面，揭穿這個負心漢的真面目。」十三娘驀地拔尖嗓門喊話：「蕭劍、白玉瓏，你若還是個男子漢，走出屋子來答話。我十三娘楊蓉講的那些事情，有沒有一句是誑語？」

聲音越發悽厲，驚起鄉嬛別莊後花園中的宿鳥，紛紛振翅，四下逃竄。屋頂群雄哄然狂笑。

白玉釵臉上木無表情，只管睜著一對杏眼，瞅著蕭劍那張靠在枕頭上、蒼白如紙的臉龐。好一會她才開腔：「十三娘說的事，可是真的？」

我在旁大聲說：「蕭大哥快說這事不是真的，是那婆娘捏造出來陷害你的。」

蕭劍卻點點頭，雙眼直視白玉釵的臉龐，一眨不眨。

倏地，白玉釵從床旁站起來，轉身走向牆邊，取下壁上掛著的蕭劍日常攜帶的鐵劍。颼地，白玉釵拔劍出鞘，回身，走回竹床，雙手牢牢握住劍柄，瞄準蕭劍那袒露的胸膛、紮著一條五寸寬白布巾的心窩，咬著牙，使勁一插。

一蓬血，冒出來。蕭劍蕭大俠闔上雙眼，月亮從窗口俯望下，蒼白的臉龐上兀自帶著笑容。

蒼天蒼天

我的天空，垮了。

翌日，我卸下一塊門板，把蕭劍蕭大哥那已經開始僵冷的身驅，搬到上面，又將他心愛的紫竹簫和一篋書，擱到他兩邊身側，然後拿來一根粗麻繩，拴住門板，將繩子像贛江上游險灘中的縴夫那樣，負在肩上。張羅停當，我打開後花園西北角的小門，揹著繩，弓著腰，一步蹭蹬一步，拖著蕭大俠那七尺偉岸的身軀，到嫏嬛別莊外那一片荒草坡去埋。

白玉釵哭腫了雙眼。每次要過來幫助我，給蕭劍慘白的遺容上點妝，都被我不耐煩地揮揮手，叫她閃到一旁。她就披頭散髮，打赤腳，踩著滿山坡那鋪滿一層針刺似的枯枝，趺趺撞撞跟隨在蕭劍的遺體後頭。直到來到墓地之前，我都沒同白玉釵講過一句話。

風瑟瑟，滿山銀杏飄落殆盡，無邊無際一天黃葉紛飛。今日陰天，日頭躲在雲層中不肯露臉。鄱陽湖面一片迷濛，只望得幾支風帆的尖頂，海市蜃樓般出沒在漫天濃霧中。

白玉釵「哇」的一聲哭出來了。

我沒睬她。自顧自把蕭大哥的身軀馱到一塊平整的山腰上，朝北，面對他的家鄉徽州，選個寶地。隨即找來一把鏟子，挖個五尺深的墓穴，將遺體、書和簫一一放進去。安放停當，我模仿書上讀到的古禮，撮土為香，把泥土捏成條狀當作香枝，拈在手中，然後趴在墓穴前，行三叩九拜的大禮。白玉釵撿起一束枯枝當成檀香，跪在墓前，作勢下拜，被我粗魯地一把推開了。拜畢，我開始覆土。墳堆有六尺高。我挑選一塊方整的矩形玄武岩，奮力搬到墳前，豎起當墓碑。還得在碑上刻幾個字。我想了想，從靴筒中抽出匕首，在石頭上刻字，可弄了半天還是刻不成一行碑文。白玉釵見狀，擦乾臉頰上的淚痕，悄悄在我身旁蹲下來，向我伸出左手，臉上露出哀懇的神色。我的心腸驀地軟了，把匕首交到她手中。她接過去，略略思索，用仿宋瘦金體工工整整在碑上刻下深達兩寸的三行字：

大俠蕭劍義兄之墓

義妹白玉釵

義弟　李鵲

立於大明正德十四年初冬

碑成，我又跪下拜三拜。一摔頭，我擦掉眼眶中早已流盡的淚水，踏著荒草坡上一層黃葉，頭也不回，穿過角門，回到我們向木材商人借住的花園精舍。滿院子散布著碎瓦。屋頂破了好幾處。青驄馬拴在廊下木樁上，不停揚蹄奮鬣，仰天嘶叫。我先到暖室內收拾蕭大哥的遺物，只得一口青鋼劍，還有幾件換洗衣物，裹在灰色包袱裡。我把衣包拿到院子燒了。一面烤著火，一面拔劍出鞘，就著早晨剛露臉的陽光細細把玩一番。果真是一把極普通、極不起眼、劍身有好些個缺口的鐵劍。少說也有百年歷史。

「有形之物，再鋒利也終必損壞。」

我想起蕭大俠生前不經意地說出的這句話，福至心靈，忽然間開了竅，便將這口撲拙的青鋼劍收為己有，牢牢地，繫在腰間，旋即一縱身，爬上陪伴蕭大俠遊遍嶺南十六州、忠心耿耿的坐騎。那也是一匹瘦巴巴、賣不到十兩銀子的老川馬。

策馬之前，我回頭一看。只見白玉釵孤伶伶站在精舍門下，眼睛定定瞅著我，一眨不眨。我想起約莫十天前的早晨，蕭大哥傷口初癒，頭一回起床，月光下坐在花園蓮池旁石頭上吹簫，伴隨白女俠練劍。舞罷，我一時不留神，說出了那句在官塢港戲台上蕭劍身受重傷時，白玉釵一時情急，所說的話：「蕭大哥你若是死了，我也不能活了。」

白玉釵舞了一輪南海劍法，正待坐在池畔歇息，乍然聽見我公開說出她內心的話，害臊死了，臉飛紅，手握雙劍轉身就往房裡走。蕭大俠癡癡望著她的背影，說：「倘若我萬一出了什麼事情，死了，你要替我照顧白玉釵姑娘。無論她做錯什麼事，即使是滔天大罪，李鵲兄弟，你都不可以遺棄白姑娘。」我指著蓮花池中一尊觀音菩薩的倒映，月光粼粼，鄭重地起誓：「我至死也不會離開白玉釵姐姐。」這會兒，臨去之際，我看見白玉釵獨自個站在鄉嬛精舍門口，披頭散髮臉色憔悴，雙眼布滿斑斑血絲，呆呆望著我。一時之間，蕭大哥的叮囑又在我心頭回響。

「白女俠，我曾向蕭大哥許諾：我絕不會離你而去。你可以遺棄我一千次，我也不會遺棄你一次。」我把轠繩一勒，坐在青驄馬上等候。「趕快收拾行囊去吧！鄉嬛別莊是個鬼地方，不可以久留。」

白玉釵轉身走入屋內，也不洗臉梳妝，不到一刻鐘工夫，便將兩捆行李拎出屋來，一古腦兒綁在馬臀，一縱身扳鞍上了馬背。恍惚間，我又看見了那個初到南雄城鳳津渡時，動作利索，意氣洋洋，昂然策馬行經青石板長街的羅剎女、白骨簪。只是——只是現在的她，未施脂粉的鵝蛋臉上平添了一股哀戚衰老、令人不忍的神色。

「駕！」

白玉釵叱喝一聲，猛一扯轠繩，那匹久未放蹄馳騁的臙脂馬，便如一股紅色煙霧衝向花園角門，排闥直出。晨早辰牌時分，日頭終於露出整張臉龐，白燦燦的一輪。我看到她揮鞭的左手腕上，沒有了那粒紅痣。那是八歲上，白玉釵還是個小丫頭，宣誓進入南海派門牆時，由師父林瓊瑛女俠親自用「守宮砂」烙下的守貞標誌。在江湖路上，辛苦守了二十年的朱砂痣，一旦消失無蹤，從此，白玉釵真的變成一隻孤魂野鬼，有家歸不得。

不知怎的，我心裡卻有一種慶幸的感覺。

颼的，我快馬加鞭，趕上前頭那一股紅色旋風去了。

第十一回 紈袴子弟

初次邂逅

江湖道上常遇到一種人。這人年紀不大，頂多二十來歲三十郎當，雖然武藝不強道行不高，但天生是個體面人物，容長臉膛，白皙面皮，加上七尺身架子，一站出來就讓人的眼睛為之一亮。你遇見他時，他總是穿著一襲青洋縐長衫，背掛一頂馬蘭坡大草帽，挺起腰桿，騎乘一匹身高腿長的關外駿馬，嘚、嘚、嘚，馳騁在那條貫穿中原大地的南北驛道上，招惹得田裡幹活的年輕媳婦們，紛紛扭頭，行注目禮。那匹馬的脖子若繫上一枚金鈴鐺，一路行走起來，便會叮噹價響，與鞍下掛著的寶劍敲擊銅馬鐙發出的琅琅聲，應和得美妙極了，直如一首歡樂的曲子。田邊水車下光著身子戲水的孩兒們，老遠聽到鸞鈴聲，便紛紛攀到路旁來，一排佇立大驛道上，揚手招呼。馬上乘客一面吹哨一面策馬徐徐行去。直到天落黑，酉牌時分，才趕在下一站的城池關閉城門之前，進城投宿一宵。翌日，神清氣爽，他又換上一套時興衣飾，大早出頭，繼續在驛道上行走招搖，勾引鄉下那些媳婦子和黃花閨女，爭相來看漂亮的城裡哥兒。

江湖道上行走的這號人物，儘管愛現，卻不見得會幹出傷風敗俗、誘拐良家婦女的勾當。他們的目的，不過是炫耀一身光鮮的行頭而已。況且，這幫小夥子出身大都良好，有些是縉紳子弟、富家小開，少數更是幫會龍頭的單祧傳人，來頭不小，地方上的混混都敬而遠之，不願去撩撥這等人。

在北上的路途，我們——白玉釵女俠和我這個南蠻子李鵲——就曾遇到這麼一位紈袴子弟。他是我見過最俊俏的男人（莫忘了，我在南雄城客店當過小廝，見識無數南來北往的男子），連我們投宿的那家旅舍的掌櫃先生，都托起眼鏡，直勾勾拿眼角睨住他，一時看呆了。

那一日，我們來到鄱陽湖西岸的吳城鎮。申牌時分，一輪日頭白燦燦，還高掛城中鼓樓上呢，白女俠忽然覺得身子不爽快，心裡噁喇喇的，趴在馬背上險些嘔吐出來。她提議今天早些歇息。我們便在城門外的西關，找了家乾淨的旅舍投宿。才住進東廂房，行李還沒從坐騎上卸下哩，白女俠便一臉子靦腆，招招手，悄聲把我叫過去說：「李鵲，你到街上看看有沒有賣青梅子的？給我買一些回來。」

「現在哪還有生梅？早就過了季節啦。」

「醃漬的，南北貨行總該有賣吧？」白玉釵滿臉哀求。我從未看見她如此向人乞憐。「好兄弟，求你幫我找找看，好不好嘛？」

「好！」我拍拍胸膛：「買不到酸梅我就不回來。」出門時，我回頭看了那心事重重、垂著頭坐在床緣沉思的白玉釵一眼，抱著滿肚子的疑惑，到街上去了。回到客店，白玉釵一把搶過醃梅子，塞一顆到嘴巴裡，喀嗞喀嗞，嚼得津津有味，連我也忍不住吞下兩大泡口水。吃完一顆梅子，她滿意地嘆口氣，問道：「剛才在櫃台上碰到的那個油頭粉面、穿花衣裳的小夥，光天化日，臂下挾著一口寶劍，大剌剌的走進旅舍，好囂張喔！人還未到呢，身上一股香風先就襲了過來。他是誰呀？」

「我打聽出來了。他的來頭還真不小。」我望望四周，把房門掩上，壓低嗓門：「姓馬名子鹿。他阿爹是揚子幫老大，人稱『旱地蛟』的馬錕生老爺子。揚子幫管轄整條大江流域的航運，總舵設在潯陽江口的江州城，從金陵到巴東，設有十二處分舵，分統三萬幫眾。這馬子鹿是他元配所生的獨子，揚子幫的嫡系傳人，平日寵愛得不得了。老爺子花重金延聘南北名師，教他十八般武藝，可他不喜習武，愛打扮，天天穿得招蜂引蝶，騎著他的榴紅駿馬，在大江南北的官道上遊蕩。也不過是招搖炫耀，逗逗田裡幹活的年輕媳婦子，調情一番而已。做人倒沒什麼劣蹟。白姐姐，我們自管趕咱們的路，莫理會這種紈袴子弟吧，免得生出是非，得罪了馬老頭和揚子幫。」

「好。明天早晨咱們等到這馬子鹿出門，才結帳離開客店。」說著，白玉釵又搶過一顆梅子，嘖嘖有聲嚼將起來，瞧得我牙齒直發酸。「李鵲兄弟，姐姐今天不知怎麼身體不爽快，沒胃口，只想嘗酸，今晚就不吃晚膳早早安歇吧。」

正在此時，馬子鹿回來了。他果然穿著青洋縐長衫，右臂腋下挾著一口珠光寶氣、長三尺五寸的龍泉劍，白淨的臉膛紅噗噗的，顯是在酒樓喝了酒。打東廂房門口經過時，他倏地端整起儀容，拂拂衣襟，向坐在房內床緣上的白玉釵，舉起雙手深深一揖。白玉釵摔開臉去，伸腳一踢，砰然把房門給闔上了。

翌日，辰時方起床。直等到巳牌時分，我們才聽到咿呀一聲，北上房終於打開了門。只見馬子鹿換上一套新行頭，神采奕奕步出門來，渾身散發出一股子濃香。白玉釵蹙起眉心，縮起鼻尖，等那瀰漫一庭院的天竺國精油香裊裊散去，才命我提起兩捆行李，到櫃台開發店錢。巳時二刻，策馬出了店。

秋冬之交，江南天氣依舊十分炎熱。朗朗藍天之下，遍地穗子翻滾，好似一片洶湧澎湃的金色大海。這正是贛北平原準備收成的時節。三丈寬的官道，穿過那一畦連著一畦的水稻田，直到天邊，鄱陽湖注入大江的所在。路上盡是乘馬車的商賈、騎驢的女子（多半是搽脂抹粉、羞答答回娘家的年輕媳婦）和扛著脹鼓鼓的褡褳、徒步趕路的旅人。好一派昇平富庶的景象。我李鵲何其有幸，生長在大明朝國勢鼎盛的年頭——這可是我的私塾業師鄔老秀才，平日津津樂道的。

天氣好，白玉釵心情也好起來啦。離開娜嬛別莊後，好一陣她的脾氣變得忒古怪，動輒罵人摔東西，又嗜酸，到處問我要梅子，癮來了，就是討一口烏醋來喝也行。難得這女魔頭今天情緒好轉，迎著涼爽的湖風，放馬徐徐而行，一邊哼著我聽不懂的海南小曲，一邊覽望湖上風光。脖子下紮著的那條三尺長、兒臂粗的烏油麻花辮，一撩一撩，隨風起舞。橫插在腦勺上的白骨簪，映著太陽閃閃發光。

我乘著蕭大俠的青驄馬，腰上掛著他的青鋼劍，嘚嘚追隨而行。

驀地，前方塵頭大起。

一騎達達，踩著驛道中央的石子路面，迎著我們奔來。人還沒到，一陣香風先撲向我們的鼻子。哈啾！我猛打了個噴嚏。揉揉眼皮定睛一看，原來馬上乘者是揚子幫傳人馬子鹿。他早我們一步離店，出了吳城，怎地半途又調轉馬頭跑回來呢？

塵土飛颺間，人已來到我們面前三十丈處。忽然，勒馬收韁，將坐騎硬生生停到驛道旁，顯是要禮讓迎面而來的白玉釵。我掃開眼前的塵埃，凝起眼睛，打量這紈袴子今日的裝扮：

一條紫緞緊身小袷褲，腰繫青綢腰帶，頭戴藍綾小帽，足登青緞薄底快靴，搭配他胯下那匹關外榴紅駿馬，真個炫到極點。馬鞍後，綁著一隻蘇州織錦包袱，露出一支紅銅打造的劍柄，豁琅琅一路響不停。年輕的媳婦子紛紛從田裡探出頭來，摘下斗笠，互相咬耳朵評頭論足，吃吃笑不住。娃兒們腆著肚腩一排佇立路邊，咧開兩排黃門牙，指指點點好不欽慕。

白玉釵壓根不睬，只管縮起鼻孔躲避那股子香風，快馬加鞭一路馳騁過去：「駕！駕！」擦肩而過時，揚起一圈塵土，直撲紈袴子那張俊俏的臉門。那馬子鹿也不迴避，笑咪咪在馬背上抱起雙拳，拱手相送。日頭下宛如一捲紅霧，轉瞬間，白玉釵的臙脂馬早已去遠了，只留下她那對雌雄雙劍的劍柄，敲擊馬鐙，磕登磕登一路發出悅耳的聲音。娃兒仍樂得鼓掌大笑。噗哧！媳婦子們回眸一笑，重新幹各自的活兒。馬子鹿呆了呆，齜起兩排白牙也傻笑一番，揮起手中的絲鞭，狂抽馬屁股，繼續往吳城趕路。馬脖子上掛著的那枚用生金打造的鈴鐺，一路叮叮亂響。

我望著他那寬肩窄腰、氣宇軒昂的背影，禁不住呵呵大笑，策馬追趕白玉釵，與她並轡而行。

「呸！這廝下次再讓我碰著，準叫他好看！敢來撩撥老娘哩。」白玉釵咬著牙恨恨地說。

「何苦呢？人家不過是向標致的姑娘示好嘛！莫認真。前頭路上，還有許多舊仇家等著你，何必又結上揚子幫這個新仇家。」我苦口婆心相勸，白玉釵只是不吱聲。從她眼角眉梢已露出的殺機，我心裡曉得，馬子鹿這下死定了。大江南北的武林又將颳起一場腥風血雨。

又行了約莫三里路，身後又傳來清脆的鸞鈴聲，叮玲鐺鎯，叮玲鐺鎯，越來越急切響亮。跟著後方沙塵捲起，朝向我和白玉釵兩匹坐騎直追過來。白玉釵閃躲不及。一波香風掃過處，那匹關外名駒揚起頸上長鬣，肩並肩，與白玉釵的臙脂馬擦身而過。馬上的乘客咧開嘴，映著陽光，回眸燦然一笑。

還是那個馬子鹿！

「呸！這作死的傢伙又來調戲老娘了。」白玉釵往地上吐出一泡口水，反手一抽，從馬臀上綁著的鋪蓋捲中，拔出那把三尺雄劍，高擎劍身，隨即抬起雙腿一夾馬肚，那馬便放開四蹄，潑剌剌追跟前面那匹榴紅馬去了。晨早的曙光中，熙熙攘攘的大驛道上，旅人們眾目睽睽之下，眼見就要血濺當場。我毫不遲疑，勒轉馬頭，將我的青驄馬硬生生停在路心，攔住白玉釵的坐騎，將她截下。

「李鵲小鬼，你想幹什麼？」

「我一個客棧小廝，那敢對白女俠怎樣？」臉容一端，我拔出腰上掛的青鋼劍，高舉在手中：「白玉釵，我是代替蕭劍在天之靈向你說話。白姑娘，你還沒忘記蕭大哥吧？」

兩行晶瑩的淚珠從白玉釵眼眶中翻滾而出，撲簌簌，沿著腮幫流淌下來：「蕭大俠說什麼？」

「他說了，你性格過於急躁魯莽，容易得罪人。要殺你的人已經夠多，唉，你又何苦增添新仇家。他生前最不放心的就是你這個脾氣。」

「大哥——他真的這樣說過嗎？」

「我對著觀音老母發誓：在蕭大俠往生之前的一天晌午，在嫏嬛書室，我們哥倆喝茶聊天。他突然冒出這句話。當時我並不明白他的意思。」

白玉釵舉著鐵劍，騎在馬上，對著驛道上駐足圍觀的旅人們，癡癡呆呆怔了半天，終於禁不住「哇」的一聲，掩面痛哭：「好，我便聽大哥的話，這次就不殺那馬子鹿。

可別讓我再碰到那廝了。下回撞上，我不管他老子是天下第一幫的龍頭，我白骨簪必殺那個男不男、女不女的妖精。」

我鬆了口氣。我撒了個謊。蕭大俠可不曾講過那句話。如今，看到女魔頭淚眼漣漣的可憐模樣，我感到又慚愧又歡喜，祈求大哥在天之靈，寬恕我借他的名義行事，防止一樁禍事發生。

抬頭一望，前方那匹榴紅馬邁開大步，達、達、達，早已絕塵而去。馬上乘客回身抱拳，一揖，笑吟吟，自顧自沿著大驛道繼續招蜂引蝶去了。那枚漂亮的身影，海市蜃樓般，轉眼間，隱沒在初冬早晨、朗朗普照鄱陽湖畔的陽光中，再也看不到。

二次邂逅

白玉釵愛嘗酸的情況，愈發嚴重。那天投宿在德安南關巷裡一家客店，找遍偌大縣城，也買不到半顆醃梅。我情急智生，吩咐廚下做一道醋溜黃魚，加進兩大匙鎮江烏醋。我淺嘗一口，牙齒便酸得發軟，白玉釵卻將一整條三斤重的黃魚啃個精光，還要了半碗乾飯，把湯汁攪在飯裡。吃畢，倒頭便睡。

一整夜，馬子鹿沒露臉，想來是看不上這間齷齪的小客棧，住進內城一間大旅舍去了。一宵無話。卯時末刻起身，結算店錢出門。今天走的是南北大驛道中，贛北最繁忙的路段——永修道。這條古路挨著鄱陽湖畔迤邐前進，大清早，三丈寬的路面便擠滿各色各樣的旅人。夾在人堆中的兩匹馬，停停走走，我們趁機觀賞中原第二大湖的景致。

正在縱目神馳、洋洋自得之際，不知怎的我又想起了蕭劍。想當初，咱們仨乘著兩匹馬一隻驢，組成一支奇特的隊伍，一縱隊馳騁在贛中道上，朝向官塢港行進。路人紛紛回首注目，多麼的風光！那天中午在路旁小飯鋪打尖時，蕭大俠有感而發，對我和白玉釵說：

「本是萍水相逢，也能成為生死兄弟姐妹！」

這話無端端冒出來，沒頭沒腦，像我們廣東人所說的「無厘頭」，我聽了只有呵呵傻笑的份兒。可白玉釵聽見了，卻若有所感，好半晌怔怔發起呆來，把剩下的飯菜往旁一推，不吃了。

曾幾何時，如今我們仨變成了我們倆，一前一後隔著三十步的距離，默默策馬行走，像是兩個陌路人各走各的路。白玉釵凝起雙眸，定定眺望道路盡頭，彷彿在想心事。我突然靈機一動，催馬上前，和白玉釵並轡而行，悄悄扭轉脖子回頭睨她。她並沒理睬我，看樣子果然沉陷在自個的心事中。從她臉上如醉如癡、似嗔還喜的神色中，我敢斷定，這會兒白玉釵心裡也想起了蕭劍。想起柏家鋪客棧浴血大戰。想起她和蕭劍初次邂逅，他助她突圍而出，逃到杓子坑村療毒。想起康復後並騎北上，遇到身負血海深仇、徒步千里尋師學藝的張小妹子。想起官塢港日中對決，血濺大廟戲台。想起鄉嬛別莊五十個美好的、只羨鴛鴦不羨仙的日子……

這一幕又一幕不多久前才發生的往事，這會子在贛北驛道上，旅途中，好似皮影戲般，又在白玉釵腦海中閃過去。在那明朗的晨光中，我真真切切瞧見，白玉釵的右眼角閃亮著一顆紅豆大、晶瑩如玉的淚珠……

一陣香風，忽地從背後襲來。又是天竺國所產的撩人精油。陰魂不散，馬子鹿又跟蹤上我們了。我回頭瞪他一眼。他拿根新折的柳枝當馬鞭，邊策馬，邊在口中咿咿呀呀唱著小曲：

「一輪明月當空掛，照透窗紗。俏佳人她呀手拿銅錢來問卦，求觀音菩薩，保佑我那在外鄉的男人，早早叫他回來罷，免得奴牽掛。莫非他在外鄉有了新歡，丟卻奴家？等他回家，脫下奴的繡鞋重重打他幾下，試試家法，問他下次怕不怕，怕了就饒他……」

亦步亦趨，不疾不徐，始終保持十步的距離，馬子鹿的坐騎只管跟隨白玉釵的馬走。邊走邊伸出鼻尖，窸窣窸窣，不住吸嗅著臙脂馬臀部噴發出的氣味。

我扭轉脖子，趁機打量紈袴子今日的行頭。他果然又換了一套時興的衣裳，整個人煥然一新。這回，他身穿一件新縫製的青洋縐長衫，足登一雙魚鱗快鞋，肩掛一頂簇新馬蘭坡草帽。劍鞘懸在鞍旁，碰得白銅馬鐙叮叮價響。這副打扮，連我這男孩也要在心裡喝采一聲：「靚仔！」可白玉釵連眼角都不瞥一下，自管催馬前行。眉宇間那股殺氣，如同陰天的雨雲，越聚越厚了。她正待伸出左手（記住：白玉釵是左撇子），從行李捲中抽出長劍，準備動手。

我禁不住閉上眼睛縮起肩膀，打了個哆嗦。

千鈞一髮之際，白玉釵卻突然勒馬，悄悄將劍插回鋪蓋中。這回，救了馬子鹿一條小命的，是一隊正巧打這兒經過的錦衣衛緹騎。

迎著朝陽，只見大驛道另一頭出現一支紅色隊伍，正朝向我們奔馳而來。五十匹身高腿長的西域駿馬上，齊齊昂著頭，扳起腰桿子，高坐著大明王朝最標致、衣飾最華麗的武裝部隊。他們穿著一式的黑色圓桶帽、紅色直身飛魚服、白色魚鱗長筒快靴。聖上親賜的繡春刀，掛在腰口，行進間不住晃蕩，叮叮敲擊那擦得豁亮的白銅馬鐙。一縱隊

跨大步，兩兩並轡前進。三寸高的馬蹄鐵揚起一簇簇塵埃。驛道上的旅人，乘馬車的、騎騾子的、肩掛褡褳步行的，連那羞答答斜倚在花驢上，讓她家男人牽著走的年輕媳婦，全都閃避在道旁，騰出一條寬廣的通路，給京師來的皇差行走。「這回被押解上京的，不知是哪位犯案的官員？」大夥紛紛咬耳朵竊竊私語。

帶隊的長官唇上蓄著兩撇老鼠鬚，看他的架勢，大約是錦衣衛千戶吧。他眼角瞄見路心上那兀自策馬嘚、嘚而行，迎面走來，壓根不把皇差瞧在眼裡的紈袴子，先是怔了怔，接著神色一變，滿臉堆出笑容來，在馬上舉起雙拳一拱手：「馬少爺馬大官人，呵呵，出來遛達遛達啊？」

「初冬難得出太陽，出來遛一趟馬散散心唄。」馬子鹿在馬上一抱拳，略為還禮。

「嘖嘖，您這匹榴紅馬，敢情是伊犁純種良駒，身上一根雜色毛都沒有。」

「說來慚愧，家父只花五百兩銀子，硬是要關外販馬的徐瘸子給割讓的。」

「下官謹向『旱地蛟』馬老爺子問安！」馬上軍官舉拳，朝向鄱陽湖北岸的江州城，揚子幫的總舵所在地，畢恭畢敬拱一拱手。「公務在身不能稽留，馬大官人後會有期。駕！」一揚鞭，帶領隊伍逕自趕路去了。臨別秋波，還回頭瞧了那位騎著臙脂馬、一身青衣裝束、行走在馬子鹿前方的標致姑娘一眼呢。

馬子鹿哈哈大笑，策馬揚長而去。與臙脂馬擦身而過時，他特意扭轉脖子，向姑娘咧嘴一笑，綻露出他口中兩排編貝似的白牙。

「哇，這揚子幫勢力好大，連惡名昭彰的北鎮撫司千戶，也同『旱地蛟』馬老爺子的獨子稱兄道弟，在路上寒暄喔！」我回頭望著那隊鮮衣怒馬、軍容壯盛、準備捉拿犯官上京問罪的緹騎，不禁嘖嘖感嘆。

「我管他是錦衣衛千戶、萬戶或是指揮使的朋友，誰敢調戲我白骨簪，誰就是找死！」白玉釵打鼻子嗤出一聲。

「君子好逑，何罪之有？」

「我不懂你掉啥書袋。惹毛了我，連你也是死。」一揚鞭，白玉釵寒著一張臉孔，自顧自策馬前進。

贛北驛道上，今日氣氛有些不尋常。只見一乘又一乘皇家快馬，汗水淋漓奔馳在大道中央。馬背上，翹著屁股弓著腰身，伏著那穿戴紅衣黑帽，面目黧黑，風塵僕僕的信差。手中一幅旗寫著「八百里加急」五字。那黃旗到處，旅人們紛紛閃避。兩匹馬在路心迎面相逢，馬上乘者也只是點頭致意罷了，颼地擦肩而過。南下北上的信差，一早穿梭不停。我掐指數了數。上午辰時到巳時這段時間內，北上的快馬有九匹，南下的皇差則有五人，顯見前方軍情緊急，塘報來往頻繁。看來閩北或浙南的老百姓又該遭殃了。

倭人勾結漢奸，初冬大舉進犯，掠劫足夠的糧米財貨回東瀛好過年。

晌午申牌時分，日頭依舊高掛天空，前方又有一簇煙霧出現。鸞鈴叮噹亂響。塵頭中，走出了十五六輛騾車，一縱隊徐徐行來。騾脖子全都掛上鈴鐺。每輛車上插著一幅紅邊白底的鏢旗，旗上也繫著小鈴鐺。一串鸞鈴聲，掠過一穹藍天下那片金黃色的穗海，傳送到我們耳際。頭一回，我在江西道上遇見鏢車隊，連忙勒馬收韁，駐足路旁，觀看家鄉老一輩人嘴裡津津樂道的傳奇隊伍。

鏢車來到前方五十步，我定睛一瞧。只見鏢旗上寫的是「郴州安泰鏢局」。一條白布長旗豎立在車隊前頭，上書「二郎拳何三泰」六個大字。細看頭一輛車，拉車的是一匹菊花青。這是江南道上最頂級、最漂亮的騾子，通體斑點好像一頭花馬般。跨車轅坐著的漢子約莫五十歲，是個瘦子，蓄著兩撇小鬍，穿著黑暑涼綢單褲褂，腰間綁一條繡花青緞帶。不像一般鏢頭，他腰帶空空，並沒掛著一柄厚背薄刃、熠熠發亮的兩尺朴刀。果然是湘南二郎拳支派掌門人。憑一個瘦子兩隻乾癟癟、形同雞爪的拳頭，他帶領安泰鏢局二十年，威鎮衡陽道，從沒發生過他擺不平的事。二郎拳何三泰乃是湘省武林響噹噹的人物。

可他一眼瞥見道路旁，跨著榴紅馬，駐足靜待鏢車隊通過的馬子鹿，猛一怔，慌忙跳下車轅來，站到路旁拱手：「不知衝撞到您的大駕，馬大少爺恕罪恕罪。」

馬子鹿一笑，伸出右足在馬鐙上使勁一點，一縱身，飛離馬鞍，整個人便滴溜溜降落到路中央，與何三泰面對面站定。身手漂亮之極！兩人在路上寒暄了一陣才互道珍重。禮讓再三，何三泰先上車，領著鏢車隊繼續前進。走不多遠，回頭看了看，又抱抱拳才揚長而去。那十五輛鏢車上各坐著一個人，都穿夏布小褂，手拿一把團扇搖著，模樣像是做買賣的商人，親自來押送銀子的。經過路旁牽馬站著的馬大官人時，他們紛紛探出頭來，拱手為禮。

目送鏢車隊離開後，馬子鹿才伸手撣撣身上塵土，拂拂那件新縫製的青洋縐長衫，回眸向姑娘一笑，撩衣上馬：「駕！」剎那間一人一騎捲起滾滾紅煙，絕塵而去。

今天驛道忙碌，到處遇到馬家的朋友，看來是殺不成這紈袴子了。白玉釵恨恨吐了一泡口水：「就讓這廝多活一天吧！」看看天時已晚，歸鴉陣陣掠過天空，於是催馬前行，朝向下一個宿頭靖安縣城進發。

常言道，事不過三。明天若還讓白玉釵在驛道上碰著，馬子鹿可要死定了。

三次邂逅

一宿無話。

今日又是個毒熱天。所幸一路無事。馬子鹿那張俊俏的臉膛，也不知躲藏到哪裡去了。將近午牌時分，我們遇到一隊北返的錦衣衛緹騎。他們押著一輛囚車，從後邊奔馳而來，捲起一漩渦一漩渦塵土。我回頭看，一眼認出帶隊的長官，正是我們昨天早晨在路上遇見的老鼠鬚千戶。

五十名緹騎，如臨大敵，押解一輛用木頭臨時搭建的檻車。一顆白髮蒼蒼的頭顱，伸出車外。車內的囚徒手戴枷鎖，腳繫銬鐐，得一路站到二千里外的北京。路人說，那犯人是抗倭老將周守義將軍。他行伍出身，十四歲從軍，和倭寇打了一百五十餘仗，戰功彪炳，升到兩廣總兵，不料這次因後援不繼，兵敗粵東潮州府，遭兩廣監軍何大璫公公參了一把。他先被拘禁在南昌府城大牢，現由錦衣衛押送，尅日解往京師讓聖上親審。

路人邊議論邊嗟嘆。檻車由一頭騾子拖著，經過我的坐騎時，我再也禁不住熱淚盈眶，向車中囚犯伸出大拇指，扯起嗓門用客家話大呼：「周老將軍要得！」老人家聽到了。他那張伸出檻外、曝曬在毒日頭下的臉膛，咧開嘴唇，朝我這個家鄉少年一笑，露出缺少兩枚門牙的嘴巴，嘴角兀自滴著血呢。我一捽頭，猛捶馬臀，趕上了白玉釵的坐騎，一路直奔下去。我扭頭看她，發現她腮幫上也有兩行新鮮的淚痕。車輪轔轔，鬼魅一般只管追躡我們的坐騎，久久、久久不散。

越往北走，遇到越多皇家快馬。整條驛道上只見黃旗飛舞，招揚著那「八百里加急」五個黑字，驀一看，好似道士們畫出的一張張符籙，飄散在鄱陽湖畔水田中，一輪旭日下。

一路沒見到紈袴子的蹤影。

我鬆了口氣。只要我們午前能抵達德安縣，這馬子鹿定能保住一條小命，不會再碰上那女魔頭，他的前世冤家白玉釵。在德安，有五條大路通往江州潯陽城，從那兒渡過大江，便是江北地界，脫離馬家地盤了。

正在慶幸之際，忽聽到前方驛道傳來吟詩聲：

蒹葭蒼蒼，白露為霜。
所謂伊人，在水一方。
溯洄從之，道阻且長……

我抬頭看看那吟誦《詩經》之人。只見他騎在一匹紅馬上，身材頎長，寬肩細腰，頭上戴著一頂馬蘭坡大草帽，帽沿綴著兩條三尺長黑綢帶，隨風拂動。鞍下掛著一口寶劍，劍鞘摩擦馬鐙，一路叮噹價響，與馬脖子發出的鑾鈴聲相應和。我心頭陡地一沉。待回頭看時，白玉釵喊聲「駕」，雙腿一使勁夾住馬肚子，竄到前頭，捏住鼻尖絕塵而去了。我慌忙策馬追趕。與榴紅馬錯身時，我打眼角瞥了乘者一眼。這個馬子鹿呀，他身上又是一套新行頭。驛道上三次邂逅，他換三套衣裳。人未到，一股辛辣刺鼻的香風便先襲將過來。這天，太陽特別毒熱，他穿的是一身青布時興暑涼褲褂，打赤腳，著草鞋，瞧那副打扮，活脫脫便是一位從江南來的青年俠客。眼見這姐弟兩個迎面而來，擦肩而過卻甩都不甩他，馬大官人揭開帽沿，揚起手中絲鞭，哈哈大笑：

溯洄從之，道阻且長。

溯游從之，宛在水中央！

歌聲嘹喨，悠長淒涼，不斷從我們後方驛道上傳來，鑽入白玉釵的耳鼓，逗得她恨恨一咬牙，把胯下那隻馬臀，拍打得更加用力了。

將近中午時分，巳時末刻光景，變天了。

先是，北方天際突然湧起一堆烏雲，不到半盞茶工夫，便吞沒了高掛天頂的大日頭。天地陡然沉暗。田裡幹活的莊稼漢們，抬頭望望天色，紛紛放下手上的活，帶領媳婦和孩子躲進田間小屋。霎時間，鄱陽湖畔的水稻田變得空蕩蕩一片，杳無人蹤，只留下正待收割的稻穗，嘩喇嘩喇搖曳在剎那颳起的狂風中，金光閃閃。路人一看苗頭不對，喊著要下雨了，紛紛拔起腿來，帶著各自的貨擔和行囊找地方避雨。三丈寬的驛道上，黃旗飄飄，只有皇家信差的快馬兀自奔馳在路心，南北穿梭不停。

前方有座小城，正好避雨。

那城名叫「鷂坊」，兩丈高的低矮城牆，開著一扇只有一丈五尺高的小門。人們馱著行囊，爭相從門洞中鑽入城，從驛道上望去，好像一窩螞蟻排列成一縱隊，搬運過冬的食物回巢。

鄱陽湖上的雨雲越湧越多，越聚越厚，少時，就形成一片橫亙天際的烏霾，沉甸甸，直逼鷂坊鎮南門上方那棟古老的譙樓。

真個是：黑雲壓城城欲摧。

城還真小，只有一條鋪青石板的街道，從南門直通往北門，約莫三百丈長，兩旁百來間店，各種行當應有盡有，其中就數郭家酒坊的門面最大，占五間店門，沿街的走廊有十多丈長，倒是避雨的好所在。雷聲隆隆、閃電交迸中，我冒著即將傾盆而下的豆大雨點子，跟隨白姐姐，策馬衝進南城門，直奔郭家酒坊，在他家店門前勒馬，向坐鎮櫃台的郭老爺子告一聲罪，將坐騎牽到廊下來。

在這兒避雨的已有二、三十人，多半是行路客商，還有遊方道士、托缽僧人和一位身穿緇衣、足登芒鞋、腦門上有一排新烙戒印的妙齡尼姑。廊下繫著三匹馬，主人將鞍子卸掉，讓馬頭伸出簷外淋雨。

我先將自己的馬牽來，安置在這三匹馬旁，隨即堆出滿面笑容，向左近的客人拱手，央求讓出一個空位給我姐姐的坐騎。我們這五匹馬，便一排站立簷下。白玉釵是左撇子，牽著轡頭站在臙脂馬的右側，我則站在我那匹青驄馬的左邊。五個人，牽著各自的坐騎，站在郭家酒坊廊下靜靜避雨。

那雨越下越大，彷彿天頂開了個缺口，讓大片大片的雨水撒潑下來，將鄱陽湖畔這座旮旯小鎮，鷂坊，籠罩在漫天閃爍的雷電中。

關關雎鳩，在河之洲。
窈窕淑女，君子好逑。
參差荇菜，左右流之……

叮噹叮噹，鸞鈴響動。一匹榴紅馬帶著乘者的歌聲，闖開白茫茫一團雨霧，從城門口冒出來。兩條三尺長的綢帶，一對黑蛇似的，只管交纏在風雨中。乘者在郭家酒坊門前勒馬，舉起手中絲鞭，游目一望，眼一亮，停下嘴裡吟著的古詩，朝向廊下牽馬避雨的白玉釵姑娘，抱起雙拳深深一揖。

這下白姑娘的臉色可難看了。她攢起眉心，一把摔開臉去。乘者呵呵大笑，伸出右足尖在馬鐙上輕輕一點，斜身飛出，一轉身，整個人便恰恰降落在白玉釵身旁，站定了。「借光！」他向旁邊的避雨者拱拱手，二話不說，便在兩人之間的空隙，硬生生擠出一個空位，容納下他那匹高頭大鬃的伊犁雄駒。安頓好坐騎後，他才脫下頭上的馬蘭坡草帽，甩兩下，抖掉帽上的雨水，望著天空長長吁出兩口氣。隨即，他將雙掌併攏伸到簷外，接上一杓水，洗把臉，用手指頭將滿頭濕答答的髮綹，梳攏一番，豁地，綻露出他那張俊俏白皙的臉孔來。一眾避雨者，包括那幾位方外之人，眼睛都為之一亮。

「馬子鹿呀馬子鹿，你什麼地方不好避雨，好死不死，又撞上我們白玉釵姑娘來了！我看你今天死定囉。」我心裡暗自感嘆。

兩個年輕男女，乍看好像一雙情侶，肩並肩，牽著馬站在街邊屋簷下避雨。馬子鹿的左膀子，緊挨著白玉釵的右手臂。兩匹坐騎並轡站在主人身旁。榴紅馬頸上的鬃毛，澆滿雨水，熠熠發光。這西域大傢伙不斷回過頭來，當大夥的面，公然撩撥白玉釵的胭脂馬。兩匹紅馬把頭伸進簷下那片水簾中，吐出紅涎涎一根舌尖，嘬啄唼喋，卿卿我我調起情來。

馬的兩位主人只管默默看雨。忽然，心有所感，馬大官人舉起手中絲鞭一揮，自言自語地，繼續吟哦方才中斷了的《詩經．關雎篇》：

窈窕淑女，寤寐求之。
求之不得，寤寐思服。

悠哉悠哉，輾轉反側。

「欷歔！」他悠悠嘆出一口氣來，回頭睨了白姑娘一眼，咧開嘴唇一笑，露出兩排皎潔的好門牙：「邂逅相遇，適我願兮。」說著悄悄伸出左手來，捉住白姑娘的右手腕子，暖暖握在手心上。

這下白玉釵終於發作啦。只見她一把摔開右手，跨出腳步，往滴水簷前一站，面對廊下一排站著的三十個避雨路人，抱起雙拳拱拱手，高聲道：「這廝調戲本姑娘三次，本姑娘都饒過他。這廝如今當著眾鄉親的面，還想調戲本姑娘第四次。鄉親們請評評理，幫忙拿個主意，這廝該不該打？」

「該當！該當！」

「姑娘理應教訓這登徒子，將他痛打一頓。」

眾人一片聲起鬨鼓譟。

得理不饒人。好個女羅剎白玉釵，她一個箭步躥上前，夾手奪下馬子鹿手中高舉的六尺絲鞭，握在自己手上，只一揮，便把鞭子纏繞住馬子鹿的頸脖，硬生生將他拉出廊下。眾目睽睽之下，馬大官人那穿著時新俠士裝的偉岸身軀，滾葫蘆似的，滴溜溜滴溜溜，被一個姑娘手中的鞭子，一古腦兒給拖到大街上，滿城暴雨下來。可憐這紈袴子，渾身沾滿泥漿，仰面八叉躺在青石板街上，睜著眼，瞪著天，臉上露出又是迷惑又是恐懼又是滑稽的神色。好一會，他只管呆呆地望著那叉開雙腿，金刀大馬，矗立他頭頂上的大姑娘。「呸！」白玉釵往他臉上吐了泡口水，伸出右手，解下辮梢紮著的一根白繩，在左手腕子上繞兩圈，牢牢綁住衣袖口。我知道這女魔頭要動手了。果然，她二話不說，倏地舉起手中那條用金絲打造的長鞭，一鞭子接一鞭子，只顧抽下去，專往馬子鹿那張俊臉上招呼。白玉釵一面揮鞭，郭家酒坊門口簷下兩排避雨客，一面高聲吶喊計數：

「一下！」

「兩下！」

……

「二十三下！」

「二十四下！」

白髮蒼蒼的酒坊東家郭老爺子，這時衝出店門來，跑上大街心，把身子擋在那滿臉帶血、奄奄一息的馬子鹿面前，撲通一聲，當場落跪，伸出雙手握住白玉釵手中的血鞭

子，一頭哭一頭央求：「姑娘，你闖下了大禍囉！『旱地蛟』馬錕生老爺子若是知道，他的獨生子馬大官人，在咱們鷊坊鎮，光天化日下，被人在臉上鞭打二十四鞭，必會出動揚子幫十二個分舵、三萬名幫眾，追捕兇手。天涯海角，姑娘你能逃到哪兒去呢？若被緝拿到手，姑娘那張漂亮的臉蛋，也會被馬老爺子親自劃上二十四刀。」說著，老人家嗚嗚咽咽哭起來了：「姑娘高抬貴手，莫再鞭打馬大官人了吧，趕緊逃命去！」

「罷了罷了，瞧在老人家份上，剩下的二十四鞭就暫且寄放著。」白玉釵伸腳，往馬大官人的身子踹上一腳，隨即從自己衣襟口抽出一塊紅綢帕，抹掉鞭上的血跡，扔到馬子鹿那匹紅榴馬上。「郭老爺子請起來吧。我行不改名坐不改姓，女羅剎白骨簪便是。馬錕生老頭兒，你聽著！」她抬高嗓門放話：「你要找的是本姑娘，可別拿鷊坊鎮和郭家酒坊出火。你若殺郭家一口人，我殺你馬家五口人報復。」說完，白玉釵站在街心大雨中，朝向酒坊門前三十個避雨客，抱起雙拳團團作了個四方揖：「眾位鄉親，你們都看到、聽到了！」

「官府一旦追究，我等願意出堂為白姑娘作證，隨傳隨到。」眾人紛紛點頭許諾。

這場雨，從中午巳時末刻一直下到晌午申時，兩個時辰未曾停歇過。氣溫陡然下降。江南的冬天終於來臨了！那雨下到了向晚時分，變成了霰。碎冰似的霰珠，千萬顆亮晶晶，大把大把從天上撒潑下來，叮叮咚咚打在小鎮一片灰瓦上。避雨客穿著單衣，冷得縮起肩膀，瘧疾發作似地渾身簌簌打起擺子。看看天色將黑，有些行腳商揹起貨囊，披上油布雨衣，走上街，尋找住宿一宵的客棧去了。少時，郭家酒坊那十丈長的一條沿街走廊上，只剩下約莫十個人，包含那位托著缽、一逕低眉垂目，拿著木魚棍篤篤篤敲著缽口的灰衣僧人。

靜悄悄的來到，靜悄悄的避雨，那妙齡女尼頂著腦門上一排新烙的戒印，這會兒早已不知去向。

街心，漫天霰花繚繞飛舞下，孤伶伶，躺著那穿得一身光鮮的紈袴子，馬子鹿馬大官人。他臉上的血漬已被雨洗淨，露出猙獰的五官，模樣十分嚇人。

我牽起蕭劍大哥遺留給我的青驄馬，走出廊下，步上街心，舉起雙手向白玉釵深深一揖：「我走了！白女俠您善自珍重。」

「李鵲兄弟，你要上哪裡去？」

「回嶺南老家。」

「你怎能拋棄你姐姐？你許諾過蕭大哥。」

「白女俠，你武藝高強，盡可以保護你自己。你走遍天下也去得，何須我這個只會使一把匕首、專門捅人家屁眼的小南蠻子，跟屁蟲似的追隨在身邊呢？是的，蕭大哥臨死前，我親口許諾過他。他的叮囑，我一字一句牢牢記在心頭：『倘若我萬一出了事，死了，你無論如何都不可以離開白玉釵姑娘。你替我照顧她。李鵲兄弟記住：隨白姑娘怎麼罵你打你，你都不可背棄她。』」唸完蕭劍大俠的遺囑，我哽咽起來了。歇了半晌，我伸手狠狠抹掉腮幫上的淚痕，睜著眼睛，瞪住白玉釵臉龐上那雙無辜的杏眼，說：「可是，蕭大哥在天之靈，若是看到今天這一幕，他也會贊同我離姐姐而去。」

「鵲官，你親眼看到，這廝是怎樣欺辱你姐姐呀！」

「馬子鹿只是在路上多看你兩眼，展示他身上那套時興行頭，唸唸幾首古詩文，礙著你白玉釵什麼來著？連你身上一根寒毛，他都沒碰過哩。你若是嫌這廝無禮，在他身上抽兩鞭也就罷了。何苦打他二十四鞭，鞭鞭抽在他臉上？女羅剎的手段讓我心寒。我們還是各走各的吧，免得有一天你把我殺了，我都被蒙在鼓裡呢。」

說完，我一縱身扳鞍上了青驄馬，抱拳道別：「白女俠再會！」走出不多遠又禁不住回頭看看她，扯起嗓門叫道：「白姐姐珍重！」雙腿猛一夾馬肚子，扯起馬韁，噙著滿眼眶熱滾滾的淚水，逕自投向南方去了。

走出南城門時，回頭一瞥，看見郭家酒坊門口空蕩蕩，避雨客全都走了。滿城一片亮晶晶霰雨下，街心上，只留下兩個人，女俠白玉釵和紈袴子馬子鹿。一個躺一個站，面對面眼瞪眼。

離鷂坊鎮十里處，天頂的烏雲豁然散開，碧藍的天空綻露出來。天際，夕陽射來一簇光芒，映照得那滿田野兀自四下飄飛的霰片，金光閃閃，乍看，好似一粒粒從菩薩手中撒開的金珠。我心情頓時開朗，頑皮心起，順手折下路旁一條青柳枝，當作馬鞭抽打馬臀：「駕！駕！」那青驄老馬仰天嘶叫三聲，彷彿呼喚舊主人，旋即放開四蹄，一股青煙也似朝向南方奔去。

第十二回　潯陽江頭

我沒回嶺南。

好不容易找個機會離家出走，對我這個十三歲少年來說，在外流浪的日子，逍遙快活得緊哪。和白姐姐分手後，獨自個，我騎著一匹老馬，在鄱陽湖畔的府州郡縣遊蕩，幸而身上還帶著白姐姐當初在梅嶺關，第一次遺棄我時，好心給我留下的十兩銀子，所以日子倒還將就混得過。我不偷錢。這是我阿爺——君子客店的老東家李竹堂——生平給我的最寶貝家訓。可有時我心裡納悶：白玉釵那永遠使不完的銀子，究竟是打哪來的？她可不像是闖空門的女飛賊呀。

而我有一回，確確實實曾經起過盜心。

我胯下這匹青驄馬，畢竟有了歲數，氣血日衰，腳程越來越慢，我開始感到不耐煩。一天，在霍家屯路邊小飯館門外，我看到槐樹下繫著一匹無鞍的黑馬。這種顏色的馬，在市場上本不值錢，我卻瞧牠雖然身形消瘦，通體髒兮兮，顯然多日不曾洗刷，但神態卻依然非常慓悍，一雙結結棍棍的前腿倘若發起勁來，準踢得死一名偷馬賊。這分明是一匹純種的「烏煙駒」。在位居南北官道要衝的鳳津渡，我當客店小廝那些年，這款伊犂馬，親眼所見不超過五次，都是塞外來客所騎乘。如今在贛北這座鳥不生蛋的村寨，驀地裡，撞見關內刀客們夢寐以求的好馬，你且教我，如何不見獵心喜呢？

我乘著青驄馬悄悄挨近，眼見四下無人，一縱身，躍在烏煙駒光溜溜的背梁上，旋即拔出靴筒中藏著的匕首，一刀斬斷韁繩。才剛騎上呢，那野畜牲就發起狂勁，猛可把屁股一拱，兩條後腿一顛，咕咚一聲我險些兒摔了個仰面八叉。我牢牢揪住馬鬃，死不鬆手，任憑你這匹馬怎麼個三貞九烈，也只好乖乖躺在我胯下，聽我支使。當下便放縱四蹄，在村民們詫異的目光注視之下，一路狂奔出寨，闖進一帶茂密的柳樹林中。我左手揪住馬鬃，右拳猛捶馬臀，只顧順著鄱陽湖畔的小徑奔馳下去。路旁萬千條垂柳絲，依依地打我臉龐拂過，那一片無窮無盡的翠綠，好似一群美人身上穿的青羅衫，舞動袖口，只管在我面前招搖，蕩啊蕩，不住撩撥我的眼睛和鼻端。原來偷馬的感覺挺好的！可惜才一頓飯工夫，我便來到了柳林深處小路盡頭。那兒有條小河，河邊有個渡口。我縱身下馬招呼擺渡的艄公，準備牽著我新近獲得的烏煙駒過河。心中突一動，猛回頭望去，整個人僵在渡頭上當場愣住了。

那隔著五步距離，默默站在我身後的馬，不是我的老青驄卻是誰？牠一路追隨我出塞，我竟未察覺。如今牠就靜靜佇立渡頭上，目送我帶著我的新歡準備搭船離去。一雙朦朧的眼珠，直勾勾瞅著我，那兩道眼神呀不知是幽怨，還是傷心？撲通一聲，我在這匹忠心耿耿的老馬面前下跪，伸出雙手，抱住牠那兩條斑斑駁駁、脫落掉大半皮膚的前腿，流下了兩行懺悔的眼淚來。一咬牙，我把烏煙駒從渡船牽回到岸上，拍拍牠的屁股，依依不捨地揮揮手。那馬便昂起脖子仰天嘶叫三聲，放開四蹄，沿著來時路，興高采烈回頭尋找牠的窮主人去了。

從這天起，我再也不曾離棄過——即使發生天大的災禍——蕭劍大哥臨終留給我的坐騎，直到這匹老馬往生。那是後話了。

一少年一老馬，就在鄱陽湖周邊方圓二百里內遊逛。時序入冬，贛北天氣一下子陡降。我在吳城鎮一家沽衣鋪買了件舊羊皮襖，團團裹在身上保溫，還冷得簌簌發抖，心裡挺懷念家鄉四季如春的天時。一日，在驛道一條岔路上遛馬，兩排門牙格格直打牙戰，嘴裡還只管哼著客家山歌哩，身後就趕來三匹馬，大冷天，乘者穿著一式的黃色單褲褂，露出兩膀子結棍的筋肉，看樣子是從南方來的刀客。年紀最輕的乘者朝我馬屁股喊道：「喂，廣東小南蠻子，帶著一把劍跑來江西想幹什麼？」我覺得他的態度不恭，索性不理他，哼著曲子自顧自策馬往前走：「綠竹開花球打球，上山落水下山流。有介金童對玉女，也有紅花對石榴。日頭落山月光來，山伯來尋祝英台……」半首山歌子還未唱完哩，三匹馬就來到我的馬屁股後面，縱放韁繩，瞬間趕到我前頭，蕩起滾滾塵土全都撲到我臉上。我心中便老大不高興。一瞥之間，卻看到三個漢子鞍下都掛著朴刀，顯見是行走江湖的人。我故意將馬韁勒住，慢慢向前走，遠遠跟蹤他們。正值午牌時分，就在大路旁找一家茶飯攤用午膳。那一夥人便坐在鄰桌，嗓門忒尖，聽著是湘南土音。我聽了半天，好不容易終於讓我聽出一個端倪來。

這三人乃是彬州安泰鏢局鏢頭，奉東家「二郎拳」何三泰之命，剋日趕往江州城揚子幫總舵，為「旱地蛟」馬老爺子助拳。對頭是近日大鬧鄱陽湖地區，光天化日下，用鞭子在馬家獨子馬大官人那張俊臉上，鞭上二十四鞭的女子。那年紀最大的鏢頭，慨然感嘆道：「白玉釵女羅剎，出道半年，便在咱江南武林闖出了個大大名號囉。」

乍聽這個令我朝思暮想的名號，我心頭咚的一跳，登時放下筷子擱下麵碗，坐直身子豎耳傾聽。

原來，這陣子她一直就在這一帶出沒。在鸛坊鎮闖下大禍後，她並沒按照原定的打算，沿著大驛道繼續北上，到鄱陽湖口的江州城，找船渡過大江，進入中原。為何如

此，據三位鏢頭所言，只因大江南岸所有渡口，全被揚子幫眾看守住了，連一隻蒼蠅都飛不過去。從金陵到江陵，在總舵主馬老爺子諭令下，沒有一艘渡船敢搭載這個青衣青褲、攜劍騎馬的孤身女客，越過長江天塹。尋不到船，白玉釵只好在鄱陽湖畔四處流竄，期間，她偏又犯下幾條命案，激起贛北武林公憤，各家紛紛派出高手在路上攔堵。這會兒，聽說她已經被困在江州城外潯陽江頭的渡口，成了甕中之鱉。馬老爺子親身坐鎮，指揮揚子幫收網，準備一舉擒下白玉釵。這幾天，宋江醉後大鬧的潯陽樓便有好戲看囉。他老人家將在大庭廣眾之間，鄉親們眾目睽睽之下，親手操刀，在白玉釵那張俏臉上，畫上二十四刀，讓女羅剎變成一張大花臉，同他的兒子站在一起，活脫脫不正是一雙璧人嗎？

我無意中探聽到白姐姐的消息，又驚又喜又生氣，心中真個是五味雜陳。那一整天下午，我乘著青驄馬徘徊在驛道上，腦子裡揮之不走的盡是白姐姐的身影。在各幫高手追捕下，她一人一騎，攜帶兩捲行李，獨個兒在鄱陽湖岸的蘆葦蕩中流竄。水湄白萋萋一片荻花搖曳，被風一吹，漫天狂舞不停。白姐姐迎向刺骨的北風，垂著頭，將她那滿肩散亂的長髮遮住半張臉龐，以髮擋風，策馬在蘆葦叢裡濕地上跋涉。空中一群寒鴉四下亂飛，刪——刪——厲聲叫著，將身上負著的霰片，沒頭沒腦抖落在這名孤身女客的身上。天空又落霰了。我心頭泣血，一晌午帶著白姐姐的身影在荒涼的驛道上徘徊，直到天完全入黑，才打算找個地方投宿。

神差鬼使，青驄老馬把我帶回到沙家濱，鄉嬛別莊。

身不由主下了馬，我牽著韁繩，繞過圍牆來到後花園，當初我們仨——路上相遇的蕭劍大哥、白玉釵姐姐和我，那個死皮活賴纏上他們的南蠻子李鵲——度過神仙般五十個美好日子的所在，直到一窩蛇闖進花園。如今我又回來了。夢遊似地，我掏出主人留給我的鑰匙，打開花園角門，走進那幢主人特地安排、專為蕭劍大俠養傷的精舍。爐火已熄滅多時，血腥氣依稀猶在。我在蕭大哥的竹床上躺下來，臉朝天，雙手交握在心口的傷痕上。月光下，白姐姐依舊坐在床沿做針線，守護蕭大哥。我又聞到蕭大哥的體味，不知不覺就閉上眼睛睡著啦。

鄉嬛別莊的往事，走馬燈似地一幕接一幕出現在我的夢境中：蕭大哥吹簫、白姐姐練劍、我站在一旁觀摩偷學。五十個快活的、只羨鴛鴦不羨仙的日子，在一群蛇潛入別莊的那晚，驟然間終結了。蕭大哥躺在床上，胸口噴出一蓬血來。月亮探進窗子，灑照著他那張兀自帶著笑容的俊秀臉膛。白姐姐，一張臉孔紙樣白，直挺挺站在床邊，雙手握著那口曾經陪伴蕭大俠走天涯的青鋼劍，劍尖滴著鮮血。她那細條條的一隻腰，圓鼓鼓地，腆著個小肚腩，那副模樣就像一個大姑娘瞞著人家，在緊身夾衣褲內，藏著一粒偷摘來的石榴。這當口，盤踞在屋頂上的幾十條蛇伸出脖子，昂起飯鏟頭，吐出一根根紅涎涎的舌尖，嘶嘶叫嚷：

「你們瞧，白玉釵這個賤人偷漢子，偷出了身孕來啦！」

「有好一陣子了吧？」

「喂，你知道這個孽種的生父是誰？」

「就是她的義兄，自稱『蕭劍大俠』的白玉瓏囉。」

「見笑見笑。」

那窩蛇，月光下開心地狂舞起來。

我從夢中倏地驚醒。剎那間心中登時雪亮了：白姐姐有了身子。難怪近日她的脾氣變得忒古怪，臉色陰晴不定，又嗜酸，每到一處投宿地點就先要我買梅子。原來呀，這便是女人們所說的「害喜」。我使勁敲敲自己的腦袋瓜，這一路上我竟沒看出來。如今，想到白姐姐挺著三個月的身孕，乘著一匹紅馬，帶著兩捆行李，在贛北武林十幾家好手追捕下，獨自個，落霞天，在鄱陽湖岸的蘆葦蕩中流竄，我的背脊便冒出一片冷汗來。我狠狠刮了自己兩個耳光，怔了半晌，抬頭望望窗外的天色。月亮恰恰掛在樹梢頭，看那時辰，約莫二三更之交的光景。我霍地從床上坐起，披衣下床來，溜出屋子，解開廊下繫著的青驄馬，縱身跨上，直出花園後門，奔馳下那座埋葬蕭劍大俠遺骨的荒草坡，頭也不回，投向那條迤邐湖畔的驛道去了。

月光灑滿一條官路，空寂寂。時不時，一匹皇家快馬捲起滾滾黃沙，從後面趕上來，呼嘯著在我坐騎旁越過。信差雙手抱著馬脖子，一動不動趴伏在馬背上，彷彿睡著了呢，手中那面黃旗獵獵只管一路招揚。

子夜朔風野大，渡江撲面而來。我乘著青驄馬逆風而行。黑魆魆天空下滿湖白雪雪荻花嗚咽，風中，忽然傳出清亮的歌聲，飄飄蕩蕩，一聲聲如影隨形只顧跟住我們：

蒹葭蒼蒼，白露為霜。
所謂伊人，在水一方。
溯洄從之，道阻且長。
溯游從之，宛在水中央。

我側耳傾聽，背脊上禁不住冒出一片冷汗來。難道馬子鹿重傷不治，已經死了？莫非這是他的幽靈在唱歌？我揉揉眼睛回頭看。驛道那一頭，月光下一團迷霧中，我依稀又看見這個紈袴子，乘著他那匹心愛的榴紅色伊犂駿馬，手搖五尺絲鞭，笑嘻嘻齜著他那口白牙，揮手向我招呼。他身上依舊穿著那件紫緞緊身小袷褲，腰繫青綢腰帶，足登青緞薄底快靴——挺亮眼的一副時新行頭。奇怪的是，黑天半夜他頭上卻戴了一頂大草帽，低低壓著帽沿。帽下兩條三尺長的黑綢飄帶，飀飀價響飛舞在北風中。這等俊秀的人物，出現在三更時分杳無人跡的大驛道上，不是幽靈，卻是什麼？我鼓起勇氣向他喊話：

「喂，驛道上的朋友，借問一聲，你是馬子鹿馬大官人嗎？」

他策著榴紅馬，在路心上趑趄一會，倏地伸手，揭下頭上那頂馬蘭坡草帽來，月光下，曝露出他那張美如冠玉的臉龐。我胯下那匹久闖江湖的坐騎，登時撞見妖怪似的，舉起前腿嘶叫一聲。我凝起眼睛細一看。只見他那張容長面皮上，橫七豎八，布滿一條條蚯蚓似的紅色疤痕，乍看好像戲台上的臉譜，美得委實有點恐怖。馬子鹿只管咧開一嘴白牙，笑盈盈瞅住我。我的丹田一陣翻攪，險些嘔吐出來，慌忙撥轉馬轡，朝向驛道另一頭鬼趕似地落荒而逃。馬子鹿朝天呵呵笑。不一會歌聲又起：

蒹葭淒淒，白露未晞。
所謂伊人，在水之湄……

陰魂不散般，這首我耳熟能詳的《詩經．蒹葭篇》婉婉囀囀，不斷從我身後傳來。一路上就在歌聲追纏下，馬不停蹄，我沿著空蕩蕩、時不時有一兩匹皇家快馬奔馳而過的驛道，連趕一百里路途。破曉時分城門開啟時，神差鬼使我又回到了鶺坊鎮。饑腸轆轆，但我片刻也不敢逗留，只顧用力捶著馬臀，闖開熙熙攘攘早起謀生的行人，沿著南北大街，躂躂躂穿城而過。經過那天我們避雨的郭家酒坊時，我禁不住勒馬，扭轉脖子瞄了瞄店內。看哪！那老東家聳著一顆白頭已經坐鎮櫃台內，神態恬然，好一副淡定的模樣。「旱地蛟」馬錕生果然是講道義的人。他的獨子在郭家酒坊大門前受辱，他並沒拿郭家人出氣。我在馬背上挺起腰身，朝向郭老爺子拱拱手，繼續順著南北大街奔馳下去。不一會，便出了鶺坊鎮北門，又走上一百里，晌午時分終於抵達各路人馬雲集的江州城。

這城可高大！光是城門洞，就比咱家鄉的南雄府城高出丈許，人們進城，好似一群群螻蟻鑽洞而過。城門上那幢古老的譙樓，翹起四重飛簷，宛如一隻大鵬展翅準備飛翔一般。南門外的關廂，有一條熱鬧的街市。我尋了一家麵館，將坐騎拴在門外的馬樁，向店小二要了一海碗乾麵，添上大把的醋和蒜末，胡亂吃將起來。吃完半碗，抬頭一瞧，那金刀大馬坐在鄰桌大啖四川椒魚麵的，不正是昨天在驛道遇見、喊我「廣東小南蠻子」的三名鏢頭嗎？他們代表郴州安泰鏢局，趕到江州助拳來了。

我趕緊垂下頭，把老羊皮襖的領子拉高，蒙住大半張臉孔，豎起耳朵偷聽他們的談話：

「江州城自開埠以來，要數今天最熱鬧了。」

「當年，大宋宣和年間及時雨宋江發配江州，酒後大鬧潯陽樓，樓下聚集人山人海也沒這麼轟動過。」

「贛省武林十六幫，家家都派高手到場，算是給足了馬老爺子面子。」

「背對大江，白玉釵這下插翅難逃囉！」

「如今，她人在哪？」

「店小二不是說了嗎？這會子她被圍堵在江州城北門外，潯陽江頭的渡口，成了甕中之鱉。」

三名鏢頭呵呵笑將起來。

我丟下半碗麵，悄悄起身到櫃台會了帳，解下坐騎，牽馬進入南城門，隨即扳鞍上馬，用拳頭猛捶馬屁股，那馬便嘶叫一聲衝開行人，沿著一條筆直的青石板大街跑下去。不一時，出得北城門，一條汪洋大江便豁地出現在眼前。入冬時節，漫天荻花挾著霰片飛舞。江面飄浮著一層雨霧，江心除了三兩艘鼓著風帆的大烏篷船，和偶爾一匹冒著風濤、乘著官船、顛顛簸簸渡江的皇家快馬之外，便白茫茫一無所見。潯陽江頭偌大的渡口，晌午時分，不見一艘渡船行駛，碼頭上卻挨擠著看熱鬧的閒人。五、六家露天茶飯館，支起一張張蓆棚，棚下坐滿推獨輪車的、抬棺的、挑著各式各樣貨擔候船到江北營生的渡客。

回頭一眺望。江州城北門臨江城樓上，女兒牆邊，聳著一頂頂烏油油的圓桶帽。一排身穿飛魚服、腰掛繡春刀的錦衣衛校尉，佇立五彩飛簷下，個個繃住臉孔睜起眼睛，俯看腳底下正待上演的一齣戲。

我策馬直出北門。

大江邊，空曠的河灘上，架設起一張巨大的蓆棚。馬子鹿，臉朝天，直挺挺一動不動平躺在擔架上，身上蓋著一條華貴的錦被。一雙眼珠骨碌、骨碌轉動。白皙的臉膛比往日更加俊俏了。天光照射下，那二十四道已結疤的鞭痕，宛如一條條鮮紅的蚯蚓，蠕蠕欲動地，爬行在他的兩片腮幫、額頭和鼻梁上，構成一幅完美的圖形，乍看就像一張精心打造的面具。比起昨天夜裡霧中所見的朦朧五官，更加好看，就是有點駭人。

我摔開臉去，看看馬子鹿身旁那把虎皮交椅上，白頭皤皤，虎臂熊腰，坐著他的老父「旱地蛟」馬錕生。這位統領三萬幫眾的揚子幫總舵主，身旁茶几上，明晃晃，放著一柄出鞘的匕首。身後兩排，站立著七、八十名身著各色服飾的帶刀武師。大夥拔高嗓門一片聲吶喊：

「馬老爺子吩咐——」

「人要活的！」

「他老人家將當著鄉親們的面，在女魔頭漂亮的臉蛋上——」

「一刀一刀——」

「依樣畫葫蘆，割上二十四刀！」

「替公子馬大官人報仇。」

「要活的，要活的！不要死的！」

馬錕生老爺子霍地起立，顫顫巍巍，抖著他頦下一部雪白鬍鬚，迎著風張開喉嚨厲聲發出指令：

「小子們聽著：活捉白玉釵！」

「我等遵幫主之命，緝拿白玉釵，保證毫髮無傷！」

幾百名幫眾紛紛抄起傢伙，吶喊著一窩蜂朝向河灘下擁去。我凝起眼睛，細看他們手中拿的各式武器：單刀、鐵尺、水火棍、鐵鍊和鉤竿子，全都是衙門捕快上街逮人用的裝備。那鉤竿子長約六尺，竿頭裝設銳利的鐵鉤，專為捉拿狡猾的賊人所設計。揚子幫圍捕區區一名女子，簡直如同在鬧街上光天化日底下，官兵捉強盜一般。我回頭望去，只見江州城北門臨江城樓上，兀自佇立著一列錦衣衛校尉，抬起下巴，眺望那灰濛濛一條從晌午以來、雨霧越聚越厚的大江。看天色，傍晚時分又會落霰了。

「活——捉——白——玉——釵！」

我睜大眼睛，順著眾人鼓譟的方向望去。觀音菩薩！我追隨白玉釵五個月，從未看見她如此狼狽的模樣。但見她披頭散髮，面色枯萎，浮腫的腰身裹在一件寬大的舊棉襖中。下襟三個鈕扣，被鉤竿子鉤掉了，光天化日下剝露出一個圓鼓隆冬的肚腩來。她身上的孕，又生長了好些。鄉嬛別莊時還只有拳頭大小，彷彿懷裡揣著一粒小石榴似的，這當才多久，那胎兒就變成一顆大柚子啦。在贛北武林十名高手圍攻下，她步步後退，這當口，陷身在江邊一片蘆葦蕩的泥淖中，再退十步便是汪洋大江了。好個女羅剎！她豁出去啦，雌雄雙劍全都出了鞘。她左手揝著長劍、右手握著短劍，劍尖鎖住對方咽喉。面對敵人手中張牙舞爪的十門兵器，她咬緊牙關，挺著身子，似是要全力保衛她肚腹中蕭劍大哥遺留下的種。

三百名幫眾一擁上前，團團包圍住白玉釵，將手中的鐵尺、水火棍和鈎竿子，一古腦兒競相往她全身上下招呼。她左膀子又掛了好幾處彩，右小臂被鈎竿子硬生生撕下兩條紅肉。「女魔頭撐不住囉！馬老爺子吩咐要活的，不要死的！」河灘上蓆棚中，「旱地蛟」馬錕生身後並肩站立的一長排刀客，揮舞拳頭，齊齊發出一聲喊。擔架上朝天躺著的馬子鹿馬大官人，眼皮子眨一下，眼珠骨溜溜轉動。晌午的天光中，他臉龐上戴著的那張猙獰的紅白面具，似是要綻露出笑容來。

「奉幫主之命活捉白玉釵！」笑嘻嘻，一名手持鐵鍊的幫眾遊走在人堆中，跳躍出沒，豁鋤鋤抖著手中的傢伙，覷準了，往白玉釵頸子上套去，就當她是個現行犯似的。女羅剎被惹毛了，將右手雌劍護住全身，左手雄劍颼、颼、颼一輪急攻，斬斷揚子幫嘍囉的十根手指。這下白玉釵可殺紅了眼，兩片皎白的腮幫沾著敵人的鮮血，像煞兩朵嬌美的報春花，可臉上那副神態呀，卻更像一隻受傷的母大蟲。

兩名幫眾，鬼鬼祟祟，各拉著絆馬索的一端，蹲伏在白玉釵後退的路線上，打算將

她一舉撂倒。我瞧出他們的鬼計，大喝一聲：「觀音老母！你們找死。」旋即從腰間拔出蕭大俠臨死前贈與我的青鋼劍，高舉在手中，雙腿使勁一夾，潑刺潑刺策馬直下大河灘，一頭栽入蘆葦蕩中。北風狂嘯，霰片飛舞。我邊奔馳邊在心中默禱：「我要救白姐姐去了。蕭大哥，你得在冥冥中助我呀。」我雙手揝住劍柄，從馬背上俯下腰身，使盡力氣沒頭沒腦往那兩名絆馬手身上砍去。一篷血，唦地噴湧出來。那小嘍囉雙手抱住血肉模糊的頸子，滿地上亂滾。他的夥伴丟掉繩索逃之夭夭。我把坐騎一路策到白姐姐身旁：「姐姐請上馬！」白玉釵那張白發透青的臉孔，倏地飛紅了：「我不行。」

「怎麼不行了呢？」我打了個愣。

「我——我有了身孕。」她低頭瞧瞧自己的肚腩，臉蛋驀地又漲紅上來。「我爬不上馬呀。」

「把你的手給我。」我把右手伸到身後，握住白玉釵那隻冰冷的右手，一用勁，使出不知打哪來的力氣，硬生生，將白姐姐連人帶胎兒一齊拎起來，一古腦兒安頓在身後馬鞍上，旋即用劍柄捶著馬肚，縱放韁繩，那馬便闖開蘆葦蕩中的刀客的嘍囉，落荒而逃。

鬧了一個晌午，大江上暗沉沉一片，連那幾幅出沒大霧中的風帆也不見了。無船可渡。我們一騎雙人迎向風，冒著越下越密的霰花，沿著江畔一路朝東奔逃。

回頭一瞧，白姐姐那張枯萎冰冷的臉孔，伏在我肩窩中，睡著了。她那滿頭蓬亂的長髮絲，遮蓋住蒼白的腮幫，不知何時她發出沉沉的鼾聲。

我們那匹坐騎後面，江州城外潯陽江頭大河灘中，滿天荻花繚繞，黑魆魆入夜時分一片天空下，密密匝匝燃燒起幾百支火把。熊熊火舌中，上千名揚子幫幫眾聚集在蓆棚下，守護著馬大官人，朝向白玉釵漸去漸遠的青衣背影，一片聲吶喊：「馬總舵主諭令：要活的！不要死的！」

「活——捉——白——玉——釵！」馬老爺子那嘶啞的聲音，不斷地從風中傳來，陰魂般纏繞著我們的耳朵，久久呀久久不散。

第十三回　四丫五丫

戴孝女人

卯時將過，天已發白，我們這雙人一騎相依為命，在大江南岸大道上奔逃了一夜，這會兒，距離江州城應有一百里路了，我們才敢在馬背上停歇半晌，喘口氣。就在這當口，一陣馬嘯聲打破江畔的沉寂，隨即聽得忽喇、忽喇一波馬蹄聲，挾著一股紅色煙霧從柳林中闖出來，朝向南方奔去。那馬顯是疲累極了，沒幾步路就打了個前失，險些把馬臀上掛著的兩捲行李，沒頭沒腦給掀翻。一縱身，我從坐騎上一躍而下，攥住臙脂馬的轡頭，硬生生將牠扯住。青驄馬上白玉釵也站立起來，連聲嬌叱，才讓這匹去年九月，跟隨她從瓊島出發，越過南嶺，進入中原，不曾一日或離的紅馬，終於認出她玉骨簪女羅剎是誰。

夥伴倆相見甚歡。

我在旁看著，差點熱淚盈眶。

「駕！」白玉釵從青驄馬換乘臙脂馬，撥轉馬頭，順手折下一條青嫩柳枝，當作馬鞭，策馬從大道轉入小徑，不一時來到江邊水湄。那兒有一泓清水，天光山色映漾水中，乍一照宛如一面清澈的鏡子。朵朵白雲悠悠飛渡過透藍的水面。

她先將馬臀上掛著的行李卸下來，放馬到水湄飲水，見馬喝得高興，邊喝邊伸嘴去吃池畔的青草呢，她摘下蒙頭的手帕拿到池畔去洗，隨即又杓上掬水，洗一把臉，將那滿手心沾著的血漬洗淨了，伸到日光下去曬，她就抱著膝頭，坐在一棵大柳樹下喘氣。樹幹斜斜，晨風一吹，便將面前的柳枝條拂到她臉龐上。她舉手折下頭頂一根青嫩的柳枝，在手中撥弄一回，便又扔掉了，凝起雙眼，眺望江面晨霧深處一輪紅灩灩的日頭，和日頭下十來幅乍現的風帆，怔怔發了一回呆，又深深嘆口氣，立起身，走到放行李捲的所在，打開鋪蓋，取出一隻用紅木打造的匣子。

那是女人化妝用的梳頭盒。

打開一看，是面鏡子。底下有兩個瓷製的脂粉缸兒。下層是兩扇小櫃門，裡邊放著梳子、抿子和小篦子。白玉釵把梳妝匣放置水湄上，就著天光面對鏡子，背著風坐在大柳樹底下，將昨天經過一晌午的血戰、弄得凌亂不堪的麻花辮子，解開來重新編織。邊梳頭髮，邊想心事。手心上握著的那一把烏黑髮絲，被日光照射得熠熠發亮。我蹲坐柳樹蔭中，雙眼直瞅著她左手腕子。她那顆紅豆般大、血似鮮紅的朱砂痣，早就消失得無蹤無影，只遺留一根潔淨無瑕的手臂，春筍樣嫩白。編著編著，不多時，便編出了黑鴉鴉、油光水亮的一隻三尺麻花辮子來，一把捽到腦勺上，又在辮根上，插上她那根白骨簪。

梳妝停當，白玉釵又沉沉嘆息一聲，從行李捲中，抽出那把三尺長鐵劍，一面眺望江上飄渡的雲朵，一面用紅綢帕，使勁擦拭劍身的血漬。

白玉釵忽然伸手一指，指住了前面官道上那兜著一隻藍布包袱、獨自迎面走來的女子：「李鵲瞧，好漂亮的寡婦！」我凝眼一看，白花花陽光下這寡婦年約二十六、七，頭挽雲髻，穿戴整副白銀首飾，臉上不施脂肪。雖略有風塵之色，但那種矯健婀娜之美在南方婦女中實屬少見。一身青布夾衣褲，緊緊裹住她的身子，腳上的一對弓鞋包紮著一塊白布，早已蒙上厚厚的灰塵。右鬢上，別著一朵花碗大的白絨花。

她昂然挺起胸膛，搖曳起臀子，在我們面前走過去了，頭也懶得回一下呢。

「姐姐，江湖道上怎麼恁多帶孝的女人？」

「江湖恩怨多嘛。」

「從贛道上一路走來，我們遇見的戴孝女人，至少有二十位，多半是三十郎當的少婦。」

「哦，有這麼多嗎，我倒沒數。」白玉釵望著那年輕寡婦的背影——她鬢角一朵白絨花、她那雙弓鞋上紮著一方白布、她兩隻包裹在素青夾衣褲中，肉顛顛，搖盪在路上的臀子——只管怔怔發起了呆來，久久才喟然嘆出一口氣：「若要俏，戴三分孝。」

這殺人不眨眼女羅剎，沒來由地感嘆出了一聲，我一時不知如何回應，於是訕訕立起身走到路心，眺望天色。下了一整夜的霰，天亮時節完全停歇了。朝東往徽州的官路上，大江濱，那一片由金縷綴成無邊無際的水稻田中央，伴著破曉，變戲法似的，展現一匹錦緞般橫跨天際的長虹。一群群白鷺鷥，好似一枚枚亡靈，從彩虹上各自棲停的地點，倏地墜落下來，紛紛雪雪，直墜落到快貼近地面，忽又翻翅而上，直衝雲霄，漸漸消失在破曉時分滿田野裊裊上升的早炊中。

江南十月，小陽春。

今天是個豔陽天。

「李鵲上馬！」白玉釵望著那年輕寡婦的背影，隱沒在白花花天光下，又怔怔地發了一回呆，這時，不知為何氣惱上來，一古腦兒將散落滿地的小篦子、梳子、抿子和鏡子聚攏起來，放回梳妝匣裡，砰地闔上了門，將匣子塞回到行李捲中一個隱密角落。隨即，她從蹲坐了一整個時辰、悠閒地化著妝的綠樹下，立起身，扳鞍上馬，順手折下一根柳枝當馬鞭猛捶打馬臀：「駕！駕！」那馬便沿著大江畔的官道，朝向東北方奔馳而去。她回頭呼喚一聲：「李鵲兄弟上路嘍。」

「我們上哪兒去？」

「中午時分，在黟縣打尖。」

「黟縣嗎？那是蕭劍蕭大俠的老家呀。」

「正是。」

半路上白玉釵丟掉柳條，換用真正的馬鞭。她只顧一鞭子一鞭子抽打馬臀，黟縣古老幽黑的城牆一點一點浮現在大江南岸水田中。隨著蕭劍故鄉的逼近，鞭聲變得愈加急促，悚聽。那臙脂馬昂起脖子嘶嘶狂嘯三聲，白玉釵不理不睬，一逕咬著牙齒，手下那根長鞭子抽打更加頻繁了。我真真切切看見，臙脂馬眼眶中流出一滴滴血淚來，腳上卻不鬆懈，依舊馬不停蹄，不旋踵，排闥直入，闖入了午時零刻日頭下空蕩蕩的西城門口！在西大街衖堂中，找到一家茶麵館打尖。下得馬來，白玉釵一跤跌坐在店堂中一張破竹椅裡。我默默打理一切，陪白姐姐用膳。

坐在陰暗的店堂裡，眺望出去，滿黟縣人家千百棟房子，一式的黑瓦、一式的白牆，一式的造型獨特的馬頭山形防火牆，全都挨擠一條條湫隘的街巷中。滿地尿騷味撲鼻，瀰漫一整座千年黟州古城。人說蕭劍大俠——我和白玉釵的義兄蕭大哥——小時是徽州黟縣一名乞兒，無名無姓，人們管他叫「花兒」。十歲上被出巡的宮裡公公看中，收為養子，賜名為「白玉瓏」，特別聘請名師教他琴棋畫書作詩填詞，更學得一口好簫。十二歲，延攬徽州名劍師蕭道聖老前輩教他詩劍。學成後，遊覽大江南北以廣見聞。如今方才從嶺南遊罷回來，以大俠之名衣錦還鄉，返回黟縣老家。沒想，世事多變化，便是在他返回故里的前夕，命喪白玉釵之手。

我禁不住嗚嗚咽咽哭起來，「蕭大哥，小時候，你無父無母沒親沒故，從頭到尾流著一條黃鼻涕，手中握著一根打狗棒，穿梭在濕答答、臭烘烘的巷弄裡，四處尋找食物是嗎？」

「李鵲！」

「白女俠有何吩咐？」

「你莫責罵我。我比誰心裡都難受。」白玉釵停頓了一會，嗓音變得柔媚起來，有一點乞憐的味道。「兄弟，你問店家討一顆醃梅給姐姐嘗嘗，好不好呢？」

「白女俠可又是害喜囉？」

「去吧！不該你。」

結果我給弄了一尾三斤重的黃花魚，用三杓鎮江烏醋，燜成一道紅燒魚，請白玉釵大快朵頤一番。飽餐一頓，這女魔頭臉上那兩瓣原本蒼白的腮幫子，登時變成紅撲撲一片，眉開眼笑。出得店門，一群早已窺伺在簷下伸出脖子探頭探腦的白衣客，紛紛展翅撲向她懷裡，啄囁連聲，向她索討美食。白玉釵好不容易擺脫鷺鷥們的追纏，縱身上馬，向掌櫃的一抱拳：「承蒙照應！」走出不遠再回頭看看又抱抱拳，這才揚長而去。順著白玉釵的眼光回頭一望，恍惚中我依稀看到一個約莫十歲、眉清目秀的小叫花子，站立櫃台前，穿得一身破爛，腆著大肚腩吸著一條黃鼻涕，手裡拿根叫花棒子，窸窸窣窣只顧在地上尋撥什麼物事。忽然，他抬頭對我一笑，正午的陽光中，綻露出他那空洞洞光禿禿的嘴巴……

車中美婦

青紗車簾悄悄一啟，車中少婦露出半邊臉孔來，探出脖子，睜起杏眼，朝向車門外的景物張了張。那趕車的老把式坐在車轅上，手裡揮著五丈長的鞭子，嘴裡一迭聲喝著：「駕！駕！駕！」聲聲皮鞭子只顧往騾子頸背上招呼。一片濃密的鬣毛中，斑斑點點滲出了血漬來。那拖車的牲口乃是南北大驛道上最上等、最美麗的騾子「菊花青」，通體菊色渾身斑爛，皮相真是好看。如今人老珠黃流落在妓院，日夜載送花姐兒們接客，還得時時遭受老蒼頭鞭打，怎不叫人傷心呢？

車上除了那名露半邊臉、躲藏在青紗簾後的少婦，還有一個四十好幾的婦人，梳著雲髻，耳下兩個金墜子滴溜溜地放光，但看不出是啥路數。後面策著馬押車的，是兩個身穿勁裝的護院武師，都帶著朴刀，穿著快靴，年紀大些的那個嘴裡啣著一隻尺把長、鑌鐵打就、專為點穴用的旱煙筒。莫小看這黑黝黝的一根東西，身上三十處大穴，如若小不心被點到了，保證求生不得求死不能哪。

探著頭，看了好一會兒路上的風景，車中美婦百無聊賴，幽幽嘆息一聲，伸出五根指甲尖尖的手指，抿住嘴唇，打了個呵欠，隨即把她那搽著臙脂的半片腮幫，退隱回車門內，唰地拉上了青紗門簾。

驛道上，但凡放下門簾的騾車，都表明車中乘坐一名有身分，來頭不尋常的女客，閒雜男人不得近前。車簾闔上後，好久，白玉釵兀自望著那兩扇空寂寂、一蕩一蕩飄舞在風中的青紗門，一眨也不眨，彷彿霎時間，整個人陷入了悠遠的、屬於孩提時代的記憶中。她策著馬，只管跟在騾車後頭，亦步亦趨，和車上少婦保持三十步距離的光景，生怕這場尋尋覓覓十多年、又會再失去似的。

「白姐姐！」我一揮馬韁策馬跑到她身旁，大聲呼喚她。

「別大聲嚷嚷，李鵲。」白玉釵豎起食指伸到嘴唇上制止我。「你一嚷，她又會再消失掉。你瞧她那坐在車上青紗門簾內的影子，恁地輕盈脆弱，一陣風刮進車裡，就會把她的身體吹散掉，隨風而去似的。」

「她的五官同你生得一模一樣。」我壓低嗓門說：「剛才看見她掀開門簾，探出半邊臉孔來，初時，我還以為白姐姐跟我玩捉迷藏，躲進騾車中呢。」

「我和她，真有這麼像嗎？」

「不信？您拿出您梳妝的鏡子，天光下照照看吧。」

白玉釵這下不吱聲了，一邊策馬，牢牢跟蹤前方官道上，颼颼價響，兩片飄蕩風塵中的青紗，一邊睜起兩枚杏眼，一眨不眨，守望著車簾內，朦朧光影中那個花團錦簇、同樣擁有兩隻媚人眼睛的女子，霎時間，彷彿又陷入夢幻的記憶中。連白玉釵的坐騎臙脂馬，似也感受到主人心事的沉重，不再嘶叫了。

年老色衰、流落在妓院拉大車的菊花青，在老車夫手上那根五丈長的皮鞭子，雨打芭蕉似地狂抽之下，淌著兩條鼻血，喘著大氣嗬嗬趕路。

午時已過。日西斜。

車中少婦輕悄悄揭開門簾上一道縫隙，探出兩隻眼眸來，抬頭望望天色，眉心一蹙，正待收回手，將身子退隱回車廂中，就在這當口，彷彿忽然間心中一動，又再露出半邊臉孔，和那亦步亦趨、一路緊緊跟隨著她的青衣紅馬女劍士，打個照面！她呆了呆，勾過一隻眼睛來瞅了白玉釵兩下。兩下裡面對面對望半晌。滿眼睛的話語，一時卻說不出來。車中少婦坐在門首，一手扶住簾子，一手玩弄著掛在胸前的綠玉墜子，霎時間，整個人陷入層層心事中。

白玉釵勒緊馬韁，追隨著前方那一飄一蕩的兩片青紗，緩緩策馬行進。

唉——驀地裡，門簾後，車廂中發出一聲幽幽沉沉夢遊也似的嘆息。那十指尖尖的兩隻手，那半邊搽著臙脂的臉孔，剎那不見了。青紗簾空寂寂。

「駕！駕！」車轅上那個老蒼頭頂著江南十月小陽春晌午的大日頭，揮汗如雨，不住抽著皮鞭子，催促拉車的菊花青加快腳步，須得趕在天黑前到達徽州城。

日掛江邊柳林梢頭。天已交申牌時分，距離徽州城只有約莫六十里了。悶了一整個下午，騾車中的少婦終於憋不住氣啦。她伸出兩隻胳臂，唰地掀開了門簾，露出一張俏麗的臉龐。

第一次，我看清她的裝扮。

她梳著一枚回鶻髻。這是咱們大明正德年間，國勢鼎盛之際，從西域傳來一種時興髻式。婦女將髮束於頂，挽成一個圓錐，高六、七寸許，根部用兩寸寬的紅絹帶紮住，十分高聳好看，走起路來，嬌嬌嬈嬈甚是動人。我在家鄉鳳津「君子客店」當小廝，見過打尖的外省女人梳過這款回回髮式。後來，在柏家鋪客棧血戰，我看見楊氏梨花槍法嫡派傳人楊蓉，楊十三娘，手握一桿八尺紅纓槍，頭頂上竟也聳著一枚時新的、八寸高的回鶻髻，模樣越發佻達了。

夕陽斜斜沿著官道照射過來，潑地，一把灑在敞開的車門上，金光燦爛，照亮了車廂中那一顆戴著回回髻的俏麗頭顱，和耳垂下那一晃、一晃、懸掛著的兩枚金墜子。

剎那間，我彷彿看到了中華官道上，騾車中，出現了一尊回回女菩薩相。脖頭一軟，我差點從馬背上滾落下來，匍匐在路心上張起雙臂，頂禮膜拜。

白玉釵雙腿夾緊馬肚，策馬躥上兩步，勒住馬頭：

「五丫，是你嗎？」

「四丫姐，是你來了嗎？」

車中少婦一伸手，把青紗簾全都掀了開來，掛在門框的掛勾上，將自己的上半身顯露在天光下。夕陽灑照下，她的寶像盤足坐在佛龕式的車廂中，通體發出光芒，更像一尊西域女菩薩了。

「四丫姐，我們姐妹倆十五年沒見了。」

「今天終於在徽州路上見著了呀，五丫妹。」

「姐姐上哪去？」

「徽州。」

「慢慢再同妹妹講。」

「好。我正巧住在徽州府城。咱姐妹倆就結伴一起走，在我家住幾天。我有好些話要問四丫姐。」

「好的，我護五丫妹。」

白玉釵坐在馬背上，拂拂她那身風塵僕僕的蔥青色夾衣褲，反手往她腦勺後，一撈，捉住她那根不停撩啊撩、飄蕩在風中的三尺麻花辮子，解開白色頭繩，重新打個結，又將江湖上那支人見人畏的白骨簪子，牢牢插在辮根上。整理停當，一挺胸，她策馬往前行進五、六步，依傍著車門，護衛著她的妹妹五丫，徐徐朝向徽州府城進發。

失散十五年的白家姐妹，心裡有多少話要向對方訴說。

我悄悄策馬，越過騾車，行走在車駕前。

一瞧，我整個人登時愣住了。拉車的菊花青，這匹號稱中華驛道上最「靚」的牲口，如今變成了血肉模糊的一團，已看不到那亮麗的、布滿全身的一片星點子。老腳夫兀自不為所動，一逕揮舞五丈長的皮鞭子，一鞭一鞭專往菊花青的頸脖、耳朵、鼻子和嘴巴招呼，一雙眼眶都汩汩流出兩行血來。我禁不住慘叫一聲：「菊花青快被整死了！白姐姐。」

潑剌剌一陣，白玉釵疾馳到我跟前。

「是誰幹的勾當？」

「他嘍。」

我指了指坐在車轅上趕車的老蒼頭。車中少婦探出身子，吩咐老車夫停車，下車，命令兩名護院武師中年紀較輕的那一個，剝掉老人家上身的衣裳，牽到菊花青面前，頂著大日頭在路心上跪下。

「賞一百鞭！」車中少婦下達指令。

一群人就在官道路上圍成一圈，鞭打一個老漢。沒有人抗辯，連當事人也沒吱過一聲。鞭刑執行完畢，大夥把奄奄一息的老蒼頭遺棄路旁，解開馬轡，釋放菊花青，換上年輕武師的那匹坐騎，充當拉車的牲口。

「駕！」

一聲吆喝，馬車載著回回女菩薩，迎著滿城落霞一野炊煙，滾滾絕塵而去。天已交酉時，暮色蒼茫，徽州府城只剩下三十里路了。

我在馬背上回頭一眺望，只見夕照中，大江南岸官道上，一匹七竅流血的騾子側躺在路中央，抽抽搐搐，只剩得一口氣兒。天空中一窩子百來隻鷺鷥，白雪雪的一堆，正雲集在菊花青頭頂上，不住盤旋，逡巡，睜著紅晶晶一對眼珠子，虎視眈眈作勢欲撲……

第十四回　白家七姝（未完）

千屐橐橐連街響
明月火把一倭刀
滿門寡婦哭新塚
一村孤兒笑團團

這首詩，講的乃是當年曾歷經倭亂的徽州。這座皖南第一府城自古人文薈萃，書院、社學林立，自唐代以來所產生的進士二千人之譜。徽州文風於蕭劍蕭大俠十歲入學時期，達到鼎盛。那年，正德八年十月小陽春，一百艘倭船在三十艘明國船領路下，沿著錢塘江溯流而上，經上游新安江，深入內地，血洗物阜民豐的徽州城，準備大掠一筆，風風光光返回東瀛過一個大肥年。

蕭大哥給我講述他少年時期這段歷史時，熱淚盈眶，坐在鄉嬛書室二樓梯口，支起下巴，眺望一輪明月下那水天一色的鄱陽湖，娓娓道來。那當口，他握著一卷《昌黎先生文集》，背著雙手，正在南門水門外碼頭上踱著方步，瀏覽江上月色，朗誦〈祭十二郎文〉。正唸得聲嘶力歇之處，忽然看見，月滿潮，一百三十艘戰艦黑魆魆悄沒聲，浮現在新安江下游另一頭，水漲船高，浩浩蕩蕩，不旋踵即已抵達水門外。

船上閘門打開處，嘩喇喇一陣響，艙中湧出上千名身披五彩鎧甲、頭戴牛角盔、手持三尺長刀的浪人武士來。月色皎皎。徽州城樓一鈎妖媚的新月下，好似一大群巨大的螃蟹，排列成一縱隊一縱隊，橫著走，朝向城門洞前進。熊熊火把映照得千支刀尖紅灩灩，幽幽閃亮著血光。滿城木屐橐躂、橐躂響。

「八嘎！」

「天皇萬歲！」

「哈馬多。他馬希！」

那天聽完蕭劍大哥講完這樁少年往事，一整夜，三不五時，我便被那橐橐木屐聲驚醒，再也睡不著了，便披衣起床徘徊庭院中，心有感觸乃口占一絕，題曰〈劫後村墟〉。

如今，六年後的另一個江南十月小陽春夜晚，我跟隨蕭劍的「義妹」白玉釵女俠，和她的親生妹妹五丫，來到徽州府城。進城之前，策馬城外山坡，瞭望六年前曾經慘遭倭刃血洗的城池。又到漲潮時刻，但港中來往穿梭、寄泊的盡是燈火高燒、絃歌不輟的遊船。水月紅紅，高懸城中十字大街交叉口那一棟災後重建、越發閎大的鐘鼓樓。鼕——鼕——天剛交戌時，鼓樓便打起了初更鼓，一波一波乘著河風沿著四條大街傳送到城外，聲振四野。我撥轉馬頭，雙腿猛一夾馬肚，蕭大俠遺贈我的那匹青驄老馬，便發起神威來，放開四蹄，往徽州西城門直闖進去。

我連五丫姑娘的落腳處，東七街平康巷「清咏小班」的門面，也還沒看清楚怎麼回事呢，就被跟班們抱下馬來，連人帶牲口，一古腦兒簇擁入隔壁一扇門洞，進入一間小庭院。匆匆一瞥，我只瞥見長長一條巷內，面對面，矗立著兩排黑色小門，每家門首全都掛著一盞金碧輝煌的門燈，燈上寫著娟秀的宋體字，寫的卻是什麼「敘心園」、「鯪池」、「十美圖」和「醽醁班」等等。每盞門燈下停靠著三兩輛豪華大安車。巨商富賈如織，達官闊少穿梭。這難道便是名聞遐邇的徽州城平康巷勾欄嗎？

未完的武俠夢：《新俠女圖》第十四回殘稿說明

高嘉謙

早在幾年前，李永平在《朱鴒書》出版後，已告知友人下一本書將是武俠小說。大概就在那個時候，他應該已在構思他自己的女俠故事，著手重溫早年讀過的民國舊派武俠小說和查找文獻資料。等我們看到最初完成的部分手稿，已是二〇一七年六月七日。那天晚上永平電話裡虛弱告知身體快不行了，朋友電召救護車，分頭趕往淡水馬偕醫院。當時已近午夜，最早趕到醫院的是《文訊》杜秀卿，及時安撫了李老師焦躁不安的情緒。李老師見到我即囑咐去他淡水住處取來最重要的公事包，打開一看，裡面就只放了前六回已謄好的《新俠女圖》。他再三強調，就只有這一份了，換床去檢查時都包不離身。視稿如命，《新俠女圖》已是他最在乎的生命財產。當晚，趕來的《文訊》封德屏社長，允諾連載，李老師還未完成的《新俠女圖》終於有了寄託。往後他病況反覆，歷經各種檢查、開刀、化療，但他無時無刻不在寫作，無論在病房或住家，幾乎沒一刻停筆。從六月下旬開刀至九月化療，這段期間是他密集寫作的一段時間。不寫來不及，他自己比誰都清楚，他在跟上帝搶時間。不只一次，他說如果老天再給他兩年，他可以再寫一部了結塵緣。終究不能如願。

《新俠女圖》最後經過他校對的，大概也僅有十二回。他在病中依然不妥協的校訂和修改，那是小說家視寫作如命的姿態，將一輩子最擅長的手藝堅持到最後。小說未能終篇是未竟之志。最後的十三回和十四回殘稿，是李老師妹妹淑華整理家裡遺物時找出，在海葬當天交給封社長。《新俠女圖》現存稿件最終在二〇一七年十二月全部連載完成，停在第十四回的前兩頁。

李老師寫作的習慣一般是每一回初稿完成後，工整端正的謄寫一遍。謄好的稿難免又有紅字修訂，有時又謄一次。幾番修訂幾番謄稿，才送出版社打字。打字稿校對時再次又修又改。他不用電腦寫作，因此一書常見數個版本的手稿，紅黑藍筆交錯，以另一種形式見證寫作的延異，補綴。手稿的不同版本最終送往各單位典藏，以物的型態寄存了他在字裡行間的生命光影。在整理他留存的稿件之際，發現了第十四回後半其實留有未經謄稿，筆跡稍嫌凌亂的初稿。按照李老師的寫作習慣，他大概不願意讓這樣的初稿跟讀者見面。但通讀這留存的十頁手稿初稿，基本情節脈絡仍順遂，很可能就是他在九月中旬化療前，或化療後精神尚可的最後寫作。李老師是否有意將第十四回在此作結，我們已不得而知，就像無常生命的不可預期。因此，《新俠女圖》出版成書，將當初未經連載的這十頁稿紙打字附上，雖不見得符合李老師心意，但以初稿的最初原貌面對讀者，也是保留了李老師寫作的初心。

他認為每位作家都有一個武俠夢，《新俠女圖》在他生前可以連載，也算圓了他的夢。逝世周年之際可以出版，我想他會歡喜的。

高嘉謙，台大中文系副教授。

第十四回殘稿

徽州城記　車中車外

一路進城，我從她們倆談話中，大約揣摩出這一對姑娘的關係。四丫和五丫果然是一母同胞骨肉。六、七歲上，白家發生巨大變故，她們父親南京御史白歆三次上疏，彈劾權傾朝野的大內「八虎」，得罪了當道的首虎，人稱三千歲、報掌司禮監掌印太監的劉瑾劉公公。白家全家遭受株連。七姐妹中的大丫和二丫不知下落。病弱多病的三丫早夭。四丫獨自個千里行乞，歷經千辛萬苦來到嶺南瓊島，尋訪名師學藝。今年九月拜別師尊，北行中原復仇。五丫生得最為姣好。她和四丫的生辰只差得十個月，最為投契。六歲時被迫分離。五丫被賣到徽州府城平康「宜春院」，在名樂師調教之下，成為一代新名妓。白夫人被押解到伊犂，賣與戍邊的老技甲人為妾。聽說她老人家已經從戎。白歆的下落不明，成為一個永遠的謎團。

如今官道上不期而遇，在回城六十里的路途中，久別重逢的姐妹倆，一個乘著嶺南的臙脂馬，一個坐在大騾車的車廂中，車裡車外兩相依偎著，吱吱喳喳啁啁啾啾，心裡有說不完的話，一會兒哭一會兒笑。

「四丫姐，七歲那年你悄悄走了，我天天夜晚蹲在毛厠一個角落，蒙著頭哀哀啜泣。那老虔婆把我找到了，叫個老蒼頭用皮鞭子抽我，每晚只抽我二十下，怕把我抽死，可那份疼痛啊……四丫姐，你知道他們是如何抽我的身子嗎？」

「我不知道，五丫頭。」

「他們先把皮鞭伸進水桶裡，沾滿冰涼的水，然後剝光我衣裳，一鞭一鞭只顧往我身上抽，直抽到渾身上下除了臉孔之外，全都冒出一條條、血紅紅、蚯蚓樣的鞭痕才停手。」說到這兒，五丫姑娘猛地打個哆嗦，臉都煞白了：「你莫看江南老蒼頭今年高壽六旬有五，個頭瘦瘦小小，可發起功來，一鞭子抽得死一條關東大漢。」五丫姑娘兩隻眼眶映著官道一抹的夕照，迸出兩顆水晶晶的淚珠：「四丫姐，每晚受這老鬼一頓鞭打，我都想逃走，可我又不知道你去了哪兒。」

「五丫頭啊五丫頭，姐姐對不住你。」

「不要緊啦，四丫姐，我們兩姐妹現正不是重逢了嗎？」

「我對著大江上的白鷺鷥發誓，我白玉釵——你的四丫姐——早晚要將失散的白家七姐妹找齊，團聚在徽州府城。」白玉釵在心中默然向義兄蕭劍祈求：「請蕭大哥助我。」

「那敢情好。」五丫姑娘那布滿淚痕的皎白臉蛋上，破涕為笑，驀地裡宛如一朵鮮豔的迎春花。

行了約莫十里路，這時已是酉時，落日斜照著滿是熙熙攘攘歸人的官道。一窩又一窩白鷺鷥，從水稻田上空飛撲下來，棲停在道路上，跂著長腿子，拍打著雪白的雙翅，彷彿在一塘鮮豔的血水中嬉戲似的，濺潑簇簇紅花，好不快樂。

幽幽怨怨，五丫姑娘忽然嘆了一口氣：

「被鞭子連抽了半個月，我終於屈服啦，以六十萬兩價錢，被賣到徽州府城東大街『宜春院』習藝，成為清倌人。」臉飛紅，五丫姑娘解釋說：「清倌人是不接客的。」

「就是賣藝不賣身嘍。」我坐在青驄馬上傾聽，禁不住插嘴。五丫姑娘霍地一抬頭：「這小夥是誰？」我笑嘻嘻回答：「南嶺小鄉巴佬李鵲，刻正追隨白玉釵女俠浪跡神州。」我在馬背上舉起雙拳打一恭，夾起馬肚，潑喇喇策馬朝徽州城方向馳騁而去。

夕陽照射下，騾車中那尊金碧輝煌、身披紅綢袈裟，頭頂上戴著一錐七寸高聳回鶻髻的西域菩薩，顯得更加光芒萬丈、寶相莊嚴了。

五丫姑娘和四丫姐在官道上相認的傳聞，在向晚時分我們車隊抵達府城之前，早已在東大巷「清咏小班」沸沸揚揚傳開了。五丫的跟媽下令老蒼頭們和護院武師清道，讓五丫的姐姐經由側門進入後院，安頓在後花園的精舍。這平康巷的老虔婆，經驗老道，只在鼻端嗅有兩下，眼角掃描兩眼，早就聞出了四丫懷有三個月的身子，便將她同她的跟班（我算是四丫姑娘的小廝呢）從「清咏小班」的花姐和嫖客隔離開來，嚴禁閒雜人等進入後園。四丫頭得以專心護孕，七個月後呱呱墜地，生出一個白白胖胖肥頭闊腮的小子。（連未出世胎兒的性別，這老虔婆也算得神準！）我李鵲可就慘嘍，變成了座豪華牢房的囚犯。不多時，我打聽出東大街暗巷裡有一間賭場，每天便朝九晚十，翻出花園後牆，呼盧喝九鬧得烏煙瘴氣，回到精舍白玉釵只淡淡問了兩句：「李鵲，用過晚膳啦？又在賭場混過一天嘍？」這會子，白玉釵把全副心思放在腹中那個胖小子身上。

賭場風雲

一天我運氣忒差，輸得脫了底，連身上那件老羊皮襖也剝下抵債。江南歲末，冒著呼嘯渡過大江的朔風，被趕出賭場大門，只顧抱著膀子縮起頸子，逡巡遊人如織弦歌處處的平康里。走過一家酒樓門口。門楣上一排燒火高燒的紅色燈籠下，我心中忽然一動，回頭望去，只見東首一支拴馬樁下，用石子磨刻著兩排各三朵銅錢大的梅花：

我蹲下身，用手指蘸著放在眼睛前一看，發現那磨出的粉屑還真新鮮，這六個梅花圖形顯是剛雕刻而成。驀然，我心頭靈光一閃：此人莫非白七公？他是江北丐幫六袋弟子，名份地位還滿崇高。看來，他已經把苦命的張翠姐兒護送瓊島，投入南海神尼林瓊瑛女俠門下習武。如今回到江南，來到徽州，蕭劍大俠學府成長的所在。難道老人家另有一樁任務？

倏地，有人在我肩膀上輕拍一下。驀地一回頭。紅豔豔七盞門燈下，我看見一顆蒼蒼白頭，齜著光禿禿的嘴洞，笑瞇瞇睜著青光眼，瞅著我。我霍地躥起身來，攔腰抱住老人家的身子，又跳又嚷樂不可支：「白七公啊真個想死了我了。」

「李鵲，你這小南蠻子玩瘋了吧？把蕭大俠饋贈的八十兩銀子輸光了嘍。」

「蕭劍蕭大哥死了！」

「我接到音訊。他在鄉嬛別莊著了桃花劍嫡派傳人楊蓉——楊十三娘——的道兒。菩薩說這乃是孽緣。」老人家眼神一暗，臉上顯出悲愴與不捨的神色。「楊家丫頭本性不壞。不幸，溷入中原十大幫派的圖謀，充當八千歲的棋子。別提！你今晚帶我去見四丫姑娘吧！我想叼她一頓晚膳。」

「你老人家知道，白玉釵和她妹妹五丫姑娘相認了麼？」

「這樁因緣，在徽州傳揚開了。」

陰魂不散

◎白七公新的任務：奉白公公（白千歲）之命，勸阻白玉釵（四丫）北上！

（編者按：此句是李永平寫於稿紙外的情節重點提要。）

白七公和四丫、五丫兩姐妹相聚，在清咏小班乃是激動人心的一樁大事。連老虔婆、老蒼頭和嫖客們都感動得背著人，偷偷抹掉淚水，只見老少三個人擁成一團，模樣就像久別重逢的阿公，在旅舍中，摟抱住不期而遇的孫女兒一般。可到了子夜，深更人靜時分，清咏小班正準備鬧個弦歌達旦的當兒，後花園精舍中，卻悄悄起了爭執。兩姐妹聯手對付白七公。我跂起腳跟伸手在紙窗上戳破窗洞，藏身簷下竊聽。只聽得「白夫人」「大丫」「二丫」「三丫」「六丫」「七丫」幾個人的名字。顯是白家一母所生的七個千金。如今「四丫」「五丫」找到了，白夫人和五個女兒仍無下落。四丫和五丫主張持續尋覓，直到一家八口團聚為止。迫不得已，白七公抬出「白家老人」的名號向四、五千金傳達白家大家長白歆的諭旨：「四小姐、五小姐聽著！老爺有指令下達。」

四丫頭和五丫頭趕緊斂衽行禮，朝北向京師屈膝一鞠躬。

「老爺還活著！」白七公扳起臉孔，一臉肅穆：「這會兒活得好好的、健健旺旺的，四姑娘和五姑娘盡可放心。」

「祝父親大人身體安康，別來無恙，母親大人百命百歲……」

「你們的母親，往生了。」

五丫一聽，愣了愣，「哇」的一聲登時哭出了聲。頭上頂的那支三層回鶻髻，戴著全冠，頭顏巍巍，映照著紅豔豔的一根牛油大燭，越發顯得金光燦爛起來。

四丫那張清素臉孔，宛如走馬燈一般，變得一會兒紅、一會兒青、一會兒雪白。

「老爺諭令：冤家宜解不宜結，著白家七姐妹停止追查兇手，各自嫁人安生去吧。」

「不，我不依。」五丫小姐恨恨擦乾淚水，擤出兩條鼻水，一起摔落痰疔洞。

「放過那個兇手？」四丫小姐打鼻子裡嗤出一聲，嘿嘿冷笑。「除非我先往生了。」

「請白七公作主！」

四丫、五丫兩姐妹不約而同一齊在白七公跟前落跪，一個穿著寬大的青色衣褲，腦勺後，拖著一條蓬鬆的麻花大辮子，一個披著紅黃兩色錦緞製成的袈裟，戴著一頂回鶻貴族金冠，燭光下，流著淚水盈盈向白家老人下跪。

白七公登時沒了主意了，怔怔的不知如何為好。報仇的事情便這樣拖著。白玉釵在妹妹照護下，得以專心養胎。直到有一天，陰魂不散，那九死一生的紈袴子弟馬子鹿，穿著一套新興的光鮮衣裳，戴著臉譜般的五彩面具，誤打正著，找到了「清咏小班」大門上來……

武俠的擺渡人：《白玉釵傳》後記說明

高嘉謙

《新俠女圖》原題《白玉釵傳》，這是李永平剛完成小說數回的最初題名。某次跟秀梅到他淡水家，他曾問我們對書名有何建議，顯然自己也不甚滿意。爾後見到他將前六回交予《文訊》刊載，已改名《新俠女圖》。整部小說的最初構想，始於寫一女俠的傳奇故事。他意圖創造新俠女，這是武俠夢的底蘊。白玉釵的角色原型，自有李永平的構思和創意。但梁羽生筆下的白髮魔女、王度廬筆下的俞秀蓮、玉嬌龍、謝纖娘，多少都是俠女白玉釵的前身。因此李永平晚年寫作的武俠世界，不僅是一部小說的構想。他留下的札記，清楚記載著龐大的武俠寫作計畫：「津」三部曲。《白玉釵傳》不過是第一部，往下還有《妖孽時代》、《李鵲小傳》。但他反覆思量的可能是更大的企圖，書桌牆面上貼著的便條紙，寫著「俠三部」，明確記下津物語、城物語、倭物語。若李永平可以持續寫作，相信往後幾部小說都是武俠長篇。而「津」作為首部，不難想像是個渡口的意象，也是人生隱喻。這不也呼應著少年李永平佇立古晉沙勞越河邊渡口，當年乘船負笈來台，追求個人理想的起點。當然也是晚年居住淡水河邊，偶爾搭船往八里的渡口。甚至他生前沒料想到，人生的終點是從漁人碼頭出發的海葬。李永平一生的離散始於渡口，終於渡口，這是他跟大河的緣分。

《白玉釵傳》原本預計寫作二十萬字，作者因病未能終篇，但我們整理他身後遺留的札記，發現已有完整寫下的《白玉釵傳》後記。我們已無法揣想第十四回以後的故事發展，也不敢確定這已寫定的後記，是否就是李永平邊寫邊修的《白玉釵傳》的最終結尾。本來不發表後記，保留懸念，也許更能象徵李永平的寫作停留在最後一刻，就如俠客使盡十成功力後頹然倒地，英雄悲壯的收尾。但李永平在病榻上執意完成的俠客夢，留予讀者的《白玉釵傳》，記錄著少年李永平當年讀王度盧小說的神往，最初動念想像的古典中國世界。後記預告的白玉釵之死，算是作者身後留給讀者的最後訊息。武俠夢是一種抵禦現實的成長故事和青春想像。但肉身終有腐朽消逝的一天，武俠世界裡也沒有奇蹟。

白玉釵之死

——《白玉釵傳》後記

正德十六年三月十四日早晨，抱著剛出生的孩子，乘著忠誠的坐騎——臙脂馬，離開京南涿州客棧後，白玉釵一路南下，於三月杪春暖花開時節平安渡過黃河，七天後抵達淮北邳州，不幸中了埋伏。破曉時分，下邳古城北關客棧一戰，在十八家掌門圍攻下，白玉釵身中五刀、十劍、六毒掌，直戰到手中雌雄雙劍皆折斷，才咬舌自戕。她的兒子不知下落。臙脂馬殉主，十日不食死亡。

這些事情李鶡並不知道。他以為玉釵姐姐母子倆已經渡海返抵瓊州。多年後，這場驚心動魄的邳州決戰，才在江湖上傳揚開來。

余，李鶡公的後人，以某一機緣獲知此事，驚嘆之餘，特予補記，綴於《白玉釵傳》書後，以追思這位出身海南神尼門下，當年，明朝中葉，曾以一支白骨釵和雌雄兩把鐵劍，威懾偌大中原武林的一代奇女子。

——粵東梅州李永平識於東海鯤島淡水古鎮

不在之境，歷歷如繪

——讀李永平《新俠女圖》

駱以軍

一

這部武俠小說寫了三分之一，開頭第一章那白玉釵女俠剛生下嬰孩，未滿月子，卻在雪天中勁裝上馬，和一位叫李鵲的少年告別；故事第二章以少年獨白，交代與白女俠結識之緣，所以這個故事讀到現有之卷終，難免慨嘆懸念：原本是處女之身，少女形貌的白玉釵，在那沒寫出的章節裡，是發生了怎樣的戀情？在這江湖兇險、倉皇被武林各高手追殺的路途中，那帶著一身武藝與身世謎團，剛烈或伶狡，使得一對霸氣雌雄鐵劍，卻又時不時以髮髻之釵為短兵刃突擊敵人，透過這個少年飽含感情之眼，像觀音娘娘那麼美的女俠，是如何成為一個獨自將嬰孩裹在肚腹間縱馬馳騁的少婦？

這個少年李鵲，講起他從自家故鄉嶺南南雄，跟隨這白女俠北上，衢州撞府，沿途被遺棄，那個淚眼汪汪、滿懷愚忠的「說故事人」姿態，讓人想起塞萬提斯《唐吉訶德傳》裡的僕人桑丘。事實上，有心讀者應不會懷疑，李永平有這個敘事幅度和野心，用這個佻俏女俠和流浪兒，展開他的古代中國，劍俠、飛簷走壁、那個在大歷史邊緣之外的，既寓託那龐大積累武俠小說之語境、世界觀、正邪辯證、或奇情冤孽，這個龐大的故事層積岩；但同時又有一抽離的、像唐吉訶德那樣癡迷於劍客傳奇的顛倒錯妄之「重來一次／後來的／抵達之謎的」漫遊，這個漫遊可能對三十年前讀過《吉陵春秋》的讀者而言，是一趟百感交集，朝一個沒有邊界、沒有終點的幻麗之境，任何奇詭、妖異、超乎想像的遭遇，也無足驚怪的大冒險。

這種「兩人浪遊」的唐吉訶德模式，在《海東青》中，就創造了一個和靳五這個老浪子一道在台北西門町漫遊的蘿麗塔少女「朱鴒」。《大河盡頭》中則是少年永和他的荷蘭姑姑，這種年齡差距頗大的雙人同伴，是李永平小說中的某種驅動故事之謎，可能年齡差異較大的男女兩造，既是相濡以沫面對這暴亂世界的相依偎者，又有某種亂倫之張力，但李永平又多讓這樣的「二人轉」保持在一種感性，甚至涕泗交錯的旅伴說聽故事關係，敘事上始終保持這種危險懸空感。「少女——受創的女性——大地之母」，到了《新俠女圖》裡的少年李鵲，身無武功卻跟著被全天下追殺的女俠跑，我們透過他的眼睛與描述，那個女俠白玉釵的出場，臉容身段，香汗笑靨，簡直是青春期少男荷爾蒙噴發，對流行天后的迷戀。這樣的敘事聲音、說故事者，使得展開的武俠圖卷，更有一種眼球水晶體中液態搖晃的「第二層次」，這個故事於是和其他武俠小說完全不同的視窗靈動變換，人物之間在旅途中，關係與情愫，甚至生死之義的辯證。（李永平曾在訪問中，說起「如果金庸的韋小寶，是用第一人稱敘事，那不知有多妙」。）這種「唐吉訶德與桑丘」、「雅各和他的主人」式的，不對等二人展開旅途的設計，或將來有評論者對其作更深入之分析。

二

李永平的小說場景，充滿電影的視覺不斷綻放運動、氣氛、人物對峙的戲劇張力，他是莫言之外，華文小說最有力量讓一群人物在曠野運動，從節氣、屋舍建築、樹木花鳥昆蟲，不同鏡頭的縱深，乃至人物對話的活佻機靈，形成一種豐富飽滿的人物群戲。我年輕時抄讀《吉陵春秋》，就深深為其怪異、陰鬱、暴力、但又青春勃跳的「古代某中國小鎮」，那像黑澤明電影的暢意大器運動所著迷。那個怪異、充滿汁液、不斷陷入的糜爛，在文字上讓人想起福克納的〈熊〉，但其實李永平在這種人物近距離挨擠，像詠春拳黏貼著肘腕、關節的，不論性或暴力的特寫，它後頭總有一個環境之外的天地，那像是中國畫的俯瞰視角：小鎮或村子，村子外的林木，小河蜿蜒，再後面是鑿痕密布的皴法峭壁，青苔山石，下面小小的人物：牽著臙脂馬的女俠，一旁一個少年，趄趄趔趔；周圍門簷下站著一個個臉孔陰沉，「黑斗笠、黑油布雨衣、藍袷褲和青綁腿，加上一雙編織得十分結實牢固的草鞋」，這些錦衣衛。

事實上，我們讀李永平的小說，不論最早的《拉子婦》、《吉陵春秋》，到中期的《朱鴒漫遊仙境》、《雨雪霏霏》，晚期風格之大成的《大河盡頭》上下卷，後補的《朱鴒書》，從台北西門町，到婆羅洲原始叢林，大河冒險，如王德威先生所說之「色授魂與」，我們為其文字之斑斕、多孔竅、比別的作家色譜更繁複的羽翼、葉脈、顏色，弄得顛倒迷離；他的文字，像獨自演化出的另一批比其他中文小說之字，種類龐大數十倍的昆蟲學。我記得年輕時聽一位前輩作家評論《海東青》，說了兩個字：「爾雅。」那是什麼？中國最早的一部詞典，一個古代文字的復活工程。那簡直是一個文字的波赫士行動，以另一種之於現代，完全異次元的文字，重建敘事、感官、時間、空間，似乎在敘事，但字本身的密度過大，形成一種黑洞似的塌陷。但《海東青》之後的李永平，從那凝滯挨擠如文字屍陣、墓葬、化石岩層獨自鑽出的鑿字礦工，成了一個自由暢意，我不自覺會想到晚明中國畫變形主義大家陳洪綬，善畫人物，但花鳥、草蟲、山水，無所不能。

清代張庚《國朝畫徵錄》說陳洪綬：「力量氣局，超拔磊落，在隋唐之上，蓋明三百年無此筆墨也。」明代滅亡，陳洪綬一度出家為僧，改號為「悔遲」，曰：「酣生五十年，今日始自哭。」這種無論時間空間皆為家國棄兒的狂顛、醉酒，既臨摹古代，但那從滅絕虛空中召喚至筆下的山水、人物，全部發生變形。似乎可對比李永平筆下那凝滯鬱結，充滿刻痕，將中文字的顏色、光影、魂魄、變形之瞬，似乎在翻湧出「另一個時空」，寫吉陵、海東、婆羅洲，都是「不在之境」，卻又歷歷如繪，比別人的文字更多長出羽毛、蹼肢、植物的葉脈、彩色毛髮、古饕餮，說不出是古畫還是現代街頭少女的臉……

但其實李永平從《大河盡頭》、《朱鴒書》的南方，不論少年永，或是少女朱鴒，他們在對中文讀者更陌生的地名、河流、熱帶叢林中冒險，遭遇光怪陸離的人物，也許可以還魂到笛福的《魯賓遜漂流記》、斯威夫特的《格列佛遊記》，甚至吉卜林的

《叢林奇譚》、詹姆斯·希爾頓的《消失的地平線》……這些英國殖民時期的，彷彿在地圖另一端有個顛倒夢幻、充滿原始生機，以及多汁豔麗的故事叢林；但是作為《拉子婦》到《吉陵春秋》乃至《海東青》的讀者，會在這樣的李永平的「抵達之謎」，感受到一種和奈波爾那掌握了英語及其現代性，對重尋被四百年來帝國主義弄得柔腸寸斷之批判、憂鬱的嫌惡，完全不同的天真、浪漫、少年含情脈脈的敘事位置。他並無意於一個形成扭絞、文明沖洗後的人類學觀察；那個全景構圖的魔幻糜麗空間，是一個和外界隔離，和難以言喻的近現代歷史抽離的「另一個世界」，這樣的其他中文現代小說家無法全景透視的大型場面，竟然讓我想到范寬的〈谿山行旅圖〉。後人評范寬，說「峰巒渾厚，勢壯雄強」，「溪山深虛，水若有生」，「水際作突兀大石」，「山頂好作密林」，以致「如行夜山」。

這種疑惑，到了讀到最新的《新俠女圖》，整個豁然開朗。即使最缺乏中國繪畫素養之人，讀到這篇小說，也會想到揚州山子雕刻，那在玉石、田黃、雞血石上，挨擠在一起，卻又可以形成遠近景變化的山水、樹木、人物、飛禽、樓台的「小宇宙」的奇異空間。書名為何有一「圖」字？乃在於武俠小說，從還珠樓主、平江不肖生，到金庸、古龍、梁羽生，百年的積累，龐大的武林集體記憶，篇幅或不長至數百萬字，無法展延那奇詭、錯綜、陰謀身世連環套，或是武功超乎想像、情愛纏綿緋惻，超大型的人物陣；似乎是一個龐大的集體創作，海量訊息的儒道釋墨、亂世之史、朝廷或山林，一個古代中國的想像世界。但這個可能在「網路」出現之前，數據存量最龐大的「武俠小說」，似乎和現代小說的文學內爆、文字異化、從西方引進的「中文現代主義」（黃錦樹語）沒有交涉。冒犯的說，這個龐大的故事場，似乎仍在文字的二次元世界增殖蔓長，演化上它自成系譜，和「現代感覺」（譬如卡夫卡、波特萊爾、波赫士、普魯斯特、貝克特、魯迅、張愛玲、王文興、乃至李永平）失之交臂。甚至它可能和真正的古典中國文學，譬如《紅樓夢》、《儒林外史》、《金瓶梅》的繁複濃縮也岔開道去。李永平，可能是現代中文小說家的文字檔案庫貯存量最大，穿行過《海東青》、《大河盡頭》的這樣一個中文現代主義小說的碑石人物，他展開的「武俠小說」是怎樣的一種奇觀？

三

《新俠女圖》以明朝正德末年，一位身負血海奇冤的女俠，從廣東（李永平的南方）沿大驛道一路北上北京，李永平在一篇採訪中說：「要建立一個中國傳統武俠小說新女俠典範，讓她心狠手辣，讓她殺人不眨眼，無所謂正邪。」他也在同次採訪中說到：「語言方面，從《金瓶梅》、《醒世姻緣傳》等明朝章回小說中汲取精華……將故事設定在明朝，是受胡金銓武俠電影影響……明朝是最黑暗、腐敗、荒誕的年代，冤案自然也多。」這確實讓人想起《吉陵春秋》中被姦殺的棺材鋪老闆娘長笙，那整個瀰漫溼熱鬱抑的鬼氣、冤恨。《新俠女圖》以少年李鵲死活賴纏跟著這冷若冰霜的俠女，他的說故事就像一台播放的老式電影投影機，充滿一種黑暗觀眾席仰望布幕上發光的一切人物運動，「從他那單調無奇的生活，猛一頭，栽入一個陌生、絢爛、帶著惡夢色彩的新世界。」許多場景不可思議的宛如真實，「早晨巳牌時分，日頭爬上樹梢，路上積雪開始融化了。驛丞躬身送走最後一批身戴重孝，匆匆經過的欽差，和那一隊隊鮮花怒馬、烏筒帽上別著一朵白絨花、嘚嘚踏雪奔馳的錦衣衛緹騎，轉身入內，咿呀一聲，闔上那兩扇掛著白幡的朱紅驛門。」這樣讓人抓耳撓腮的寫景、細節的顯影、光色的移晃，完全讓聽故事人被硬生生穿渡過那魔術之換日線，進入到恍如在現場的「圖」中。

接下來，包括那個看上去文弱的書生蕭劍，與殺人不眨眼的東瀛武士菊十六郎的對決；或是錦衣衛的整批帶繡春刀的高手，群集圍殺女主角白玉釵；或是武林諸門派掌門在客棧圍殺受傷的女俠……這些如《駭客任務》將對決時鴻光一閃、刀劍交錯的瞬刻，無限慢轉，進入一種粒子態的分格構圖，女俠使雙劍在馬背上的翻跳間，和東廠大檔頭的雙刀搏擊，「白玉釵那條蔥綠色窈窕身子，甩著一根烏黑麻花大辮，只管穿梭、遊走、竄逃在東廠大檔頭手中那一對利剪似的，明晃晃，不住進擊的雁翎雙刀下。從堤下望去，她整個人活像一條靈動的青蛇，開心地嬉耍在柳樹蔭中。」這樣的充滿動感，同時又撥光翻影的描寫不勝枚舉，美不可言。如果是電影蒙太奇，那可是超豪奢的剪接，特效後製，細到不能細的慢動作中某一個微觀之鏡頭特寫，但這一切又同時如全景繁花收束在無比流暢，一氣呵成的搏擊之中。

白玉釵與各路高手的對打，完全迥異於傳統武俠譬如蕭峰、虛竹、張無忌他們那種超現實的，一運掌強虜灰飛煙滅的武功仙幻。她總是氣喘吁吁、狼狽不已，生死一瞬，甚至帶傷對決，那種對方身上的汗臭，劍尖劃破衣衫拉出傷口的痛感，髮束散開，或是慌亂中以白骨簪偷襲對方，拳腳肘腹如此挨近，完全不講江湖名門正派的派頭，每次對決都是生死之搏，不惜用上各種即興的骯髒手段。這種近距格殺、刀劍撞擊或身體閃躲皆帶著物理性的局部力與反作用力，並且不惜以多擊少，那種對手不斷增多，而女俠一己之力仍困於刀劍陣中的恐怖、絕望感，更以後來出現的五小蝠、五大蝠以親嘴施毒，群體撲上，我想即使以經驗觀看過二十世紀遞換後，這十幾年來，包括昆汀塔倫提諾、葉問電影系列，乃至像《屍速列車》這樣的活屍片，李永平筆下那種詭譎恐怖、持劍之手顫抖，與死亡貼膚之近，那種累疊於畫面上，無法突圍脫身，但又是月色下，一整株玉蘭樹下的幻美景色之中，這種遠超出個人的，無感性的群體，讓我想到魯迅的《祝福》，或是莫言的《蛙》。但李永平是將這奇異的感受，壓縮挨擠在一塊雞血石山子般的，那一個《紅樓夢》的、《金瓶梅》的、《儒林外史》的，靜止時如一幅幅幻美絕倫的中國古代畫軸，一轉身，畫中人物動起來，又如現代電影的眼花撩亂，快速運鏡。

祝福李永平老師身體平安健康，早日恢復，續寫這部《新俠女圖》。

◎編按：本文為《文訊》於二〇一八年八月號《新俠女圖》首發連載時，邀請作者駱以軍以文稿前七萬字閱讀後，撰寫而成。

駱以軍，作家，著有《遺悲懷》、《西夏旅館》、《匡超人》等。

津、緣、俠：李永平的人生意象

高嘉謙

李永平的《新俠女圖》走筆至第十四回，終因作者撒手紅塵，戛然而止。這個以白玉釵為主線的俠女故事，表面以復仇開展江湖的腥風血雨，實際有著近似《大河盡頭》的人物結構與發展。一個懷抱家仇遺恨的女子，領著十三歲少年的成長之旅。《大河盡頭》的少年永跟荷蘭姑姑溯流探險，姑姑因二戰期間的性創傷而終生不孕，卻碰上早產兒的少年永，在月圓之夜登上聖山，最終完結了一場成長儀式。而《新俠女圖》的李鵲追隨白玉釵北上復仇，幾度遺棄重逢，歷經險難，李鵲守護著懷有遺腹子的白玉釵，相互依存。只可惜後事如何發展，已無從知曉。兩部小說並置而讀，最有意思的還是李永平離不開江河水邊的想像。《大河盡頭》是鬼魅神祕的溯河行旅，而《新俠女圖》白玉釵第一次殺出重圍，就在嶺南鳳津村的渡口。爾後遭遺棄的李鵲，循著水路追尋白玉釵下落。從某個層面而言，兩則故事的男女，都是彼此的渡引。在不同的冒險成長經驗裡，建立各自的人生渡口。回到現實意義，那可以是李永平對古晉沙勞越河的思鄉，也是淡水河邊的生活感。而根據文學的路數來看，那會是他常提及的《頑童流浪記》（*The Adventures of Huckleberry Finn*），馬克・吐溫筆下孤獨、流浪成長的哈克芬，一個十三、四歲的少年，沿著密西西比河發展的歷險故事。

但《新俠女圖》到底另有蘊藉。武俠所依託的世界觀，講究浪遊的衝動與現實之外奇妙的因緣匯聚。武俠敘事包裹著常見的公式套路，無論是拜師習武、奇遇高人、巧得祕笈、陰謀解密、得道證果，處處可見「緣」發揮作用。這極契合李永平在小說裡常說的座右銘：人生不外一個「緣」字。晚年徜徉武俠世界，文字縱橫江湖南北，彷彿是他現實的身體苦難唯一的抵禦或寄託形式，伴隨白玉釵走過自己人生的幽谷。《新俠女圖》的後段寫作跟癌症搏鬥的週期同步，纏綿病榻，卻依然發揮匠人精神。前期各類準備工作，包括明朝錦衣衛制度、服飾、兵器等各種知識細節的考究，以及武俠敘事腔調的模擬，都已是上手的技藝。儘管精神不濟，筆觸凌亂，他仍舊筆耕不懈，再三謄抄校對。小說主角白玉釵性格剛烈潔癖，外表冷竣卻潛藏少女的初心。李永平刻意特寫白玉釵髮上的白骨簪和手臂的硃砂痣，既是死亡、醜惡意象對照青春和純潔，回到了寫作《吉陵春秋》的脈絡，在墮落與救贖之間拉鋸。文字的精練、緊致，保留口語彈性，也是一脈相承。李永平強調自己回到見山又是山的寫作境界，在語言修辭之外的另一層深意，恐怕還是重新正視潛意識的欲望和心魔。因此他執意寫作俠女白玉釵糾結怨恨，李鵲從嶺南小鎮往外大展任俠之風，多少回應了遠走他鄉多年，內在纏繞的雙鄉情緣與情結。

只是人生緣分難以料計。李永平在紙上遙想嶺南女俠，而現實中《文訊》的三位俠女就是他最後的貴人。二〇一七年六月七日被救護車急馳送院，午夜第一時間趕往醫院照料，爾後幫忙張羅喪葬的杜秀卿；每次他到台大回診都陪伴掛號、候診的吳穎萍；以及轉介醫療、照護和打理身後種種事項至今的封姐。另外，最後照料李永平的看護林美惠，受家屬所託，至今偶爾去永平故居無償打掃，有情有義。除此，麥田出版社及發行人涂姐和副總編輯林秀梅合力成全了他的文學夢。秀梅是他合作最久，最信賴的編輯。入院時緊急聯絡人填的也是她。秀梅在他病中加緊編輯《月河三部曲》典藏版，既為他七十賀壽，也是沖喜。如今逝世周年連續出版《新俠女圖》和《婆羅洲之子與拉子婦》，已是了其遺願。

永平晚年孤寡單身，卻獲眾女俠拔刀相助，大概沒有遺憾。《新俠女圖》沒有下回，故事無以賡續。但李永平一生流轉於「津、緣、俠」幾個中心意象，是他的小說，也是人生。如今他縱橫南海，快意逍遙，已在另一世界實現自己的俠客夢。

李永平《新俠女圖》第二回手稿及校訂稿

第二回

城上魑魅　南雄之夜

河伯廟決戰，贏了蔔十六郎，蕭劍翌日就離開鳳津村。那天午牌時分，我從村中私塾放學回來，吟著剛剛做好的一首七律，一進門，便如往常那般，興沖沖地到客店後院西廂房，看望這位長住的客人。得知那一刻，我站在敞開的房門口，張著嘴睜大眼睛，瞪著空空的房門和收拾整齊的床鋪，怔怔發起呆來，過了一刻鐘，才終於禁不住「哇」的一聲扯開嗓門，對著冷清清的院子放聲大哭。

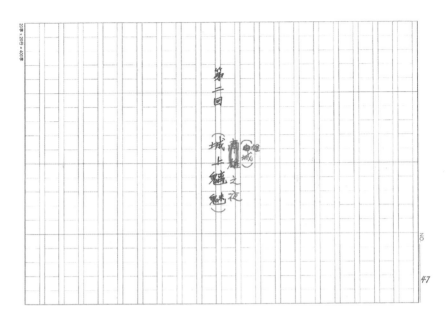

書生走了，不告而別。只帶著一竹簫一鐵劍一隻書囊一捲鋪蓋，嘚、嘚、嘚，乘著一匹瘦瘠的病奄奄的青驄馬，孤身行走在夕陽西下的天涯。就像來時那樣，無牽掛。

他走後，我好像掉了魂魄一般，鎮日只覺得整個人空空洞洞，懶懶怠怠，沒情沒緒，每天晌午放學後，在店堂中幫阿爹招呼打尖的過路客，我總是豎起左耳，傾聽店外的聲音，心裡盼著那小寡婦拜墓似的如泣如訴的洞簫聲，從河伯廟崖頭，悠悠響起。我準備隨時放下手上的茶壺，奪門而出，直奔上百八級石階，到廟前平台上，和這位十天前與我萍水相逢、走後害我日夜牽腸掛肚的酸秀才，再度相會。可是每次傾聽半天，店外長街上，盡是一隊隊雞公車轂轆轆青石板的車輪聲，還有那三不五時達、達、達馳過的馬蹄聲。這幅景象，一如蕭劍出現前的鳳津村。哪來的簫聲！

直到[illegible]個月將圓的夜晚。

那時，南雄城中譙樓上已擂過三鼓：鼕、鼕、鼕——皮鼓聲隨河傳到鳳津村，深夜細聽，更特別的震耳。我輾轉反側無法入眠。就在這當口，簫聲響起。我翻坐起身來豎起耳朵細聽，聽得真切，眼圈一紅差點掉下淚來。有人半夜吹簫！那一聲聲嗚咽飄蕩在河風中，哀婉地、清亮地穿透初秋濃濃月色，直鑽進我耳鼓。我披衣下床，走出沉睡中鼾聲四起的客店，循情追躡簫聲，一路走上河畔石崖。廟前的台石落灑滿月光。四下一條人影也沒有。鼻頭一酸，我就要哭出來了。死命忍住兩顆奪眶而出的淚珠，我走到場子中央，扯扯衣襟，迎向冷冽的河風，在先前蕭劍坐的那張石凳上怔怔坐了下來，隔著三十丈寬的河面，眺望湞

49

江對岸，石頭壩上，那座黑沉沉雄踞河灣的古老府城——我親愛的故鄉、不久後就要永別的南雄。

天已交三更。城中家家店鋪都關上大門。東西、南北兩條十字大街，筆直地朝向四座城門伸展，空蕩蕩冷清清。偌大的城看不見一個人。這副光景，彷彿南雄城人口，一霎時全都失蹤了似的。整座城只剩下一個白頭皤皤的更夫，佝著背彎著腰，孤魂般遊走在巷弄中，時不時柝、柝、柝三下，扯起蒼老的嗓門嘎啞地吆喝一聲：「子時囉！」三下銅鑼：鏜鏜鏜。一整夜五個時辰打更聲不斷，柝柝，鏜鏜，乘著夜風渡過湞江，傳送到我家這邊的渡頭上來。

初秋三更，星稀月朗。

看！峰上一輪月，照著山下一座城、一條驛道和隔江相望的兩個渡口。

我坐在鳳津渡斷崖上河伯廟前，迎向河風，挺起腰桿放眼瞭望，霎時間但覺心胸大開，豪氣陡生，於是便解開衣襟，張開喉嚨，

50

Cf. p.58

聲朗誦起我，李鵲，十二歲時在學堂所作，深得塾師鄔老秀才贊許，直嘆有初唐風的那首五言絕句〈女俠〉來：

譙樓三更鼓
雄城一綹月
隔江喚艄公
窈窕帶刀客

吟哦十多遍，正自得意洋洋呢，忽又聽見簫聲響起。這回是從對岸城中一個旮旯角落傳出。遊絲般飄飄簫聲乘風渡河，一縷縷只管鑽入我的耳鼓，絞著我的心腸，小寡婦半夜不睡覺，又放悲聲召喚她死去的郎君。我蹲著，忍住臉上冒出的陣陣疙瘩，眺望城中時，只見兩條十字大街依舊杳無人跡，連那牽著白頭、整夜打梆報更的老衙役，這當口也不知巡行到哪裡了，靜夜裡只聽得「篤、篤、篤」的梆子聲兀自縈迴，一聲催一聲，回蕩在城東街坊那棋盤式的條條巷弄中。明月當空。一輪

銀盤灑照下，滿城黑色屋瓦好似鋪上厚厚一重霜。

這時，我看見一枚人影，從城心十字街口鐘鼓樓中竄出，雙手扶著欄干，探出脖子張望，驀地縱身而起，雙手攀住頭上那高高翹起的飛簷角，一扭腰，鷂子翻身，整個人就悄悄降落在屋頂。這人趴伏在瓦上，面朝簫聲的來處，豎耳捉摸一會，隨即弓起身子直立在屋脊上，扭轉脖子四下瞭望起來。看裝束和舉止，是個黑衣夜行客。月光照射他那張方臉膛，白蒼蒼地煞似一張戲台臉譜。

簫聲越發急切。西大街一座大花園的燈亮了。我揉揉眼皮，定睛一看，認出那是南雄鎮守太監何大璫的府邸。這位公公，我在君子書店見過。白白胖胖的一個無鬚老人，面目慈祥，看不出是廣東最有權勢的一把手。最引我注目的，是他右耳耳洞中綴著一顆雪白的合浦圓珍珠，有小指頭那樣大。公公的府邸是城中最靚的宅子。花園中間一座大廳，這時燈火通明。院子裡黑鴉鴉人頭攢動。幾

十盞大燈籠，來回奔跑搖晃。忽然，一條頭戴黑檔帽身穿花繡袍的人影，從人堆中飛身而出，直竄上屋簷。身後四條人影穿著一式錦衣，跟著飛出，颼、颼、颼、颼先後竄上屋簷。乍看好像一長串彩色飛魚，從水面上凌空而起，煞是精彩！五名錦衣衛一字佇立在屋脊上，齊齊拔出佩刀。那三尺彎彎身形窈窕的御賜繡春刀，閃亮在皎皎月光下。鼓樓屋頂，那名白臉夜行客倏地一蹲身，霎時間，整個人平趴回到屋瓦上。簫聲歇。衛士們瞭望半天，尋不著人，在帶隊的花袍千戶一聲號令下，刀入鞘，邁走回屋簷前，齊齊一躍而下。大廳燈火熄滅，鎮守府又陷入夜色中，只留下一對燈籠和兩個更夫，兀自逡巡在花園裡，每百步敲三下梆子敲一聲銅鑼：梆梆梆——鏜。

天將四更。月亮又沉落幾分，斜斜掛在南雄城西南角，湞江畔，延祥古佛寺圓九層寶塔的鐵葫蘆尖頂旁。這時我看見塔身上，悄沒聲出現一老翁。他站在第三層迴廊上，臨倚著身子舉著白頭憑欄眺望。忽然，老人家聳起肩

膀，抖兩下身上的百衲衣，將手中的綠竹杖伸到欄干上，輕輕一點，隨即拔身而起，竄到了頭頂那一層的飛簷上。我看傻了啦。揉眼再瞧時，看見影子一閃，他又縱身竄到第五層迴廊中。如此鶻起鶻落，宛如一隻巨大的怪鳥，張著灰色的雙翼，只五六個起降，他便登上了寶塔的最高層。這才蹲下來歇息。我便勁搓搓眼皮，就著月光端詳他的面貌。河風中一顱白髮蕭蕭。這個身懷絕技的老叫花子，不是白七公卻是誰！月下見他，一隻老猴兒似的，聳著肩膀弓著背，蹲在第九層塔身的簷脊上，將左手舉到額頭，臨風遊目四顧。這股逍遙勁，彷彿在享受月光浴哩。

簫聲又起。白七公倏地豎起雙耳。

我隔河坐在河伯廟前，也趕緊伸出耳朵捕捉那一條幽魂也似乘著河風，夜渡河而來的洞簫聲。

悲切的哭墳召來了另一個鳳津村人物——菊十六郎。披頭散髮，他依舊穿著他那件花稍的少年武士袍，掛著長短雙刀，拖著兩條瘤

腿，匍匐巡行在城樓旁的女兒牆上，時不時瞬●兩隻鯊魚眼，碧熒熒●四下掃射一周。看神色好像也在追聲尋人呢。

白七公和十六郎，一在塔上一在塔下，眼瞪眼●打個照面。兩人互相凝視半晌。●老叫花子好像發現●什麼，身子一低，拿起綠竹杖往簷脊●點去，一轉身，人就躥進塔身的迴廊中。瘸武士舉起手中長刀，往地磚上一戳，撐起身子就地一滾，隱身在城樓下陰影裡。

南雄城南門內，南大街上一間客棧的後院，●地冒出一枚黑衣人影，●躥到屋簷●，隨即奔上屋脊，●出腰間一把明晃晃的朴刀，舉在手中，放眼四下瞭望起來。嗚汪嗚汪，城中開始響起狗叫。東大街西大街南大街上，家家客棧庭院中，颼、颼、颼接連飛出一條條帶刀的人影，靜悄悄降落在屋簷，立馬伏下身子，豎耳聽風。死城●的午夜南雄，●時變得熱活起來。狗●吠得●●來勁。不知哪家的狗帶頭，對著月亮仲長脖子哀嚎雨聲：「嗚——嗚——」叫聲才歇，隔壁家 55

的狗便接著扯起嗓門，望月嚎起來。狗嚎聲●●就像邊疆烽火台傳遞消息般，一狗傳一狗，一家傳一家。不多久城中四處便縺響起●狗吠螺的聲音●：嗚哇——嗚哇——一家燒起燈，窗中探出一顆顆頭來，昂起脖子朝上望。看哪出現在屋頂的黑衣夜行客越●●●。我仲出指頭，逐一清點：總共十●名刀客現身，分散城中各處，像一群深夜潛行●●●●的黑貓。

我，十三歲的南蠻子李鵰，打出生以來，第一次看見恁多的外來刀客，●●在一晚！

這陣子，南雄可不平靖。

城十突然來了一批裝束奇特，舉止●●●操著濃●北方口音的帶刀人。這是大新聞。好幾天前，在我們家的君子客店，消息便沸沸揚揚傳開了。打尖和住宿的客人●在大堂用膳時，莫不咬著耳朵竊竊談論。有說●他們●中原武林●●●●掌門之●南來，在嶺南道上，攔截一位江湖人物，阻止此人越過大庾嶺北行。有說這幫行蹤詭秘、目光如隼的傢伙，是東 56

廠番子，受宮中某公公的差遣，前來廣東緝拿一名欽犯。前天晌午，客人們還在熱議中，我就看見六名刀客結伴渡河。嶺南九月天，他們戴著范陽笠（那是南方少見的、造型純英式帥氣的、頂上綴著一朵碗大的紅纓的大氈笠），穿著全套藍布褲褂，乘著高頭長身的伊犁烏騅馬，一縱隊巡行在鳳津村街上。鞍後載著一捲行李，一把朴刀，露出黃銅刀柄，日頭照射下熠熠發亮。這幫騎客巡完一條百丈長街，仍不死心，又在村前村後潑剌、潑剌繞上兩圈，這才調轉馬頭朝向渡口馳去，登上等候的大船，渡河返回城中的落腳處。來去有如一場小飈風。

此刻三更半夜，我坐在鳳津渡口石崖頂，面對南雄府城那一大片黑、月下鋪著一層白霜的屋瓦，邊凝起眼睛，觀察那一群黑貓似的四處巡行的刀客，邊在心中尋量：這幫人是誰？為何一起出現在嶺南山城？他們在找誰？等誰？

一道電光驀地閃過我腦海：他們要找的，並不是那個整夜躲在旮旯角落、自顧自吹簫的書生。真正的點子，另有其人。

這個正主兒，卻是什麼人，值得十八名刀客遠道而來，在南雄城中擺出偌大一副陣仗恭候？

我心裡正琢磨著，忽聽得城心鼓樓上綻起「鼕」的一聲巨響。守夜人登樓打起更鼓了。我豎耳傾聽。總共四響。雄渾的皮鼓聲沿著十字大街，一路傳到南城門口，乘著河風渡過湞江，飄送到鳳津古渡上來，餘音嫋嫋不絕。白髮老更夫又出現在街頭，手提銅鑼，肩掛竹梆子，佝著腰弓著背沿街巡行。梆、梆、梆、梆——每擊四次梆子就敲一下鑼：鏜。隨即老人家就扯起嗓門嘶啞地吆喝一聲：「丑時囉！小心火燭！」

四更了，再過一個時辰天就發曉。

月落。滿城狗螺聲戛然停歇。城外村落開始響起雞鳴聲。我打個大哈欠，伸個長懶腰，從河伯廟前滿布露水的石凳上站起身，揉揉眼，再朝河對岸眺望時，只見霎時南雄城中屋瓦上的十八名夜行客，全都不見了。

老叫花子自七公和浪人武士菊十六郎，不知何時，悄沒聲，他們都離開了各自的藏身處。走啦，留下城樓那空蕩蕩的一道女兒牆，還有，荒涼的城西南角，湞江畔，一座光秃秃孤伶伶矗立在一瓢斜月下的九層古塔。

好個南雄夜！明天有一場大戲上演了。

新俠女圖

◆李永平

第二回　城上魑魅（雄城之夜）

河伯廟決戰，贏了菊十六郎，蕭劍翌日就離開鳳津村。那天午牌時分我從村中私塾放學回來，一進門，便如往常那般，吟著我剛做好的一首七律，興沖沖來到客店後院西廂房，看望這位長住的客人。我站在敞開的房門口，張著嘴睜大眼睛，瞪著空空的房間和收拾整齊的床鋪，怔怔發起呆來，過了一刻鐘，才禁不住「哇」的一聲，扯開嗓門對著冷清清的院子放聲大哭。

書生走了，不告而別。只帶著一竹簫一鐵劍一書囊一捲鋪蓋，嘚、嘚、嘚，乘著一匹瘦瘠瘠病奄奄的青驄馬，孤身行走在夕陽西下的天涯。就像來時那樣無牽掛。

他走後，我好像掉了魂魄一般，鎮日沒情沒緒，只覺得整個人空空洞洞懶懶怠怠。每天晌午放學後，照常待在店堂中，幫阿爺招呼打尖的過路客，邊幹活邊豎起左耳，傾聽店外的聲音，心裡盼著那小寡婦拜墓似的如泣如訴的洞簫聲，從河畔崖頭河伯廟，悠悠響起。我準備隨時放下手上的茶壺，奪門而出，直奔上百八級石階，來到廟前平台上，和這位十天前我萍水相逢、走後害我日夜牽腸掛肚的酸秀才，再度相會。可是每次傾聽半天，店外長街上，卻盡響著一隊隊雞公車輾過青石板，轂轆轂轆發出的車輪聲，還有那三不五時達、達、達疾馳而過的馬蹄聲。這幅吵鬧單調市街景象，一如蕭劍出現前的鳳津渡。哪來的簫聲呀！

直到月亮將圓的一個夜晚。

那時，南雄城中譙樓剛打過三鼓。鼕、鼕、鼕——洪亮的皮鼓聲渡河傳到鳳津村，子夜聽著特別的震耳。我輾轉反側無法入眠。便是在這當口，簫聲響起。我從床上坐起身來豎耳細聽，聽得真切，眼圈一紅差點掉下眼淚。有人半夜吹簫呢！那一聲聲嗚咽，小寡婦哭墓似地嫋嫋飄蕩在河風中，哀婉地清亮地，穿透初秋濃濃月色，直鑽入我耳鼓。我披衣下床，悄悄走出沉睡中鼾聲四起的客店，一路追躡簫聲，走上河畔石崖。廟前的平台冷清清灑滿一地月光。四下一條人影也沒有。蕭劍常坐的那張石凳空空的。鼻頭一酸，我當場就要哭出來了。狠狠一咬牙，死命忍住兩顆奪眶而出的淚珠，我走到廟埕中央，迎向冷冽的河風，在蕭劍的石凳上怔怔坐下來，隔著三十丈寬的河面，眺望湞江對岸，石頭壩上，月下那座黑沉沉雄踞河灣的古老府城——我李鵲的故鄉、不久後就要永別的南雄。

天已交三更。城中家家店鋪都關上大門，熄滅屋中燈火。東西、南北兩條十字大街，筆直地朝向四座城門伸展，空落落不見一個行人。月光下的這幅荒涼景象，乍一看，彷彿南雄全城人口，不知何故突然全部失蹤了似的。偌大的城，只剩下一個白頭皤皤的老更夫，弓著背彎著腰，孤魂般遊走在巷弄中，時不時舉起手中的棒錘，柝、柝、柝擊三下肩上掛的梆子，跟著就扯起蒼老的嗓門嗄啞地吆喝一聲：「子時囉，小心火燭！」隨即敲三下手上提的銅鑼：鏜鏜鏜。一整夜五個時辰南雄城中打更聲不斷，柝柝，鏜鏜，乘著夜風渡過湞江，直傳送到我家這邊的渡頭上來。

初秋三更，星稀月朗。

看！大庾嶺群峰上一輪皓月，白皎皎照著嶺下一座孤城、一條古驛道和那隔江相望、半夜空無一人的南北兩個渡口。

我坐在鳳津渡石崖上河伯廟前，迎向習習河風，挺起腰桿放眼瞭望，霎時間但覺心胸大開，豪氣陡生，於是便解開衣襟，張開喉嚨，大聲朗誦起我，李鵲，十二歲時在學堂所作，深得塾師鄔老秀才贊許的那首五言絕句〈女俠〉來：

譙樓三更鼓
雄城一緋月　　←第一回是寫雄城一片月
隔江喚艄公
窈窕帶刀客

搖頭晃腦吟哦十多遍，正自洋洋得意呢，忽地又聽見簫聲響起。這回卻是從對岸城中一個旮旯角落傳出。月下簫聲，遊絲般飄飄嫋嫋乘風渡河，一縷縷只管鑽入我的耳鼓，絞著我的心腸。那癡情的小寡婦半夜不睡覺，又望著月亮放悲聲，召喚她死去的郎君。我舉起雙手摀住耳朵，忍住背上冒出的陣陣疙瘩，抬頭眺望城中，只見兩條十字大街依然杳無人蹤，連那聳著一顆白頭、整夜擊柝報更的老衙役，這會兒也不知巡行到哪條巷子去了，靜夜裡只聽得「篤、篤、篤」的梆子聲兀自綻響，一聲催一聲，回盪在城南街坊那棋盤式的條條巷弄中：「子時三刻囉，小心火燭呦。」明月當頭。中天一隻巨大的銀盤灑照下，滿城黑色屋瓦白粉粉，好似鋪上一重霜。

這時我看見一枚人影，從城心十字街口譙樓門洞中竄出，雙手扶著外牆欄干，探出脖子朝街心張望，驀地縱身而起，左手一勾，攀住頭上那高高翹起的飛簷角，跟著一扭腰肢，鷂子翻身，整個人就悄悄降落在屋頂。這人蜷起身子蹲伏在瓦上，面朝簫聲的來處，豎耳捉摸一會，隨即聳起上身跂起雙腿直立在屋脊上，扭轉脖子四下瞭望起來。看裝束和舉止，是個黑衣夜行客。月光照射他那張長方臉膛，白蒼蒼地煞似一張戲台臉譜。

簫聲越發急切。

西大街一座大花園的燈亮了。我搓搓眼皮，伸出脖子定睛一看，認出那是南雄鎮守太監何大璫的府邸。這位公公，我在君子客店見過幾次。身穿五彩飛魚蟒衣、白白嫩嫩福福泰泰的一個無鬚老人，面目慈祥，像個殷實的員外，看不出是全廣東最有權勢、最令人畏懼的一把手。最引我好奇的，是他右耳耳垂像女人般穿了個耳洞，晶瑩剔透，綴著一顆雪白渾圓的合浦珍珠，有拇指頭那樣大，每每讓我看得目不轉睛。何公公的府邸是南雄城中最大、最靚的宅子。花園中間有一座宏偉的大廳，這時燈火通明。外面院子裡黑壓壓一片人頭攢動。幾十盞大燈籠，來回穿梭搖晃。南雄鎮守府今晚發生事情了！我再揉揉眼睛細看時，只見一個頭戴黑筒帽、身穿花繡袍的人影，從人頭堆中飛身而出，直躥上屋簷。身後四條人影穿著一式的錦衣紅袍，跟著從簷下飛出，颼、颼、颼、颼先後登上屋簷。乍看好似一串首尾相啣的彩色飛魚，從水面上凌空而起，看得我忍不住當場喝聲彩。這五名錦衣衛上了大廳屋頂，一字排開佇立在屋脊上，齊齊拔出佩刀。五把三尺彎彎身子窈窕的御賜繡春刀，閃亮在皎皎月光下。

十字街心鼓樓屋頂，那名白臉黑衣夜行客倏地一蹲身，整個人趴伏回屋瓦上。

簫聲停歇。

何公公的衛士站在屋脊上睃望半天，尋不著人，在帶隊的千戶一聲號令下，刀入鞘，邁步走回到屋簷前，齊齊一躍而下。大廳燈火隨即熄滅，鎮守府又陷入夜色中，只留下一對燈籠和兩個更夫，相伴逡巡在花園裡，每走百步便擊三下梆子，敲一聲銅鑼：柝柝柝——鏜。

天將四更了。月亮又沉落幾分，斜斜掛在南雄城西南角，湞江畔，延祥古佛寺九層寶塔的鐵葫蘆尖頂旁。這時我看見塔身上，靜悄悄出現一老翁。他站在寶塔第三層迴廊上，弓著身子舉著白頭憑欄眺望。忽然，老人家聳起肩膀，抖兩下身上的百衲衣，將手中的綠竹杖伸到欄干上，只輕輕一點，整個人就拔身而起，躥到了頭頂那一層塔的飛簷上。我看傻了啦。揉眼再瞧時，看見身形一閃，老人家又縱身躍到第五層塔的迴廊中。如此鶻起鶻落，宛如一隻巨大的怪鳥，張著灰色的雙翼，只消五六個起降，便登上了寶塔的頂層。這時他才蹲下來歇息。我使勁搓著眼皮，就著月光隔河端詳他的面貌。河風吹拂下，一顱白髮蕭蕭薮薮。這個身懷絕技深藏不露的老叫花子，不是白七公卻是誰！月光中只見他，一隻老猴兒似的，聳著肩膀弓著背，孤蹲在第九層塔身的簷脊上，將左手舉到額頭，骨碌著一雙眼珠臨風遊目四顧。這股逍遙勁，彷彿在享受月光浴哩。

簫聲又起。白七公倏地挺起腰豎起雙耳。

我隔河坐在河伯廟前，也趕緊凝神，伸出耳朵捕捉那一條幽魂似地，月下乘著河風，半夜渡河而來的洞簫聲。

那悲切的哭墳召引來了另一個鳳津村人物——菊十六郎。他披頭散髮，穿著他那件破爛的、可依舊十分花稍的少年武士袍，手上柱著長短雙刀，身後拖著兩條瘸腿，匍匐巡行在南門城樓旁的女兒牆上，時不時，猛一睜兩隻鯊魚眼，碧熒熒四下掃射一周。看神色好像也在追聲尋人呢。

白七公和菊十六郎，一在塔上一在塔下，眼瞪眼打個照面。兩人互相凝視半晌。蹲在塔頂的老叫花子好像發現什麼，拿起竹杖，便往腳下踩著的簷脊點去，一轉身，人就躥進塔身的迴廊中。同時間，瘸武士舉起手中長刀，往地磚上一戳，撐起身子就地一滾，整個人隱身在城樓下的陰影裡。

南雄城南門內，南大街上一間客棧的後院，忽地冒出一枚黑衣人影，只見他雙足往地上一點，颼的飛身直上屋簷，隨即拔腳奔上屋脊，抽出腰間掛的一把明晃晃的朴刀，舉在手中，就著月光放眼四下瞭望起來。嗚汪嗚汪，城中開始響起狗叫。東大街西大街南大街上，家家客棧暗沉沉的庭院中，颼、颼、颼接連飛出一條條帶刀的人影，靜悄悄降落在屋簷，才站定便立馬伏下身子，趴在瓦上豎耳聽風。死城似的午夜南雄，登時變得熱活起來。狗們吠得更加來勁。不知哪家的狗帶頭，對著月亮伸長脖子哀嚎兩聲：「嗚——嗚——」叫聲才歇，隔壁家的狗便接著扯起嗓門，望月嚎起來。那狗嚎聲如同邊疆烽火台傳遞消息般，一狗傳一狗，一家傳一家。不多久城中四處便綻響起狗吹螺的聲音：嗚哇——嗚哇——

悄沒聲出現在屋頂的黑衣夜行客，越發密集了。我伸出手指頭，就我眼睛隔河看得到的，逐一清點：總共十八名刀客現身，分散城中各處，像一群深夜潛行屋脊上的黑貓。

我，十三歲的南蠻子李鵲，打出生以來，第一次看見恁多的外來刀客，在一個夜晚會集一座城中！

這陣子，南雄可不平靖。

城中突然來了一批裝束奇特，操著濃重北方口音，舉止言談透著古怪的帶刀人。這是大新聞。好幾天前，在我們家開的君子客店，消息便沸沸揚揚傳開了。打尖和住宿的客人在大堂用膳時，莫不咬著耳朵竊竊談論。有說他們是鏢行的人，受中原武林某大掌門人之雇南來，在嶺南道上，攔截一位江湖人物，阻止此人越過大庾嶺北行。也有說這幫行蹤詭秘、目光如隼的傢伙，是東廠番子，受宮中某公公的差遣，前來廣東緝拿一名欽犯。前天晌午，店裡客人們還在熱議中呢，我就看見六名刀客結伴渡河。嶺南九月大熱天，他們戴著范陽笠（那是南方罕見、頂上綴著一朵碗大的紅櫻、造型挺英武帥氣的大毡笠），穿著全套藍布褲褂，乘著高頭長身的伊犁烏騅馬，下得船來，排列成一縱隊，巡行在鳳津村街上。鞍後鼓鼓地紮著一捲行李，鋪蓋中包裹著一把朴刀，露出黃銅刀柄，日頭照射下熠熠發亮。這幫騎客巡察完百丈長的鳳津街，並不死心，又策馬在村前村後潑剌、潑剌繞上兩圈，這才調轉馬頭朝向渡口馳去，登上等候的大船，渡河返回南雄城中的落腳處。來去有如一場小颱風。

此刻三更半夜，我坐在鳳津渡口石崖頂，居高臨下，面對南雄府城那一大片層層疊疊、月下鋪著一重白霜的灰黑屋瓦，一邊伸出脖子，凝起眼睛，觀察屋脊上那群黑貓似的四處匍匐逡巡的夜行客，一邊在心中尋量：這幫人是誰？為何一起出現在鳥不生蛋的嶺南山城？他們在找誰？等誰？

一道電光驀地閃過我腦海：他們要找的，並不是那個一整夜躲在旮旯角落、自顧自吹簫的書生。真正的點子，另有其人。

這個正主兒，卻是什麼人，值得十八名刀客遠道而來，在南雄城中擺出偌大一副陣仗恭候？

我心裡正在琢磨著，忽聽得城心鼓樓上綻起「鼕」的一聲巨響。守夜人登樓打起更鼓了。我豎耳傾聽。總共四響。雄渾的皮鼓聲沿著城中十字大街，一路傳到南城門口，乘著河風渡過湞江，直飄送到鳳津古渡上來，餘音嫋嫋不絕。白髮老更夫又出現在南雄街頭，手提銅鑼，肩掛竹梆子，佝著腰弓著背沿街巡行。柝、柝、柝、柝——每擊四次梆子就敲一下鑼：鏜。隨即老人家就扯起嗓門嘶啞地吆喝一聲：「丑時囉，小心火燭！」

四更了，再過一個時辰天就發曉。月落。滿城狗螺聲戛然停歇。城外村落開始響起雞鳴聲。我打個大哈欠，長長伸個懶腰，從河伯廟前滿布露水的石凳上站起身，揉揉眼，再朝河對岸眺望時，只見南雄城中屋瓦上的十八名夜行客，霎時全都不見了。

老叫花子白七公和浪人武士菊十六郎，不知河時，悄沒聲，離開了各自的藏身處。他們都走啦，留下城樓旁那空盪盪的一道女兒牆，還有荒涼的城西南角，湞江畔，一座光禿禿矗立在一瓢斜月下的九層古塔。

好個南雄夜！明天準有一場大戲上演了。

國家圖書館出版品預行編目資料

新俠女圖 / 李永平著. -- 初版. -- 臺北市 : 麥田出版 : 家庭傳媒城邦分公司發行, 2018.08
面； 公分. --（李永平作品集 ; 6）

ISBN 978-986-344-577-7（平裝）

857.7　　107010019

李永平作品集6

新俠女圖

作　　者	李永平
責任編輯	林秀梅　莊文松
版　　權	吳玲緯　蔡傳宜
行　　銷	艾青荷　蘇莞婷　黃家瑜
業　　務	李再星　陳玫潾　陳美燕　馮逸華
副總編輯	林秀梅
編輯總監	劉麗眞
總 經 理	陳逸瑛
發 行 人	凃玉雲
出　　版	麥田出版 104台北市民生東路二段141號5樓 電話：(886)2-2500-7696　傳眞：(886)2-2500-1967
發　　行	英屬蓋曼群島商家庭傳媒股份有限公司城邦分公司 104台北市民生東路二段141號11樓 書虫客服服務專線：(886)2-2500-7718、2500-7719 24小時傳眞服務：(886)2-2500-1990、2500-1991 服務時間：週一至週五09:30-12:00．13:30-17:00 郵撥帳號：19863813　戶名：書虫股份有限公司 讀者服務信箱E-mail：service@readingclub.com.tw 麥田部落格：http://blog.pixnet.net/ryeeld 麥田出版Facebook：https://www.facebook.com/RyeField.Cite/
香港發行所	城邦（香港）出版集團有限公司 香港灣仔駱克道193號東超商業中心1樓 電話：(852) 2508-6231　傳眞：(852) 2578-9337 E-mail：hkcite@biznetvigator.com
馬新發行所	城邦（馬新）出版集團【Cite(M) Sdn. Bhd. (458372U)】 41, Jalan Radin Anum, Bandar Baru Sri Petaling, 57000 Kuala Lumpur, Malaysia. 電話：(603)9057-8822 傳眞：(603)9057-6622 E-mail：cite@cite.com.my
設　　計	廖　韡
書名題字	董陽孜
繪　　圖	龔萬輝
印　　刷	前進彩藝有限公司
排　　版	宸遠彩藝有限公司
初版一刷	2018年7月26日

定價／420元
ISBN：978-986-344-577-7